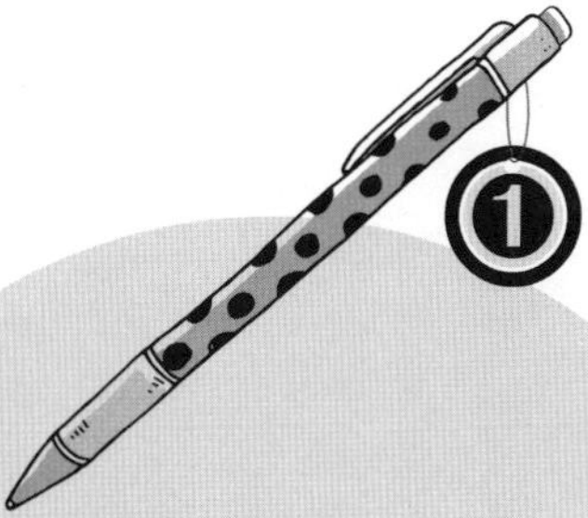

月光變奏曲

1

Moonlight

青逸

目錄

第一章

二〇一三年三月。

小雨淅淅瀝瀝地下著，這一年南方的冬天似乎格外的冷。

春節剛過，各大公司、部門開始了新一輪的新人招聘——而對於大多數文學科系的學生來說，最熱門的招聘消息莫過於國內出版業龍頭「元月社」今年居然放出大量職缺名額。於是面試當天，哪怕是週末，元月社本社所在的科技商業園區還是不可避免地出現人山人海、十分熱鬧的景象。

「哎！你聽說了嗎？這次元月社擴招，好像是因為公司要上市，為了有一個好的估價所以要擴張人員規模。」

「好像業務範圍也會擴大，所以才新增了那麼多職缺——以前元月社偏向於做傳統文學，現在居然也想從小說類分一杯羹了……」

「天啊，小說不是一直是『新盾出版社』在做的嗎？元月社這是要搶飯碗——」

「噓！你小聲點兒，我聽說對應《星軌》傳統文學月刊雜誌，元月社還新做了一本叫《月光》的青春小說類雜誌，啊啊啊，我還聽說是已經做了幾期了，還請來了晝川……」

作了？」

「媽呀，晝川！是我知道的那個晝川嗎？寫《東方旖聞錄》那個？他和元月社合

「對對對……」

元月社會議室外聚集著一群年輕人，他們手裡拿著面試號碼牌，顯然也是剛剛認識，此時三五成群地聚在一起竊竊私語——直到被走廊盡頭傳來「嘩嘩」的輪子滾地聲音，這樣的對話才被打斷。

眾人好奇抬起頭，於是一眼就看見走廊盡頭出現一名大約二十歲出頭、身材纖細的短髮年輕女孩——她皮膚白皙，大概是因為奔跑而面頰泛著微微的紅，小巧挺翹的鼻尖也被凍得紅通通的；五官倒是精緻，湊在一起卻意外的無功無過，唯獨那雙黑白分明、異常明亮的眼顯露出一絲可愛與生動來。

這樣冷的天氣，她穿著高跟長靴、短裙，外面僅僅套了一件長風衣，整個人單薄得像是沒有她身後拖著的行李箱結實。

此時她一隻手捏著一張填好的履歷表，另外一隻手拖著巨大行李箱、風風火火地趕到發面試號碼牌的元月社工作人員面前，站定了，長吁出一口氣笑了笑：「不好意思，火車站過來的路上堵車。我是來面試的中文系應屆畢業生，請給我一張號碼牌。」

聲音乾淨俐落。

發放號碼牌的工作人員愣了愣，抬起手看了看錶，發現她並沒有超過面試規定時間，於是爽快地將靠後的號碼牌遞給她，趁機飛快地掃了眼她手上的履歷表。這

一眼掃得太匆忙，只來得及看見姓名那欄，寫著巨大的兩個字：初禮。

這個表面上看上去人畜無害的纖細小姑娘，有一個和本人形象相符的名字。

初禮領了號碼牌，在周圍人沉默的注視中，她露出一個笑容衝著發放號碼牌的工作人員點點頭，而後旁若無人地牽著行李箱走到角落，找了一張空著的椅子坐下來。

在坐下的那一刻，她臉上的笑容消失了，取而代之的是眼中閃爍著興奮和緊張。初禮掏出手機，登錄手機QQ，迅速地找到一個名叫「消失的L君」的帳號，手指飛快打字。

猴子請來的水軍：我到面試公司了！那個死司機假裝不認識路想繞路害得我差點遲到，老子直接把導航打開，手機音量開最大聲——前方三百米左轉——哈哈哈哈哈我看他還敢往哪開。啊啊啊不過現在周圍的人各個像是看怪物一樣看著我……

她一邊打字一邊抬起頭，平靜的目光在周圍一掃。

嗖嗖嗖，幾道偷偷打量的目光就收了回去。

初禮勾勾脣角，心滿意足地低下頭繼續打字。

猴子請來的水軍：就像沒看過穿風衣的美少女一樣。

猴子請來的水軍：你說這些偷偷打量我的人裡會不會有出版社的總編之類的大人物啊，假裝自己也是面試者，混入被面試者內部，然後內定自己看上的人——雜湯雜誌都這麼寫的……

打到這裡，初禮像是想到什麼，清了清嗓子挺直了腰，假裝淡定地看看四周。

初禮耐心地等待一會兒，卻沒有等到這個名叫「消失的L君」的人回覆，猜測對方可能又在瞎忙，她撇撇嘴，將手機塞回口袋裡。

端坐在椅子上，初禮的位置正對著面試用的會議室，這方便她瞪著一雙黑白分明的眼，瞧著一批批的面試者進進出出。

這個人拿了一疊履歷表是想當傳單發？

哦喲，這個小姊姊長得好看，當什麼編輯啊，演個電視劇一下子就紅過劉亦菲……

我靠！這一箱子什麼東西——我靠！居然是一箱子的《星軌》雜誌——厲害了，我的哥，套路深啊，是一個有力的競爭對手！

當初禮持續面無表情地評價完第三十二位面試者比起文字編輯更像是健美教練，時間已經過去一個小時又十分鐘，剛才發號碼牌給她的工作人員終於叫到她。

初禮站起來，這才發現此時周圍安靜得詭異，參與本輪面試的人只剩下……她一個。

尷尬地和叫號的工作人員笑了笑，初禮敲敲關閉的會議室門，聽見裡面傳來「請進」的聲音，她這才推門走進去。

遞交履歷表，她眼角餘光瞥見在場五名面試官無一不是興致缺缺，一副「週末加班好煩，老子趕著下班回家吃飯」的不耐煩臉。

冷漠的面試官啊……好像日劇的開頭都是這樣演的？

淡定，莫慌。

昂首，挺胸。

初禮在椅子上坐下，眼睛滴溜溜地打量了下坐在自己對面的面試官們，腦海裡迅速地過了一遍他們各自有可能的身分——但是這沒有用，在她眼裡每個人都是大佬。

初禮只好盯著其中一個臉上稍微還有微笑的大佬開始自我介紹，基本資料過後，開始高歌自己愛傳統文學、愛《星軌》雜誌愛得如何深沉，說到激動的時候站了起來，熱血沸騰地對面試官們宣布：「如果能夠讓我擁有進入元月社工作的機會，哪怕工資只有八……不，一千五百塊！我也甘之如飴！」

在這個破城市，一個月工資一千五百塊只配住在下水溝裡。

但這都是套路。

元月社這麼大的出版社，怎麼捨得只給員工一個月工資一千五啊有沒有！

初禮總覺得按照日劇的套路，現在面試官就該被她的熱情感動了；沒想到的是，話語剛落，就見坐在最右邊、那個從頭至尾表情最無情、初禮都懷疑她是不是已經睡著了的面試官順口問了句：

「一千五低得太過分了，一千八妳幹不幹啊？」

初禮：「……嗯？」

女面試官話一出，初禮被堵了個猝不及防，臉上的呆愣來不及收回，總之剩下的四個面試官「嘎嘎」就笑開了。

初禮頓時覺得今天遇見的從司機到面試官沒有一個是好人。

但是這不妨礙她點頭，微笑說出可能還有另外一番含義的幾個字：「一千八？我幹。」

十分鐘後，做為最後一名面試者，初禮從會議室走出來。此時外面比她進會議室前更加冷清，工作人員正在收拾面試使用的號碼牌或杯水之類的東西，而面試官們也拿著面試者資料交談著走出來，三三兩兩地原地解散。

初禮往前走幾步，一回頭就發現走廊裡只剩下她一個人。

大週末的，整個元月社的辦公大樓裡空曠得像是能從角落裡揪出隻鬼來。本著「來都來了」的念頭，初禮沒急著走，而是放慢步伐，拖著行李箱準備將這個從小學的《故事小王》到大學的《星軌》等一路以各種刊物陪伴她成長的出版社看過一遍。

面試裡她挺多話是胡扯的，但是喜歡元月社這件事，倒不是撒謊。

初禮這看看、那瞧瞧，探頭探腦的，在走過貼著《星軌》雜誌海報的幾間辦公室時還激動了下。她一路走一路看，不知不覺就走到了走廊盡頭——在那裡的一間辦公室。而這間辦公室裡居然亮著燈，門也半開著。

裡面有人？

初禮縮了縮脖子，琢磨著打擾到別人辦公就不禮貌了，正想轉身牽著她的行李箱離開，眼角餘光卻不小心瞥見門口放著一塊巨大的黑板。只見黑板上面貼著各式各樣《月光》雜誌的宣傳海報，黑板上還用粉筆寫了什麼「東方幻想大神『晝川』加入，豪華寫手陣容不容錯過」、「晝川年度巨作」、「《星軌》系列雜誌《月光》震撼來襲」等亂七八糟的宣傳標語……

晝川？

這人初禮認識，不僅認識，而且她還是他的小粉絲。

這傢伙十七歲以一本《東方旖聞錄》成名，二十一歲正式成為國內東方幻想題材的頂尖作家，年輕，英俊（傳說），多金。聽說晝川出身傳統文學家庭，根正苗紅的書香門第公子，老爸是某省作家協會跺腳震三震的大家。最要命的是，這年紀輕輕、要啥有啥的人性格還好得要命……人稱溫潤如玉公子川。

於是，晝川大神就這樣用傳說中很英俊的臉和黃金獵犬似的溫潤如玉性格征服了一卡車的少女粉絲；然後用寫作實力征服另外那一卡車的少年。

初禮喜歡這個寫手，想著如果以後真的能進元月社，搞不好還能看見晝川大神的真面目順便搞一張簽名照啥的……想到這，初禮牽著行李箱嘿嘿笑了兩聲，意淫完畢就準備轉身走人。然而就在她轉過身的同一時間，她聽見從辦公室裡傳來一聲中氣十足的咆哮——

「先開三萬二首印量試試水溫？試、試、水、溫！夠膽你再說一遍？當老子要飯的啊？」

初禮：「嗯？」

黑人問號臉。

《星光》雜誌部門辦公室裡不知道是什麼人在對話，但是至少此時此刻初禮是被那人的一番咆哮震得挪不動步了。她傻傻地拉著她的行李箱，猶如腳下生根一般站在原地。下一秒她聽見從辦公室裡傳來腳步聲，呼吸一窒，甚至還來不及轉身逃離現場，那人已經風似的來到門口。

兩人猝不及防地打了個照面。

初禮的第一反應是：這人好高，不會有一米九吧？

她雖然真的不能算高，但這個人卻比她整整高出一大截——他大約是二十六、七左右的年紀，挺鼻薄唇，眉如劍，十分英俊的模樣，只是茶色眼睛因上一秒的怒火而冷若冰霜，恍若拒人千里。他身穿黑色休閒服、牛仔褲、馬丁靴，手裡抓著一件沒來得及穿的黑色羽絨外套。

走出門時，不期然地與初禮對視上，他愣了下，大概是沒想到走廊上還站著一個人。

但是那絲愣怔很快消失，掃了眼初禮身後牽著的行李箱和她身上因為之前一路跑來面試而有些凌亂的頭髮和衣服，也不知道他怎麼在腦子裡定位初禮的身分，片刻後只見譏誚浮上那茶色眸中。他嘲諷似的勾了勾唇角，斜睨初禮一眼，而後收回目光，頂著張不可一世的漂亮棺材臉與她擦肩而過。

這個人，前一秒還狂怒得像是被侵略地盤的雄獅，下一秒當他收斂怒氣，又變成了一隻生性涼薄且驕傲的狐狸。

狐狸離開後，初禮也轉身跟著他的屁股後面離開了元月社的辦公大樓。只是狐狸腿長走得快，當初禮站在大樓屋簷下試圖用手機軟體叫車去之前訂好的飯店時，外面雨幕朦朧，那隻狐狸的狐狸毛都不見一根了。

會和編輯爭吵首印量的，難道是寫手？

心不在焉地猜測著，初禮坐上去飯店的計程車，忍不住刷了下被編輯部門前黑板畫了重點的大神寫手晝川的微博壓壓驚。

【晝川：遇見了很不開心的事。憤怒的同時，其實也會忍不住想，會遇見這些事是不是因為自己不夠努力才會遭受如此待遇？或許真的還要再繼續，加油，才能配得上我想要的別人的尊重吧。】

以上，這是晝川二十分鐘前發的微博。

下面一串的「大大好溫柔」、「天啊居然有人不尊重你嗎QAQ那該是什麼樣的壞人」、「遇見事先檢討自己，大大簡直是翩翩君子，你已經做得很好了」之類的誇獎。

初禮不禁感慨：這踏馬才是正常的文人墨客該有的畫風啊有沒有？哪怕生氣都生氣得那麼優雅……

看著晝川的微博，到飯店的時候初禮就已經把那隻刻薄狐狸的事情忘得乾乾淨淨。今天她早上六點爬起來趕火車跑來這個城市面試，早餐都沒來得及吃一口，現在她整個人又睏又餓還有些冷，總覺得自己好像要感冒了，這時候除了想吃點兒熱的填飽肚子睡覺，別的她再也沒有力氣惦記。

她拿了房卡進電梯，順著房號走到走廊盡頭，刷卡打開最後一間房間的門。

叫外賣。

洗澡。

吃外賣的餐點。

睡覺，等待明天元月社通知面試結果。

初禮倒在飯店床上時大腦已經快要徹底罷工，手機放枕頭邊充電就昏昏沉沉地睡了……

也不知道睡了多久，她突然聽見枕頭邊傳來「嘩嘩」的聲音，就像是什麼東西在撓自己的枕頭。初禮迷迷糊糊地睜開眼，卻發現枕頭邊蹲著一個人——一個身穿黑色休閒服、牛仔褲的男人。只是他本該是腦袋的地方卻是狐狸腦袋，那雙狐狸眼此時一瞬不瞬地與床上的初禮對視！

冷汗「嘩」地就溼透了身上的T恤，初禮整個人僵硬在床上，只聽見自己心中咯登一下。

狐狸的呼吸就在耳邊，「呼哧、呼哧」的，初禮甚至能感覺到他的燥熱氣息就撲打在她的耳垂旁邊。那感覺太逼真了，初禮想要尖叫，卻不出聲音，眼角餘光看著那狐狸抬起屬於人類男性的修長蒼白指尖，輕輕撥撩了下她的耳垂——癢得很。

狐狸惡作劇得逞一般地低低輕笑一聲。

初禮心中卻想要尖叫：這是一個混合著鬼壓床、靈異、春夢、人獸的混合重口味夢境？

黑暗之中，狐狸的臉彷彿一直在湊近，那感覺過於逼真，初禮幾乎覺得這是真的，以至於渾身的毛髮都快炸開了。她努力地睜大眼，就在這時，卻突然發現狐狸的臉發生變化，狐狸眼變成了眼角微微上勾的人類眼睛，長長的嘴變成高挺的鼻，薄唇的唇角勾起一個戲謔弧度……

黑暗之中，初禮看不清楚他的具體長相，只能感覺他壓低身體，過度親暱地拉近兩人的距離。直到他的唇瓣幾乎要碰到她的，他這才大發慈悲般停下來，俯身衝著她微笑，嗓音溫柔地對她說。

「聽我一句勸，無論妳想去哪裡，都不要去比較好，那總歸不會是個好地方的。」

他的嗓音曖昧，灼熱的氣息灑在初禮的面頰一側，讓她感覺那溫度彷彿要將她的面頰也灼燒起來。他一邊說著，一邊用冰涼的指尖戲謔似的勾了勾初禮的下巴。

只是說完話，他的笑容卻收斂起來。

那一瞬間，初禮突然看清楚了，那確實是一張十分英俊的面容，眼睛是茶色的，只是眉眼之間冷漠且平淡如水。

十分眼熟。

「啊！」初禮一下子從床上翻坐起來，這次是真的醒了。

心跳久久不能平息，那怦怦的跳法彷彿下一秒就能從她胸口裡跳出來似的。她心有餘悸地瞥了眼不遠處緊緊關閉、鎖上門鎖的房門。

盯著房門看了許久，確定它並不會被人推開並走進一個茶色眼眸的男人，初禮抬起手摸了把額頭，一頭的冷汗。

她居然對著一個只有一面之緣的狐狸做了那種夢？腦海中不自覺地響起電影《動物世界》裡的配音ＢＧＭ：春天來了，萬物復甦，動物們終於也迎來了一年之中渴望交配的發情期……

要死了啊。

用止不住顫抖的手拿過床頭的礦泉水喝一口，涼水滑過喉嚨冷卻了五臟六腑，她這才稍稍回過神來。初禮看了眼手機上的時間，時間正好跳到半夜十二點整，手機螢幕上顯示她有幾條未讀的QQ訊息……

初禮拿過手機，打開看了眼，這才發現原來是消失大半天的L君在今天晚上八點左右回應她上午面試時因為太緊張的廢話留言。

消失的L君：來了，下午有事出去了。

消失的L君：妳去面試了？去哪面試？

消失的L君：面試結果怎麼樣啊？

消失的L君：人呢？

三個小時後，大概晚上十一點二十分左右。

消失的L君：我就一下子沒回，妳還發脾氣把我拉黑了不成？

消失的L君：被拐賣了？

消失的L君：不對，妳這樣的傻子拐了也賣不掉啊，只有拐，沒有賣，心疼。

消失的L君：喂？

消失的L君，是幾年前因為某些機緣巧合和初禮認識的網友——幾年來，兩人一直保持著不打電話、不撩對方、不見面的純潔友好關係。

猴子請來的水軍：你也知道我是學中文的啊，當然是去出版社面試，我學生時代的夢想出版社啊……剛才面試完回飯店就睡了，沒來得及看QQ。

沒想到L君還在，立刻給了回應。

消失的L君：出版社？哪個？

消失的L君：不是在睡覺？那現在是鬼在跟我說話？

看到「鬼」這個字，初禮頭就疼了起來，恨不得把這哪壺不開提哪壺的傢伙從手機螢幕裡拎出來暴揍一頓。

猴子請來的水軍：我做惡夢，被嚇醒了……正好住的又是尾房，夢到飯店鬧鬼，有長著狐狸臉的怪物在摸我的臉！

消失的L君：……這是惡夢？這是春夢吧。

猴子請來的水軍：滾。你問哪個出版社做什麼？說了你也不知道啊，就那個元月社——小時候看過《故事小王》嗎？就是元月社出的。

初禮把元月社胡吹海吹一通，正等著L君膜拜她居然有勇氣跑去這麼大的出版社面試。沒想到的是，前面回覆得很快的L君這一次卻不知道為什麼突然沉默很久。正當初禮想要問他是不是睡著時，手機震動，跳出訊息通知，L君回覆的內容有些莫名其妙。

消失的L君：元月社？

消失的L君：這名字取得……一種快圓寂的感覺撲面而來。

消失的L君：妳有沒有想過其實是飯店真的在鬧鬼，連鬼都在阻止妳去那個馬上就要倒閉的司馬出版社啊？

初禮：「……」
這流氓地痞，沒事罵人家出版社幹啥？欠你錢啊。你才要圓寂了啊！
初禮並不知道L君和元月社哪來的那麼大仇、那麼大怨，是元月社欠他的稿費沒給，還是元月社有眼不識泰山退了他L大大的稿？
初禮不敢問，只好發一大串「……」給他。她倒回床上想繼續睡，結果閉上眼就想到那張狐狸臉頓時睡不著了，只好重新睜開眼坐起來，抓著L君繼續聊天。因為看出他對元月社不感興趣，所以初禮直接轉移話題。
猴子請來的水軍：哦對了，還有另外一件有趣的事，我今天面試後好像遇見一個寫手了哈哈哈哈哈哈！是個男的，長得人模狗樣還挺帥呢，結果私底下跟自己的編輯在辦公室室裡撒潑打滾……哎，也不知道是哪家大大，真是人不可貌相啊，表面上大家在微博都是萌萌噠，私底下喲，嘖嘖嘖。
猴子請來的水軍：不像畫川，畫川人超級溫柔。
那邊很快有了反應，很難想像身為一個男人的L君為什麼對這種嘴碎的話題那麼感興趣。
消失的L君：……溫柔？
消失的L君：遇到變態寫手了？
消失的L君：這事不稀奇，以後妳當了編輯妳會發現那些寫手和繪者就沒幾個正常人——
消失的L君：說實在的我很驚訝妳為什麼現在還在把這種事當「一件有趣的事」

來講，忘記咱們是怎麼認識的了？

初禮：「……」

消失的L君，男，三十歲上下吧，單身，職業未知、收入未知、外貌未知、聲音未知。三年前與初禮相識之後，這純潔有愛、毫不出格的單純網路交友關係就無風無浪地維持至今整整三年。

要說初禮是怎麼認識L君的，那還得從某位引發腥風血雨的繪者大大開始說起。

三年前。

那年初禮大一。大一嘛，無非就是摳著腳在宿舍上網打遊戲，初禮就不幸地接觸了一款吸食她所有生活費的東方幻想大型網遊《X》，遊戲玩著玩著自然就開始關注遊戲相關的周邊同人。於是某一天，她在微博刷啊刷的時候，突然就看見了一個《X》遊戲相關設定的同人圖轉到自己的首頁，那張圖的轉發數大概是一千出頭，下面無一不是在感慨——

「哇！比官方畫集還精美！」

「天啊啊啊這對冷CP居然有人吃QAQ」

「寫手大觸（註1），成神指日可待」

圖確實不錯，初禮點進去看了看，是個只有三千多粉絲出頭的繪者，名叫

註1　動漫電玩界的繪者擁有十分專業而完整的配備，稱為大觸。

「繭」，因為那張偶然分享出去的同人圖被轉發了一千多，她還特地發了一條微博表示特別高興，以後會努力產出更多的糧食云云……

這繪者畫的CP確實挺冷的，一直以來也沒人把這兩位主角聯想到一起去，初禮順手就點了「關注」，開始追蹤這位繪者的產出，甚至將她畫的第一張圖設置成自己的手機桌面。

這一追蹤就追蹤了半年，一不小心就追成這位繪者的腦殘粉，眼睜睜看著對方從一個平日裡微博只有個位數評論、幾千粉絲的小有名氣繪者，逐漸變成評論漸漸有三、四十，四萬粉絲的人氣繪者……而這個時候，初禮已經變成了這冷CP專門論壇的分版版主。

她管理的版塊其實無非就是看著人留留言，別有人鬧事帶風向就行。論壇一直以來風平浪靜的，直到有一天，出現了一個ID為L君的傢伙——

那一天正好是「繭」發了一張新的同人圖，主角A撐著荷葉做的傘騎在馬上，主角B站在馬下牽著馬，兩人相互對望，背景是微風細雨……很有意境。

而L君直接根據這一張圖，擴展場景寫了一篇短篇同人文。寫的是一個從不穿夜行衣只偏愛白衣的殺手A，因為遇見了溫柔的書生B，被其真情打動，金盆洗手、自廢武功，從此與B歸隱山林的故事……故事的最後一幕，便是A坐在馬背上，對下面牽著馬的B說：「快意江湖、馳騁沙場還是揚名四方？不如一馬一荷，與你。」

那文筆，很好，非常好，好得一時間在論壇造成轟動。

冷CP居然又有糧食了！眾人十分激動，就連繭自己也非常激動，發了一條微博說，沒想到自己畫的圖居然有寫手為自己配上故事，真的感到十分開心……

做為腦殘粉的初禮看見自家大大那麼高興，果斷就替L君加成精品文（加精）；L君被加了精也十分高興，就說以後繪者畫一張，他就寫一篇，海誓山盟，不離不棄。

至此，A與B的冷CP圈簡直為此震了三震。

初禮從那天起便認識了L君。

藉著版主的身分和L君加了QQ，知道他是個男的，也沒多想，兩人聊了一會兒這冷CP，聊了一會兒繭，發現自己和對方實在是趣味相投得很——再加上初禮私心作祟，為了留住這個文筆絕佳、不知道吃撐了還是怎麼有空來替自家心頭好繪者的圖配文的寫手，時不時就捧捧他的臭腳，用的最多的一句就是：「畫川寫文也最喜歡寫白衣男主，文筆也是小至細膩、大至磅礡，兄弟，你們倆，至少五五開。」

L君好像被她捧臭腳捧得挺開心的——至少初禮看來——兩人一個負責寫文、一個負責加精，支配了論壇小小的版塊一陣子，兩人一唱一和，連帶著初禮管理的那個論壇版塊的人氣也逐漸高起來。

後來有一天，官方出了新的遊戲資料片，資料片裡官方發糖，A和B居然真的是一對啊！

一時間，A、B的粉絲劇增，繪者繭的微博粉絲數從三萬至五萬至十萬至幾十萬，初禮管理的論壇也成了超級熱門論壇，每天為A、B這對寫文的人不計其數；

但是L君的地位因為有初禮在，一直水漲船高、屹立不倒。唯獨不變的是L君自始至終只為藺的圖配文，而初禮也只替L君的文加精。

當時初禮其實真的以為日子就會這麼熱熱鬧鬧、和諧友愛地過下去了，隨著AB圈子如日中天，當初的小透明繪者藺也成為了坐擁八十多萬粉絲的繪者大大，與遊戲《X》合作出了官方畫集大賣幾千上萬本。

直到某一天深夜，轉折來了，有人往論壇的所有版塊吧唧吧唧地貼了一大堆QQ聊天紀錄，裡面居然都是藺在對親友吐槽的內容。

「我就隨手畫了張CP圖，還是人家做個人誌請我畫的插圖，收了三百塊，扔微博了，居然轉了一千多！」

「粉絲也漲了幾百，這粉絲也太好漲了吧！《X》這遊戲的腦殘粉怎麼這麼多啊，我也要入坑了，騙一波粉絲也好啊哈哈哈哈哈。我彷彿看見了生財之道！」

「AB這個CP我畫著好噁心啊，其實B跟C才是真愛吧？我更喜歡BC。」

「媽的AB居然是官配了，不會是看了我的圖太火給了官方腦洞吧 23333333！（註2）BC黨要哭死了，我怎麼覺得自己在作孽，這一定是報應。」

「當然是為了錢啊，不然呢，難道是為了愛？」

「我愛的是BC。」

從一開始至今，各種嫌棄AB配對、嫌棄AB配對的粉絲、直言為了錢不然還

註2　網路用語，狂笑不止之意，多作為吐槽專用。

為了愛嗎之類的瘋話，應有盡有……罪證之確鑿，版主們刪都刪不完。

這就造成了藹睡了一覺醒來發現變天了，以前打開微博全是「大大好棒」、「大大再畫啊啊啊」的評論，突然都變成了「臭不要臉」、「掉錢眼裡去了」、「脫粉」等內容，一萬條評論裡有八千個在問候她祖宗十八代，剩下的兩千個則是心灰意冷、粉轉黑的告別。

一夜之間，AB大手藹變成了過街老鼠、人人喊打的藹娘娘；堅持支持她的粉絲也被扣上了「斯德哥爾摩症候群」的帽子，遭眾人嫌棄。

而初禮和L君相對無言，抱成一團縮在角落瑟瑟發抖。

初禮只記得當時她感慨了一句——

猴子請來的水軍：這話我只對你一個人說，並不怕你罵我斯德哥爾摩症候群，我覺得就算這樣，並不妨礙我用藹的圖當我的手機桌面。

那一天L君沉默了很久，然後在三個小時後回答她三個字：我也是。

至此，羞恥的斯德哥爾摩症候群聯盟之革命友誼就這麼徹底建立。

那是初禮第一次見到原來心中萌萌的大大還有這麼醜惡的一面，她的三觀出現裂痕，但是堅強地並沒有破碎，將它們勉強黏合在一起的強力膠名叫「L君」，並且效果甚好，一用就是三年。

一下子被提起前塵往事，初禮不禁感慨萬分，在L君的冷嘲熱諷下忍不住對他再次表白。

猴子請來的水軍：是啊，還真是……想想當年的繭娘娘，現在不知道她怎樣了，我微博取消關注她了，看著糟心。

消失的L君：還活著，原創古風大手，微博粉絲百萬，約一張圖幾萬塊還要排隊，微博下面罵她的和誇她的對半吧。

猴子請來的水軍：那你還替她寫文嗎？

消失的L君：寫個屁啊，替我加精的人都不在了。

「會替L君加精的人」自然說的就是初禮，這樣輕飄飄的一句話，輕易地就把初禮感動了，忍不住感慨。

猴子請來的水軍：L君，你真的是這個混亂世界最後的良心所在，保持住你的善良與純真吧，加油！

消失的L君：……

繭娘娘的話題被輕易提起，引發初禮的感慨後又被迅速帶過。初禮和L君聊了些有的沒的，居然一下子就通宵到了早上。

外面陽光升起時，初禮下床洗了把臉，下樓吃了早餐。

然後收到了元月社的電話，恭喜她通過面試，正式成為元月社的一員。

接到電話的時候，初禮正拿著一個小湯匙矯情地喝粥。道謝之後掛了電話，她舉著湯匙原地愣了大概有三十秒，湯匙扔回碗裡，她抬起頭看了看周圍。

沒能找到跟她抱在一起歡呼雀躍的人。

所以她只好顫抖著手登錄QQ去尋找她的初心。

猴子請來的水軍：我我我我我被錄取啦啊啊啊啊啊啊啊啊啊！

消失的L君：哦，清華還是北大？

猴子請來的水軍：滾！元月社啊！

消失的L君：……傻子喲，一個快倒閉的出版社讓妳高興成這樣，當心它連妳第一個月工資都來不及發就宣布全體立正、稍息，原地解散。

而此時的初禮當然不在意L君這盆反覆潑來潑去的冷水，她只知道，她真的就要進入自己夢寐以求的出版社工作了。

她就要有晝川的簽名照啦！

L君就是嫉妒！

接到面試結果通知後，初禮被要求次月一日立刻進公司上班。她花了剩下半個月的時間在這座城市找到了落腳的地方——一個位置有點偏僻、十多坪但是勝在乾淨的單身公寓。然後就像是待嫁的新娘似的，翹首盼著四月一日的到來。

正式入職的前天晚上，初禮一整晚沒睡好，通知所有的親朋好友自己進了元月社的喜訊；還私敲了一個她粉了十年的心中小白蓮寫手，豪言壯語地表示要替人家出一本最好的書。

總之她滿心都是終於要一腳踏入嚮往圈子的喜悅。

第二天天剛亮，初禮就蹦起來刷牙洗臉，然後按照早就查好並默默複習過幾遍的路線，登登登地趕到那個她不久前才來過的大樓前。

經過一樓大廳的元月社作品展示櫃前時，初禮忍不住放慢腳步多看了兩眼——只有精品書才有資格出現在展示櫃上。初禮希望有一天，能有那麼一本或者幾本自己做的書擺在上面。

雖然在許下這個心願的一個小時後，她就看見了現實。

初禮跟其他通過面試的新人聚集在會議室裡，等待元月社各個部門的長官來領人時，她的內心是有些小激動的——此時依然像是作夢一樣，不敢相信自己居然就這樣即將成為元月社的編輯。

直到她發現身邊的人陸續被叫到名字離開，最後又只剩下她一個人、並為此感到不安時，她終於看見不遠處有一個人踩著高跟鞋，慢悠悠地推門走進來。

看清楚那個人的臉時，初禮內心的小激動被「What the fuck」代替——來人不是別人，正是面試那天一臉很著急回家吃飯並問她一個月一千八百塊幹不幹的女士。

不愧是四月一日，眼前的一幕非常具有相應的節日效果。只見這位姍姍來遲的女士似乎並不驚訝會議室裡只剩下一個人傻乎乎地抬頭看她，她不疾不徐地走到初禮面前。

「初禮？」

初禮「嘩」地一下子從椅子上蹦起來：「您好，我是——」

女士：「我叫于姚，是《月光》新刊的主編，歡迎加入我們的編輯團隊。」

初禮愣了一下：「《月光》？」

不是《星軌》？

于姚一挑描畫精緻的眉。

初禮：「《月光》耶！超開心！」

于姚垂下眼，無視了那異樣揚起的尾音，遞出合同，翻開第一頁，同時用平板無起伏的聲音說：「試用期暫定兩個月，中途雙方都有隨時叫停的權利——妳可以隨時離開，我也可以隨時決定妳是否轉正職。實習的月薪暫定兩千五百塊，全勤獎一百塊，每天餐費十塊，畢竟是夕陽紅行業，很難賺的，妳沒問題吧？」

初禮滿心黑人問號臉，腦海中響起L君那洗腦一般的「快倒閉了啊快倒閉了啊快倒閉了啊」，一邊接過合同，強行微笑：「……沒問題，真的，《月光》耶！超開心！」

合同就這樣簽了下來。

因為此時初禮已經窮到買不起立刻逃回家抱住媽媽大腿、成為不求上進廢物米蟲的那張火車票，十分鐘後，初禮站在當初她迷路時碰到狐狸男子的那個走廊盡頭的辦公室前——小黑板還是那個小黑板，只是辦公室裡此時已經不再空曠，裡面零零散散地坐了五、六個人。

辦公室門口有一個魚缸，魚缸裡養著十幾條鸚鵡魚。于姚進去的時候順手將一個隔缸養了段時間適應環境的清道夫魚倒進去，初禮覺得落進一堆鸚鵡魚裡瑟瑟發抖的清道夫魚有點像是初來乍到的自己。

見到新同事到來，辦公室裡的人雖然顯得興致缺缺，卻也都勉強抬起眼皮子跟初禮打招呼。

「啊，來新人了嗎？我都不知道這次招人還會往我們這裡塞人呢？真是的，明明已經夠擁擠了，看來我旁邊的位置要貢獻出去了，人家的包包往哪裡放啊，週末才代購回來的芬迪耶！」

副主編老苗，一個看上去像是基佬且今天心情不怎麼好的男人，三十歲出頭的年紀，挺會打扮的樣子。老苗是《月光》雜誌裡的小說稿件的主要負責人，自我介紹他手下在帶的寫手有晝川、索恆、河馬、年年等大神。

老苗的位置就坐在于姚的眼皮子底下，初禮的旁邊。

「是文編嗎？我是美編阿象，嗯，就這樣。」

美編阿象，戴著眼鏡，沉默、愛傻笑，看上去耐心不錯的樣子。

「我姓李，叫我老李就可以。」

美編老李，男，三十歲往上的年紀，看著挺古板的。

「新人……我也是半個新人，叫我小鳥就可以！」

比初禮先進公司一個半月的半新人編輯小鳥，長捲髮，森林系穿搭，說話很小聲，容易臉紅。

新同事們畫風各不相同，唯一相同的一點是大家都很冷淡。

每個人。

這大概是一個會令社交恐懼症患者備感溫馨的雜誌社。

初禮一邊在心中吐槽一邊在老苗的身邊坐下，入鼻的是一股男士古龍水的味道。她偏過頭看了看老苗，然後對上老苗的目光，她立即坐直了些：「副主編！」

老苗：「不用這麼制式的叫我，叫老苗就可以。」

老苗一邊說一邊不客氣地扔給她幾個網址外加統一的帳號、密碼，並告訴她今天的工作就是從官方微博、《月光》雜誌專屬投稿信箱後臺整理出讀者私訊，並挑選出有價值的信件，另外整理成一份上交。

老苗：「有不懂的，可以問。」

初禮：「喔！好的！」

哪怕您的語氣聽上去像是我敢問您就敢擰斷我的脖子。

初禮很想問投稿信箱不就是投稿用的嗎？但是介於老苗的態度，她還是選擇在做事前乖乖閉上嘴，將想要問的問題嚥回肚子裡。信箱裡都是稿子的話，什麼叫「有價值」的信件，什麼叫「沒有價值」的信件？

不過她很快就明白了後者的定義。

一打開雜誌專屬信箱，「九十九」這個數字就讓她眼前一花。匆忙的掃了兩眼，初禮發現投稿信箱裡的信件絕對不止是單純投稿那麼簡單，平均二十封信件裡會出現一個正經八百的投稿，剩下的都是亂七八糟的信件，類型大致可以分為三類。

第一類，單純詢問。

「大大您好，請問雜誌投稿的話是投到這個信箱嗎？」

「請問雜誌投稿信箱。」

「投稿的話往哪兒投？」

「你們這稿費標準是多少啊，怎麼投稿？」

「投稿怎麼投？」

對於這類人，初禮好心地複製貼上：您好，投稿到這個信箱就可以哦，謝謝(≧ω≦)!

第二類，賣弄文筆。

「您好，我是一名寫手，請問我這樣的文筆可以投稿貴雜誌嗎？在這個憂傷而明媚的三月，我站在教室窗邊，看見夕陽的餘暉從窗子灑入，窗外的操場彷彿被隔絕在另外一個世界的靜謐，細碎的塵埃被打碎在時光裡……」

「您好，我這邊有一個稿子的開頭不知道是否能得到編輯大大指點一二。人的一輩子最終都要變成一個人的，這條路上終會只剩下我一個人。我抱著我認為珍貴的記憶，一路走走停停，緬懷那些與他曾經擁有過的美好……只是我害怕當有一天我終於走到這條路的盡頭，我卻發現那些我害怕忘記的東西早已被我遺忘。恐懼，將我吞噬……」

「您好，請問你們這邊收詩歌散文嗎？這邊有一首詩。明月清空月影歸，牡丹花下幾人回……」

對於這類人，初禮在心裡從「哇」到「臥槽」到最後審美疲勞麻木，面無表情地選擇無視。

第三類，詢問寫手死活。

這一類的內容滿刁鑽的，初禮把握不準要回覆還是無視，只好不恥下問地去問坐在她旁邊並將這個工作交給她的老苗。

初禮伸長脖子，壓低聲音：「老苗，我問你一下喔，像是這個讀者說『我是萌驢大大的粉絲，《月光》雜誌第一期有刊登我們大大的短篇，大大就再也沒有出現過了，請問她去哪兒了』，應該怎麼回答啊？」

老苗手中「喀喀」點來點去的滑鼠停了下來：「妳可以回答她，除了她想要看萌驢之外，再也沒有第二個人想要看那個寫手。萌驢不再出現在我們雜誌的原因大概也是因為這個。」

初禮：「那還有這個，問晝川的。晝川多高啊？平時喜歡看什麼書？有沒有替新人寫手或者中學生一個閱讀書單建議？」

初禮說完之後，不知道為什麼整個編輯部突然安靜下來，包括于姚等眾人紛紛抬起頭看向初禮——就好像她剛才問的其實是老苗今天穿的內褲顏色。

初禮心裡咯登一下，總覺得哪裡不太對，有些緊張地笑了笑，趕緊補充：「這些問題尺度還好吧？聽聞晝川大大人很好的，這些問題平時讀者也有在微博問過他，他偶爾會有回覆，那如果是出版社提問的話——」

更應該回答了吧？

沒等初禮說完，老苗放開滑鼠，屁股底下的轉椅轉了一圈轉過來正對初禮，蹺起二郎腿上上下下打量了一圈初禮，然後他微笑起來，對初禮招招手：「妳來。」

初禮不安地站起來，來到老苗身後，眼睜睜看著老苗打開QQ，然後找到一個名叫「晝川」的人，開始低頭打字。

喵喵：晝川老師喔，我們新來的新人有問題拜託我想要問你啦，你回答一下好不好？大大多高啊？平時喜歡看什麼書？有沒有給新人寫手或者中學生一個閱讀書單的建議？

老苗敲完字，雙手離開鍵盤。

幾秒後，初禮緊緊盯著的QQ對話視窗裡跳出了字。

晝川：你很閒？

晝川：欠拉黑？

晝川：中學生閱讀書單？《龍陽十八式》。

老苗：「看。」

看毛線看。

初禮：「這不可能是晝川。」

老苗看著初禮的眼神瞬間變成了關愛智障的眼神。

初禮：「老苗。」

老苗：「幹什麼？」

初禮：「你聽見什麼聲音了嗎？」

老苗：「什麼聲音？」

初禮：「我的少女心破碎的聲音。」

老苗：「……」

繼繭娘娘之後，初禮的三觀再一次在短時間內受到接二連三的打擊，所以這會兒有點恍惚。她心目中的晝川不是這樣的。

初禮再次打開晝川的微博，認認真真地將他的微博看了一遍。在微博上，晝川的畫風是這樣的——

讀者問：晝川大大人那麼好聲音也好聽，應該長得很帥吧？不出來做簽售那麼神祕真的太可惜啦！我聽見過大大的人說，大大超高的！

晝川答：你們這樣誇獎我，我會不好意思的~不簽售也是害怕你們看見一個宅男會感覺到失望，到時候傷害到妳們的少女心怎麼辦？

讀者問：大大平時看什麼書啊，這裡是中學生！

晝川答：中學生的話就不好看沒趣的書了吧？《雪國》之類的名著你們老師都有推薦，除此之外我個人倒是覺得《大象的眼淚》、《巷說百物語》、京極夏彥的京極堂系列都非常不錯！有空替大家整理個書單吧。

而不是——你很閒？欠拉黑？《龍陽十八式》。

龍陽個鬼啊！你看過嗎？我還老漢推車呢！

讀者的少女心就是少女心了，那我呢？我呢！

這和說好的晝川不一樣！

初禮因為受不住三觀的衝擊，抑制不住內心狂野的草泥馬，於是一邊從信件裡二十封選一封地保存訊息，一邊又用QQ和L君深入討論一番關於寫手表裡不一這件事——本著職業道德，她倒是沒說這個在私底下特別放飛自我的寫手是晝川，只是吐槽有這麼一個大神：微博萌萌噠，私下超機掰。

消失的L君：妳也說是微博了啊，微博就是拿來裝好人的。
消失的L君：以後妳還會遇見更多的。
消失的L君：那天妳遇見那個在編輯部撒潑打滾的不也是個活生生的例子嗎？
消失的L君：別擔心，妳還有心目中的溫柔之神，晝川。
初禮沉默。
猴子請來的水軍：我心中的小白蓮人也很好，我愛了他十年！
消失的L君：妳他媽還有小白蓮，妳最愛的不是晝川嗎？妳這人怎麼這麼三心二意啊，誰啊？
誰他媽說老子最愛的是晝川。
猴子請來的水軍：不告訴你……算了，求不提任何一個寫手，我頭疼。
消失的L君：看看妳這一臉脆弱的模樣，怎麼在這個能吃人的圈子裡混啊？來來來，辭職算了，L哥哥養妳。
猴子請來的水軍：哦。
猴子請來的水軍：最後一句話出於什麼立場啊？男人對女人？認識三年了，你終於要和我網戀啦？
消失的L君：出於主人對寵物的立場。
消失的L君：……網戀這個詞我起碼十年沒見過了，妳哪個年代穿越來的？真不愧是做《星軌》那種老年人雜誌的人。
初禮：「……」

她沉默地將「您好，投稿到這個信箱就可以哦，謝謝（≧∀ω≦）！」回覆給又一位問了傻問題的小可愛。其實初禮很想告訴L君她倒是想去《星軌》，至少《星軌》那種老年人雜誌的投稿信箱裡應該不會有這麼多雷死人不償命的傻呆萌。

而她一天的工作即將在被傻呆萌們的信件淹沒中過去。原本初禮以為她的上班第一天就要這樣結束了，結果臨下班，老苗找上她了。

老苗：「初禮啊。」

埋頭回信的初禮：「啊？」

老苗：「雖然我是有在帶晝川，但是最近我們的關係有點緊張。」

初禮：「啊……」

還沒來得及擺出惋惜表情然後應景地說一句「是嗎」，這時候老苗又一拍手，似驚訝地突然想起某件事：「既然之前提起晝川，那正好——我這裡有一份急著讓他簽的合同，我們關係又緊張，妳懂的……」

初禮：「……」

我不懂。

老苗：「要不明天上午妳出一趟外勤拿給他，讓他務必簽了吧？正好這一個月晝川都在我們市散心度假呢，也讓妳這個新人有機會熟悉熟悉寫手嘛，以後也好同我一起分擔……」

初禮眼睜睜地看著老苗從一大堆檔案的最底端抽出一個資料夾，而此時她只能啞巴似的伸出手，接過那個資料夾。

初禮看了眼手中的資料夾，上面是「《洛河神書》出版合同」幾個大字——初禮愣了愣，這才找回舌頭似的問：「我？去找晝川大大？」

「什麼大大，那是讀者對寫手的叫法，專業點，編輯叫寫手要叫『老師』。」老苗在初禮愣怔的那幾秒「刷刷」寫好地址塞進她手裡，聽到提問立刻笑了，「對啊，是不是很開心？」

初禮沉默。

本來是該挺開心的，畢竟距離我的簽名照又近了一步。

如果不是現在整個辦公室除了咱倆，剩下的人都在用看一具已經涼透了的屍體的同情目光看著我的話？

此時下班的鐘聲響起，初禮關掉電腦站起來，低頭看了眼那個等待晝川大大臨幸的出版合同。她猶豫了下，翻開看了一眼，發現上面的首印量是四萬五——

才四萬五？

初禮連忙叫住起身準備下班的老苗：「唉，老苗，合同這裡是不是出錯了？怎麼首印量才四萬五啊？」

老苗腳下一頓，轉身，冷笑：「妳以為應該是多少？」

初禮：「……不知道，四十五萬？」

畢竟晝川那樣的大神——

老苗脣角的冷笑變得更清晰：「孩子，現在是二〇一三年不是一九一三年，四十五萬的首印量，妳以為《哈利波特》啊，值得讓老闆把內褲都抵押給印刷廠？」

初禮：「……」

《哈利波特》也不是一九一三年的啊。

老苗放下了包，擺出一副覺得初禮很有趣的模樣：「那妳猜猜《月光》雜誌每月的印量是多少？」

初禮：「八十幾萬？」

整個編輯部再次安靜了一下。

老苗：「十幾去掉。」

初禮：「嗯？」

老苗：「八萬。」

初禮：「……」

尷尬。

老苗：「這數字已經是『暢銷雜誌』的代名詞了，SO，歡迎來到出版行業，我們的目標是，垂死也要掙一掙，夕陽也要紅一紅。」

初禮暗想：也不知道上完第一天班就辭職，會不會成為打破元月社歷史紀錄的第一人？

第二章

第二天。

初禮在早上的鬧鈴中醒來，睡眼惺忪之間，眼角餘光瞥見昨天晚上放在枕頭旁邊的晝川老師的合同，突然想到那天聽見編輯部裡傳來的咆哮聲。

「三萬二首印，你當我要飯的啊！」

且不說那個發狂的狐狸是哪位大神，從《月光》編輯部走出來的寫手，依目前雜誌陣容來看，再大神也大神不過晝川……所以，初禮擔憂她把合同遞給晝川時，對方會在看見首印量的第一時間把合同扔回她臉上。

初禮抹了把臉，不得不接受此時此刻才是惡夢開始的事實。她不傻，用腳趾頭想都能明白老苗說什麼和晝川最近不太愉快都是話術，如果真的存在什麼不愉快，那也只能是這破合同上的「四萬五首印」惹來的不愉快。

但是既然部門把這個任務交給她了，她就會做好。

爬起來洗了個澡、吹好頭髮，初禮帶著資料夾出門了。

晝川在G市買的房子座落於市中心附近一個看起來就很貴的高級社區內，來訪的訪客要做訪客登記。初禮按照老苗給的地址找到相應的門牌號碼，抬頭看到一間帶院子的獨棟洋房時，她站在門外沉默了下，想到自己那個十幾坪、上班要坐一個半小時車的狗窩，她不知道自己得奮鬥幾輩子才能買得起一棟這樣的房子。

大神寫手啊，有錢，有時間，生活瀟灑，人生贏家。

沒想到自己這輩子還能和大神說上一句除了「大大我好喜歡你的文啊」之外的話。要說什麼好呢？說「老師我好愛你啊，雖然你是個戲子」？

感慨激動之中，初禮懷著虔誠的心按下門鈴。

門鈴響了很久。

初禮一邊按門鈴、一邊努力踮起腳透過大鐵門往裡面看，不安的等待中，等來開門的是一條站起來和初禮差不多高的阿拉斯加雪橇犬。大狗站起來趴在門上，倒著耳朵、甩著尾巴，整張臉擠在鐵門縫隙裡。初禮伸手去撓牠腦門時牠的尾巴甩得快要掉下來似的。初禮嗲著聲音跟狗說：「小乖乖，你爸爸呢？你爸爸呢？叫你爸爸來開門呀！」

大狗「汪汪」了兩聲。

然後初禮聽見近在咫尺的對講機裡傳來帶著濃濃睡意的低沉沙啞男聲。

「牠叫二狗，不叫小乖乖。我不是牠爸，是哥哥。門外哪位？」

什麼？

初禮一愣，這才意識到對講機那邊不知道什麼時候接通了通話。清晨男人的沙啞嗓音讓她老臉一紅，難怪有人說光聽聲音就覺得晝川是個大帥哥……

是晝川啊。

是晝川老師啊。

門裡頭住著的，此時此刻在跟她說話的是晝川老師啊！

初禮難掩心中的激動，拍了拍名叫「二狗」的大狗腦袋，清清嗓子強裝淡定：

「晝川老師嗎？你好，我是元月社《月光》雜誌的新編輯初禮，我今兒來是給你送關於《洛河神書》出版合同的……」

門鈴那邊沉默了下。

良久，初禮懷疑他是不是靠著門邊睡著了，才聽見他平靜的聲音響起——

「把合同翻到第一頁。」

「喔。」

「翻開了嗎？」

「翻開了。」

「首印量，唸。」

「老師你感冒了嗎？」

男人說話的聲音顯得有濃重的鼻音。

「唸。」

「四萬五。」

「二狗，送客。」

「汪！」

站在大門外傻眼了幾秒，初禮這才反應過來自己他媽的連被晝川把合同丟臉上的機會都沒有就吃了閉門羹。

這不行啊！

老師你快出來把合同丟我臉上也好！

抱著必死的決心，初禮不死心地把晝川家的門鈴按了一遍又一遍，二狗在裡面也急得上竄下跳的想讓初禮進來幫牠撓耳朵，於是一人一狗將這清晨的寧靜徹底打碎。當初禮第十次按門鈴，二狗搖得鐵門嘩嘩作響，鄰居或許已經舉起報警的電話時——

那扇禁閉的洋樓大門，砰地一下終於開了！

初禮要按第十一遍門鈴的手一頓，眼睜睜看著從房子裡面快步走出一個穿著蠟筆小新卡通睡衣的高大男人。縱使他頭頂雞窩，眼下掛著黑眼圈，鼻尖因為感冒而微微泛紅，腳踩拖鞋，形象不佳、面色蒼白卻依然不掩其英俊本質。

此刻男人腳下帶著殺氣，快步來到鐵門那一邊，「老子昨晚寫稿寫到凌晨四點！今天早上十點半就被吵醒！醒了就算了，還要被人用四萬五的首印量來羞辱！四萬五！老子造了什麼孽！四萬五！距離上次的三萬二倒是加了很有誠意的一萬三啊！你們元月社真的當老子要飯——」

晝川的話沒能說完。

眼皮子不經意掀起，那雙茶色的眸子冷冰冰地盯著鐵欄杆那邊一臉天崩地裂表情的人。

晝川鼻子一皺，露出了令人感覺很熟悉的傲慢挑釁，只是此時他的嗓音因為感冒而帶著濃重的鼻音，顯得有些威嚴性下降：「怎樣？」

鐵欄杆那邊的人直接後退一步，帶著她那張依然掛著天崩地裂表情的臉，和天崩地裂的三觀——

是狐狸。

狐狸是晝川。

狐狸就是晝川。

這穿著蠟筆小新睡衣的狐狸大叔是溫潤如玉公子川！

Excuse me！

初禮沉浸在「溫潤如玉公子川好像真的和說好的不一樣」、「除了是個戲子他還是隻狐狸」、「講個笑話，我做過以我和晝川為主角的春夢」之間，用了十幾秒反應過來自己到底是來幹麼的，於是她硬著頭皮回到鐵門上趴好，一臉真誠地對著那邊大概是因為起床氣暴怒的人道：「不是，老師，你聽我說……」

晝川嫌惡地掀了掀脣角：「我不聽。」

「……等等、等等！」初禮一把摁住鐵門，「你不能這樣對待一個淑女。」

「沒有一個淑女會用四萬五首印量來羞辱我的。」

發狂的獅子、傲慢的狐狸，從京極夏彥到《龍陽十八式》。

初禮發現自己錯得很厲害——

這個圈子並不是每一個大大都是兩面派的瘋子。

瘋的，只有晝川他老人家一個而已。

猴子請來的水軍：QAQ上班好辛苦，超生氣。

消失的L君：妳很氣？正好我也剛被別人氣得上氣不接下氣……遭遇事業顛峰之戰，就要down到谷底。

猴子請來的水軍：你居然還有事業！

消失的L君：妳這種把「網戀」掛在嘴邊不知道從哪個古墓裡爬出來的人都能有事業，我為什麼不能有？

猴子請來的水軍：喔，語氣很衝，看來你真的很氣喔。

消失的L君：是的，超氣。恕我直言，我現在連空氣都想懟。

猴子請來的水軍：……

並沒有從L君那得到任何安慰，反而是自己多廢話了兩句開解這個已經氣到連空氣都想埋怨的傢伙……直到站在元月社的辦公大樓門前，初禮這才收起手機，深呼吸一口氣，埋頭走進辦公室裡。

也不知道是不是錯覺，初禮覺得自己走進辦公室時整間辦公室都安靜了下，當她垂頭喪氣地走向自己的位置，隔壁的老苗突然笑出聲。

「這麼快就出外勤回來了？一個標準無功而返的速度。」

辦公室裡的眾人眼瞧著雖然都還在忙自己的事，然而初禮能感覺到大家其實都已經豎起耳朵注意這邊。初禮拿出包裡那份合同，無視老苗的嘲笑：「我連把合同遞給晝川讓他把它摔到我臉上的機會都沒有。」

老苗笑得更燦爛了：「他放狗咬妳了嗎？」

初禮看了老苗一眼，小心翼翼地提醒：「那是阿拉斯加雪橇犬不是藏獒。」
老苗：「長得一樣的。」
初禮：「一點兒都不一樣。」
老苗：「晝川怎麼說？」
初禮沉默了下，然後嘲諷地勾起唇角，模仿大鐵門後面那個人的語氣：「四萬五首印，侮辱誰啊？當我要飯的啊！」
老苗轉過頭哈哈狂笑，連帶著整個辦公室的其他人也都笑了起來；另外一個新人編輯不敢笑得太大聲，嗤嗤地笑得小臉都憋得通紅。
初禮完全感覺不到笑點所在，只感到沮喪，把合同往桌子上一放，她小聲道：「老苗，這工作我覺得我真幹不了——晝川大神連家裡院子大門都沒替我開，他養的狗都比他熱情一萬倍。」
老苗：「他很凶？」
初禮：「超凶。」
老苗轉了下椅子，玩弄手中的馬克筆：「那是妳不會談判。」
瞧你厲害的，你會你倒是去啊！去面對那個瘋子！正面槓上！
初禮敢怒不敢言。
老苗不理會初禮飽含抗拒情緒的沉默，在椅子上晃啊晃，蹺起二郎腿懶洋洋地道：「妳真的對出版行業一無所知，對這些寫手的尿性也一無所知，我也很想知道老大到底是為什麼把妳招進來的？」

于姚：「因為熱情。」

「因為熱情？老大妳這話說得我要吐了，又不是日劇女主角，能什麼都不會就憑藉一腔熱血贏得寫手的心……行，來，孩子妳坐下，今天看在我是前輩的分上，我幫妳指導個談判方向——」

初禮告訴自己這就是成年人世界的無奈，她並不能把椅子拎起來扣到眼前這個莫名其妙甩鍋還要教育她的人身上，因為眼前這人看上去再不靠譜，這也是她的上司、她的前輩、她的指導者……於是她深呼吸了一口氣坐下來，想聽聽老苗怎麼說。

意外的是，老苗還真的就透露出不少資訊，他先替初禮說明了出版界現狀——首先，寫手的稿費公式為：首印量乘以書本定價乘以版稅點數（幾個點就是百分之幾）等於最終稿費。

二〇一三年，出版界現狀是一般言情小說、青少年讀物首印量八千到五萬，給寫手的版稅點數一般六到八個點。一般來說二萬以上都是言情大神待遇，那些小透明寫手普遍拿個八千也就差不多了。偶爾欺負一下小透明寫手，有的出版社甚至會花三千到五千塊直接買斷整本書不給版稅。

三萬以上的銷售量就可以稱作是暢銷書；再往上，就是那些金字塔尖的大神了，一般首印給個十萬到三十萬還是有可能的，這些人的版稅點數最高能拿到十五個點，只是全國就那麼幾個寫手有這能耐。

換句話說，初禮以為的月刊都可以隨便來個幾十萬本銷量的盛況，真的只存在於一九一三年而不是二〇一三年。

十萬，九個點。」

老苗：「晝川是剛摸到金字塔尖屁股的人，他最近兩年的首印量一般會定到八至

臥槽，八到十萬！

三萬二的二到三倍！

初禮懵逼了：「那最開始的三萬二咱們怎麼開得出口？難怪他氣成這樣，晝川怎麼沒一把火把元月社燒了……啊，有晝川的聯繫電話嗎？我要跟他道歉，晝川老師對不起。」

老苗：「妳知道什麼叫對比產生美嗎？這就是我要告訴妳的談判方式——我們是新雜誌，雖然出版社很老了，但是東方幻想青春讀物我們是第一次做，我們給一般的寫手首印就開八千，愛出不出，不出滾蛋；但是我們給晝川三萬二……最後加到了四萬五。

「妳知道這意味著什麼嗎？如果給他的首印開十萬，版稅點數十個點，他是美滋滋了——假設每本書定價三十五塊，我們就要給他三十五萬的版稅！三十五萬！我們還要再承擔每本書百分之二十二左右的成本，妳自己算算那是多少錢——我們是出版社，老闆是商人，不是魯迅，商人是要賺錢的。我們不是夢想福利社，老闆要發妳工資讓妳吃飯，把錢都給晝川的夢想了，妳吃什麼？是不是很有道理？」

初禮：「……」

有個屁。

老苗：「所以，首印量四萬五，我社一片赤誠之心，日月可鑒。妳得告訴晝川這

個，他一對比別的寫手，自己居然多了幾倍，虛榮心一上來就動搖了；妳再給他畫大餅，告訴他我們出版社新開發專案，一定全力以赴替他把這本賣好，到時候賣好了再加印也是一樣的嘛！妳看妳這麼一說，動搖就變答應了……」

初禮黑人問號臉。

老苗：「以上，我說完了，妳明天再去試試。」

由主編于姚帶頭，辦公室裡頓時掌聲如雷，只有初禮繼續黑人問號臉。

她總覺得老苗不親眼看著她被晝川打一頓，然後用順豐快遞的貨到付款打包寄回來是不會善罷甘休的。

也不知道新同事之間哪來那麼大仇。

但是這不妨礙第二天初禮繼續站在晝川家門外，開始摁門鈴。

幸運的是，晝川今天好像起得挺早，沒有起床氣，所以十分鐘後初禮順利地坐在他家的沙發上；不幸運的是，男人開門之後就自顧自地煮咖啡、喝咖啡、看信件，除了賞給初禮一杯大神親製的現磨咖啡之外，把和二狗肩並肩坐在沙發上的初禮完全當作空氣。

初禮因為出版社底氣不足，自己也底氣不足，低頭坐在沙發上，一個字不敢多說。

於是，一個小時後。

當晝川喝完咖啡、處理完信件一回頭，就看見坐在沙發上的小姑娘耷拉著腦袋，和那條橫截面積跟她完全一致的雪橇犬坐在沙發上，一副小可憐的模樣。

感受到主人的目光，二狗抬起爪子推了推身邊的小姑娘。

晝川清了清嗓音，不冷不熱道：「昨天起床氣，沒嚇著妳吧？」

嚇死了，謝謝。

老子現在看見大大您就想尿尿。

初禮違背良心地搖搖頭，感覺到這是晝川主動打開話匣子了，貌似有戲，於是動了動唇……

結果糾結半天還是覺得老苗那套大餅話術她實在說不出口，只好推了推面前放在桌子上的包子，開口變成了：「老師，你吃點兒包子吧，早上空腹喝咖啡對身體不好，你看你都感冒了」

晝川接過包子，看了兩眼，吃了一個，茶色的眼睛盯著初禮：「還不錯，謝謝。但是我提醒妳一下，這包子不值十幾萬版稅。」

正低頭往外掏合同的初禮動作一頓，又默默地把合同塞回去。她猶豫了下，坐直身體，還是磕磕巴巴地把老苗那套說了一遍，說到後面越說越溜，她自己都快信了，於是末尾開始半真半假地畫大餅：「老師，你就把這本簽給我們吧，給我們一個機會，我們一定會很努力、很努力做好這本書——只要成了，以後別說是十萬首印，二十萬我們也會努力替你爭取的！」

晝川捏著另外剩下的那個包子，掂量了下，笑了：「……這大餅畫的，妳以為妳是童話故事的神筆馬良啊？」

大大你這個畫風我拍下來放微博能轉發一百萬碾壓來自星星的都敏俊你信不信？帶上話題「**震驚！來自火星的你！溫潤如玉公子川真實面目婊氣四射**」。

並不知道自己正在被腹誹的晝川將剩下的包子遞給初禮，言簡意賅：「吃。」

初禮看了眼他手上捏的包子，感覺上面灑了老鼠藥似的，臉一綠、擺擺手：「吃過了，專程買給你的，總不好總是空手上門——」

所以就帶了兩個包子？

晝川挑起眉，開始正眼上下打量坐在另外一張沙發上的小姑娘。傻是傻了點兒，但大概是他手裡那個還熱呼的包子的關係，她怎麼看好像都比老苗那個陰陽怪氣的娘炮順眼些。

特別是「專程買給你的」六個字聽上去尤其順耳。

吃人嘴軟嘛，於是再開口時，晝川的語氣終於變得緩和了些：「妳別浪費時間了，四萬五太低了，這不是錢的問題——這以後要是傳出去，我要被人笑話的。元月社是很大的出版社沒錯，但是傳出去人家會怎麼說？只會說我晝川自降身價抱你們大腿。」

難得說了句正經的人話，晝川一邊說著一邊跟初禮旁邊的二狗招招手。二狗跳下沙發來到他腿邊，他慢吞吞地將手裡多出的那個包子塞進牠的大嘴裡……

男人對待寵物的動作還是慷慨而溫柔的，而初禮就這樣盯著他，看直了眼——

晝川的話初禮一聽就覺得哪裡不對，她盯著不遠處那張淡漠的俊臉，茫然之中靈光一閃，突然覺得自己抓住了什麼救命稻草——

這稻草不是老苗那套歪理給的，而是晝川親手遞出來的。

初禮突然想到，晝川因為低首印量感覺到被冒犯，受到侮辱而暴怒，大概是因為他本身就是個十分驕傲的人。

而這樣的人……

初禮突然坐直了身體：「但是如果首批印量四萬五立刻就全部賣光，合同臨時改變翻倍也是有可能的。老師你以前的書都是十萬首印這麼賣的，這次難道你就沒有信心也賣這麼多嗎？」

晝川一愣，隨即抬起頭瞥了她一眼，笑得露出森白的牙：「激我啊？」

初禮秒慫，屁股往後挪了挪，被這傾城一笑笑得恨不得一把抱住含著包子重新在她身邊蹲好的二狗壓壓驚：「我記得你說過《洛河神書》這本書是你的最新顛峰。」

晝川是說過。

這會兒他要說「不是」，豈不是打自己的臉？

所以他沉默了。

初禮小心翼翼地窺探他的臉色。

可惜他臉上看不出任何情緒。

十分鐘過去，晝川站起來，居高臨下地對坐在沙發上仰著小臉看自己的小姑娘道：「我對自己當然有信心，可是還是不行，元月社沒有那麼大魅力讓我陪你們進行這場博奕。謝謝妳的包子，雖然我的咖啡也不便宜，二狗，送客。」

二狗：「汪！」

初禮：「……」

今天的晝川很紳士。

拒人千里到讓人絕望。

初禮知道這時候再多說什麼也是討人嫌，本就沒什麼底氣了，於是只好站起來留下自己的聯繫方式，說了句「如果有可能改變想法請隨時聯繫我」之類的廢話，低聲跟他告辭，而後在男人的目送下低頭往外走。

正當她要走出玄關，突然眼角餘光瞥見一個很熟悉的東西，她腳下一頓，皺起眉倒退兩步蹲下身——然後情不自禁地把手伸向玄關旁放著的一疊打包好大概是要扔掉的廢舊，從裡面抽了一本畫集模樣的東西出來。

一看那熟悉的封面，初禮就傻眼了，怎麼都想不到自己竟然在晝川家看到這個東西。居然是藟娘娘的個人畫集，還是前五十名限量特典簽名版。

初禮當初為了搶這畫集和L君上竄下跳了四、五天，每晚都睡不好覺，最後搶到了又和L君嗷嗷嗚嗚了一晚上，激動得難以自已……直到這本畫集後來成為「藟娘娘腦殘粉」的身分證明。

這本畫集，晝川怎麼有？

拎著畫集的一角，初禮一臉傻傻地回過頭，難掩驚訝地看了眼晝川：「老師，你也喜歡藟……」

話還未落，初禮再次親眼目睹晝川又一次的一秒變身——

只見男人瞬間變臉，一隻手撐著沙發以堪比田徑選手劉翔的高度飛身躍起、翻越沙發，然後再變身成波特以百米手刀狀衝刺到她的面前一把搶下那本畫集。

初禮從未見過動作如此敏捷的宅男。

而此時此刻，這位宅男正面無表情地站在她面前，迅速彎腰將那本畫集塞回廢紙堆裡：「姪女喜歡，暑假來玩時放我家的——至於這種不入流的繪者，哼，替我洗腳都不配。」

他說完又打了個噴嚏。鼻尖通紅。

初禮還在震驚中沒回過神來，只是盯著晝川那張從容淡定、優雅冷漠、輕蔑嘲諷的俊臉——

替我洗腳都不配。

替我洗腳都不配。

替我洗腳都不配。

初禮無言。

厲害了。

這個大大，文學界百變小櫻（註3）哈？

或許是晝川鼻尖通紅、揚著弧度完美的下巴說「替我洗腳都不配」時的跩樣太迷人，初禮屁都不敢多放一個，夾著尾巴滾蛋了。

註3　即《庫洛魔法使》。

晝川站在玄關目送那個可憐巴巴的小姑娘離開，等到她人影都沒了，這才收回目光，對院子裡撅著屁股趴在門上的二狗嘲諷道：「走都走了，還看什麼看，進來。」

二狗不情不願地從鐵門上跳下來，與此同時牠的主人也轉身往屋裡走，經過玄關時洩憤似的踹了一腳那一疊歪歪扭扭的廢紙書籍，各種雜誌散落一地。再經過客廳茶几時，他又順手將上面寫著某人電話號碼和QQ號的小紙片扒拉到垃圾桶裡。

二狗跟進來，鼻子東聞聞、西嗅嗅，腦袋伸進垃圾桶裡又拔出來，然後果斷地抬腿一爪子拍翻垃圾桶。

晝川與二狗那雙淡定的狗眼沉默地對視三秒。

男人一秒變臉，凶神惡煞地一把揪住二狗的耳朵：「一個包子就收買得你狗腿子不知道該往哪拐了是吧！一餐吃一臉盆進口狗糧的狗東西！老子一個月貢獻給你的伙食費能買一噸包子！」

二狗把自己的腦袋從晝川手裡拔出來，甩甩腦袋，大爪子吧唧一下踩在某張小紙片上。晝川斜了它一眼，彎腰將那張紙片撿起來認真看了下。這還不是一般的名片，上面的手機號碼和QQ號都踏馬是手寫的。

正式名片都沒有，難道那小姑娘是元月社派來的臨時工？

等等，元月社居然派一個臨時工來敷衍老子？

好大的狗膽！

想像力過於豐富使得男人眼睛裡瞬間能噴出憤怒的火焰，將那破紙片往電腦桌上一扔，轉身收拾垃圾桶順便洗手去了，洗完手回到電腦桌前又打開文件檔藉著憤怒的火焰帶來的幹勁打了一會兒字。
再抬頭時，已經是下午三點左右。
晝川活動筋骨時，眼角餘光不小心瞥到他早上隨手放在桌上的那張紙……盯著紙片停頓了三秒，然後他做出一個足以讓他後悔一輩子的決定——他將紙片拿起來，然後選擇電腦桌面上同時打開的兩個QQ裡右邊的那個，點擊「添加指定好友」。
修長的指尖在鍵盤上跳躍。
滑鼠點擊「搜索」時發出清脆的「喀嚓」聲。
當搜索結果跳出來時，晝川初一看那QQ頭像好像有點眼熟，就先發出一聲疑惑的「嗯」，微微瞇起茶色的眸，再定眼一看——
查詢結果：猴子請來的水軍。
晝川握著滑鼠僵坐在電腦前面放空了三十秒。
第三十一秒，晝川那張英俊又刻薄的臉抽搐了下，臉上突然失去了血色，他突然移動滑鼠，移向了電腦桌面上左邊的那個Q，打開來看了一眼——一模一樣的頭像，一模一樣的名字，對話視窗還沒來得及關閉，這會兒因為對面的發言正拚命閃著藍光——
猴子請來的水軍：操啊！我又被醜拒了！
猴子請來的水軍：讓我再強調一遍，某位寫手家養的狗都比他熱情！
猴子請來的水軍：這年頭寫手怎麼那麼難騙啊，嗯？我都拿出這輩子能夠拿出的最高誠意，請求他簽一個出版合同！還幫他買了包子啊！老娘這輩子第一次幫男人買早餐！他不僅沒千恩萬謝，還他媽說我包子不值十幾萬版稅！

猴子請來的水軍：那是一個包子的事嗎？那是我的少女心！

猴子請來的水軍：我的少女心是無價的！

猴子請來的水軍：QAQ回到辦公室還被隔壁娘炮瘋狂嘲笑，問我要不要三顧茅廬……你說我明天還要不要去啊？幫他帶一碗看上去更高級的皮蛋瘦肉粥吧？

晝川在鍵盤上敲下一連串的刪節號，然後啪地摁下發送。

螢幕上對話視窗裡就出現了這麼一行字——

消失的L君：……………………

晝川因為驚嚇過度，反射性地直接拔了電腦電線。

這一天，初禮發現下午三點左右，發給她一大串「……」的L君又神祕消失了。

而她並不知道的是，與此同時，在G市的市中心某高級社區裡，有一位剛剛摸到金字塔尖屁股的頂級作家正因為她而受到驚嚇，抱著狗在沙發上渾渾噩噩、苟且偷生了一整天，大腦放空，一個字沒打，彷彿錯過了一個億的稿費。

一想到自己這幾天陪著那個初來乍到出版社的小版主對著一個素未蒙面的寫手冷嘲熱諷，幸災樂禍地說什麼「哈哈哈哈寫手圈神經病多著呢」、「微博就是做戲的啊妳才知道啊」、「那個雷包寫手」之類的話……

微博和私下畫風不同什麼的，難道這小姑娘都是在罵自己？

然後他還隨聲附和得非常開心，嘲諷得有來有回？

這位作家脣角抽搐了下，摸了摸二狗彈性十足的耳朵，替自己抽疼的心臟壓壓驚。

半夜十二點，當初禮打著呵欠、惦記著明天要幫文學界百變小櫻買點啥早餐討好他時，這位作家終於鼓起勇氣插上了自己電腦的電線。

打開電腦。

逃避似的無視自己還有一個小號這件事，他直接登錄大號，看了一眼線上好友列表，滿意地發現一個叫「江與誠」的傢伙還在線上——這傢伙也曾是金字塔尖尖的大神寫手，主打恐怖懸疑，算是晝川的師兄兼好友。只是最近恐怖懸疑這塊市場不太行，他主打題材比較難賣，人氣有些下滑……

晝川用QQ的抖動功能抖了他兩抖，在對方發過來一個問號後，言簡意賅道。

晝川：我出事故了。

對面沉默了幾秒。

江與誠：什麼？你的讀者終於發現你的本質了？

晝川：不，發現什麼發現，我演技好著，溫潤如玉公子川。

晝川：奧斯卡欠我一座小金人。

晝川：……說正事。還記得我跟你說當年幫《X》遊戲做資料集時，我為了搞個大新聞曾經打入內部混過他們的同人圈不？當時我在那個圈子假裝小透明替一個繪者的圖配文，順手還撿回來一個傻了吧唧的論壇版主。

江與誠：記得，清楚的記得晝川大大像個變態似的跟我說「我隨手寫了幾千字那些人驚為天人」、「小版主替我加精了嘿嘿嘿」、「這小版主懵了吧唧的真可愛嘿嘿嘿」、「他們好震驚AB居然真的是一對哈哈哈傻子喲資料片都是我在做只要我點頭AB就算是一個人和一條狗也必須是一對啊」……這故事裡被你一口一個「小版主」的那個版主？

晝川：是她。

江與誠：怎麼了？出什麼事故了？你跟她網戀了？

晝川：戀什麼戀，一個小女生，我又不是變態。造化弄人，因為這樣那樣的巧合總之現在小版主變成我編輯了，早上剛來我家，帶了倆包子給我，告訴我空腹喝咖啡對身體不好，還企圖讓我簽下一個四萬五首印九個點的出版合同。

晝川：我身體好不好關她屁事。

晝川：但這不是重點。

晝川：重點是那個合同。

江與誠：這麼巧？我這也有個十年老粉進了元月社，哈哈哈搞不好他們倆還是同事呢！

晝川：喔，你那粉叫什麼啊？

江與誠：你肯定不認識的，問了也白問。話說回來，你剛才說什麼？你和你那個小版主三年網戀長跑成真了？她還色誘你簽下四萬五首印的爛合同？哪本？你準備非十萬以上首印量不簽出去的《洛河神書》？天吶！

晝川：首先我們沒有網戀，是純潔美好的主人與寵物關係；其次她不知道我是L君但是要簽的確實是《洛河神書》沒錯；最後她在我家門口看見了繭娘娘的限量版簽名畫集，當時熬夜通宵一起搶的，我怕她手笨搶不到……哎不說這個了，我他媽就不該心軟做好事，你瞧報應來了吧……不過這些都不是重點，重點是我態度很惡劣地讓她帶著她的四萬五首印量滾蛋了。

江與誠：這開的印量確實活該滾蛋啊，沒毛病——反正她還不知道你是L君，你慌什麼？

晝川：紙包不住火，我怕她知道後，想到我今天如此不顧情面讓她滾蛋，惡向膽邊生，自己寫一篇文叫《818那些年愛過繭娘娘的溫潤如玉公子川》，然後，榮登各大書店、書網暢銷書榜首。

江與誠：哈哈！

晝川：……笑夠沒？我是來給你講笑話的？

江與誠：正想睡覺，笑精神了。

晝川：問你怎麼辦？

江與誠：什麼怎麼辦？哈哈哈哈哈哈哈哈哈哈哈哈哈哈簽了吧！

晝川：那可是個四萬五首印量的合同！四萬五！是你你簽？你說的可還是人話？

江與誠：多少首印還不是賣，反正只要能賣出去再加印少得了你的版稅嗎？而且你這一本現在的漫畫版權和遊戲版權不都在談了嗎？那都是七位數的版權費了，你跟出版首印量那十幾萬塊較什麼勁？

晝川：你怎麼和她說辭一樣，串通好的？我不是跟出版那點版稅較勁，那點錢還不夠二狗的狗糧費——我想要什麼你知道的。

江與誠：喔，金字塔尖屁股墊底那位置不想待了是吧？想往上爬，嘖嘖。

晝川：一想到老子風華正茂卻要給你這樣的過氣佬墊腳，很氣。

江與誠：哈哈哈哈哈你風華正茂正好啊，放棄這一本，下一本再努力騎我頭上來嘛，我又不走！

江與誠：你這麼屁顛顛地湊上來不就是想讓我勸你簽了嗎？好歹是你養了三年的小寵物呢難道不值嗎？小寵物一生氣起來變成哥吉拉怎麼辦？沒毛病，簽了吧。

江與誠：再說了，元月社有格調，簽了對你提升格調的最終目的沒壞處啊。

晝川：簽個屁，你走你走。

轟走江與誠那個不靠譜的，晝川關了電腦，更加心煩意亂。

他站起來去洗澡，洗完澡往床上一躺，蹺著二郎腿抖著腳盯著那張已經被擦乾淨的手寫紙片出了神……

這一出神就是兩個小時，直到半夜快二點，晝川滿腦子想的都是江與誠那句「哈哈哈哈哈你風華正茂正好啊，放棄這一本，下一本再努力」……

江與誠說的也對？

不，他說的不對，老子憑什麼？就憑她當年替我加精啊？

但是我確實還有很多個下一本可以拚，賣她一個人情似乎也不是什麼大事……

晝川糾結來糾結去，糾結到大半夜，終於鬼使神差地摸出手機，照著上面的手機號碼輸入一串數字，然後啪啪啪打字。

明天十一點半，帶著妳的合同來。

想了想這麼說好像不夠酷。

又加了一句：過時不候。

點擊發送，簡訊發送中，聽見「咻」的一聲簡訊發送成功提示音，晝川抖動的二郎腿停頓了下——意識到此時已經是覆水難收，他突然猛地扔了手機從床上翻身彈起，狠狠地將自己的腦袋砸向枕頭。

咚的一聲。

好響。

狗窩裡睡得香甜的二狗受了驚嚇，睡眼朦朧地抬起自己的狗臉。

牠一臉懵逼看著突然陷入癲狂的主人：「……嗷？」

第二天。

早上八點，晝川睜開了眼。

九點，洗頭洗澡，坐在鏡子前弄造型。擺弄來擺弄去時，不經意一瞥鏡子裡舉著梳子認真研究瀏海八二分怎麼弄的自己，微微一愣，反應過來自己彷彿中了邪，憤怒地扔開梳子。
十點半，晝川坐在客廳沙發上，放空，打噴嚏。
十點四十五分，他像是想起什麼似的起身替自己泡了一杯咖啡。
十一點整，門鈴準時響起。坐在沙發上的晝川眼角跳了跳，端著咖啡站起來，停頓了下，快步來到玄關的電鎖前打開外面的大鐵門，連帶著近在咫尺的家門也開了一條縫。他冷眼看著棕色的阿拉斯加雪橇犬搖著尾巴用大腦袋拱門縫，然後泥鰍似的迫不及待地擠了出去。
過了一會兒，狗回來了，身後還跟著一個人。
不動聲色地將門拉開了些，晝川掀了掀眼皮，這麼多天來第一次算是走心地認真看了眼站在門外的人。來人只到晝川肩膀稍高一些的高度，短髮，模樣清秀，掉人堆裡要找出來也頗有難度；難得的是一雙黑眼睛倒是亮堂乾淨，此時此刻她懷中小心翼翼地抱著一個資料夾，上面寫著「《洛河神書》出版合同」這樣的字。
這就是那個傻乎乎又死心眼的小版主。
和他的馬甲和平共處、保持純潔友情三年的人。
晝川沉默了下，脣角動了動，沙啞著嗓子問：「粥呢？」
初禮：「嗯？」
低頭看了眼手中剛泡好的黑咖啡，晝川脣角抽搐了下：「算了。」
初禮：「嗯嗯？」
晝川：「進來吧。」

晝川讓開，依然是板著一張棺材臉，冷眼看著比剛才似乎更加不安的初禮弓著背進入家中，換上拖鞋，乖乖地在沙發上坐下。在這一連串動作完成的時候，初禮一直抱著那個資料夾，就像是抱著什麼了不起的寶貝，直到晝川提醒她把資料夾放下。

初禮抬起頭一臉懵逼地看著男人，就好像現在她都還沒反應過來自己到底為什麼坐在這裡——如果不是這會兒晝川一瞬不瞬地盯著她，她幾乎想要掏出手機確認一下，昨晚收到的簡訊到底是不是她執念過深而產生的美好幻覺。

初禮：「你說什麼？」

晝川：「我說，放下資料夾，阿嚏！」

初禮：「老師你感冒還沒好啊？」

晝川：「妳幫我買藥了嗎？」

初禮：「啊？」

晝川：「那就別問。」

這副呆萌模樣，就是揚言要替自己努力賣好書，以後爭取二十萬首印量的人？行不行啊朋友？

晝川頭疼地發現自己居然已經把她畫的那種爛大餅記在心裡了，真的是弱智。放下咖啡杯，揉了揉太陽穴，晝川在另一張沙發上坐下：「妳不放下我怎麼簽名？」

初禮眨眨眼，露出一個夢幻的表情。幾秒之後，她如夢初醒般，黑色的瞳眸一亮：「你真答應簽這個合同啦？」

晝川：「是。」

簽完以後好好考慮跟妳恩斷義絕的事。

初禮：「為什麼？」

因為老子他媽不幸地有把柄落在妳手上了。

關乎老子的一世英名。

晝川心中在滴血，表面還面不改色地撒謊：「因為我覺得妳昨天說得挺有道理，我的書不愁賣，《洛河神書》也確實是我的得意之作——我對自己的實力和貴出版社的鋪貨能力很有信心，思來想去也覺得自己不應該糾結於區區一個首印量，正如妳說，書賣得好，可以加印一次甚至兩次，賣多少、刷多少，版稅我照樣拿。」

初禮：「對嘛！您想通了就好！」

她又露出了夢幻的表情，激動得連「您」都出來了，將懷中都快捂得熱呼的資料夾交給男人，看他打開鋼筆，正欲落筆——

初禮：「老師，你是左撇子嗎？」

晝川微微一愣，抬起頭看了眼握著筆的左手，不知道是想起什麼似的嘲諷地笑了笑，然後不動聲色地把筆換到右手，在合同簽名處龍飛鳳舞地用極漂亮的字簽上自己的名字，低聲道：「左右手都能用。」

這個男人不感冒的話，聲音應該很好聽吧？

晝川簽完合同扔開筆，將合同遞回給初禮。至此，初禮還是不敢相信，自己居然真的說服了晝川在這份合同上簽名！

她接過合同只知道道謝，還問：「老師，我該怎麼謝謝你？」

晝川站起來，正伸懶腰，聞言動作一頓，回過頭輕描淡寫地瞥了她一眼，淡淡道：「免了。」

一碗粥都只是說說而已，涼薄得很的小女生。

並不知道自己因為區區一碗粥而被貼上「涼薄」的標籤，初禮站起來，向晝川小小鞠了個躬，然後歡天喜地地轉身離開這個她連續三天來了三次的地方。離開的時候她摸了摸跟在自己身後二狗的腦袋，還撓了撓牠耳朵根。抬起頭時，她看了眼依舊敞開的門裡，蹺著二郎腿靠在沙發上玩手機的男人……

看著那個有著寬闊肩膀的身影，初禮暗自下定決心，大餅已畫，她一定要替晝川賣好這本書。

而晝川對她的決心自然不知且本來就不在意，這會兒他正蹺著二郎腿抖著腳，用外賣軟體替自己點了一碗皮蛋瘦肉粥。

回出版社的路上，初禮健步如飛。

坐在公車上，脣角無時無刻不是勾起來的，本著有好事要分享的原則，她打開手機，留言給最近十幾個小時內都被歸類為「失蹤人口」的某人。

猴子請來的水軍：那個大大答應了！現在終於能告訴你了，那個大大就是晝川啊！對沒錯就是那個晝川！我猴某人三顧茅廬，終於用自己赤忱火熱的誠心打動了晝川大大，他終於答應簽下了這坑爹得像是騙錢一樣的合同！！

猴子請來的水軍：啊上帝啊！

猴子請來的水軍：我高興得不知道說什麼好，坐在公車上，我覺得自己好像死了一回又活了一回的《還珠格格》的夏雨荷，剛才有那麼一瞬間我差點膝蓋一軟就撲倒在大大的膝蓋上哭號謝謝爸爸！

發送完畢。

這一次對方依然沉默很久。

久到初禮以為他依然還是失蹤人口時，突然手機震動，初禮趕緊抓起手機看了一眼——

消失的L君：那還真是恭喜妳啊。

消失的L君：居然拿下了晝川。

此時初禮還陷入巨大的驚喜與突如其來的幸福之中，完全沒有感覺到L君的語氣略微詭異，她只是哈哈哈哈哈哈哈哈哈哈哈地要求L君替她保守馴服了晝川這匹烈馬的祕密，並承諾他做得夠好的話，以後有機會給他一張晝川的簽名照。

而聊天視窗的這邊，空氣被煩躁的奶白色菸草煙霧繚繞。

男人雙手離開手機鍵盤，退出聊天軟體，打開手機前鏡頭，他在手機螢幕裡看見一張熟悉的臉，此時那張臉上是藏都藏不住的冷笑。

簽名照？

老子有一萬張，高興的話能貼滿床頭不帶重複。

……啊，一想到自己苦心經營的得意之作毀於一旦，要繼續在金字塔尖被其他寫手當腳墊直到下一本「巨作」橫空出世，心情就好糟糕。

連菸草都拯救不了的糟糕。

男人打開手機裡的各種聊天軟體開始在好友清單裡看來看去，一邊看一邊認真琢磨：欺負個誰來開心開心比較好呢？

選來選去，手指最後還是停留在「猴子請來的水軍」這名字上，然後手一抖……

把她拉黑了。

這邊，並不知道好基友對自己幹了什麼慘無人道任性事的初禮興高采烈地衝回部門，到的時候正好是下午一點半左右的午休時間。所有人都坐在辦公室裡吃外賣，或偶爾用電腦和別人閒聊或者稍微推進一下工作，初禮踏進辦公室裡和每一個人打了招呼……

只覺得今天每個人看上去都特別可愛，就連門口魚缸裡養的一缸鸚鵡魚和清道夫魚都萌得發光。

快步走到主編辦公桌前，初禮打開自己的包要把合同往外拿，正想要跟于姚報告晝川合同已經成功拿下來的喜訊，于姚先一步開口：「怎麼現在才來啊？」

「啊？」初禮愣了下，捏著合同的手一頓，手指指了指外面，「還是出外勤，于主編不是說還有一週時間一定要拿到合同，所以要去拜訪晝川直到他願意簽下合同嗎？所以我今天也去了晝川的家裡，來晚了是因為——」

晝川老師約我十一點去簽合同。

初禮話還未落，在她身後，老苗嗤笑一聲接了句：「結果又是白跑一趟，是吧？」

老苗語落，同是新人編輯的小鳥從外賣裡抬起頭，小聲嘆息：「天天跑來跑去真的好慘喔，晝川老師應該很難拿下吧？不過出外勤很好啊，我大學的時候在學生會工作最喜歡出外勤，不用開會，偶爾還可以偷懶起床……」

初禮愣了愣，總覺得這話裡聽著哪裡不得勁，滿臉問號地轉過身。

這時美編老李接過話：「可以從下午開始上班的話，早上我說不定可以送孩子先去上學……我老婆總是抱怨我早上走得太早，孩子吃早餐時我都出門了，不像個做爸爸的。」

老苗：「嘖嘖嘖，好可憐哦！」

小鳥轉向初禮，綻開一個笑容：「工作以後都沒有機會出外勤了，超羨慕妳的，初禮。」

停頓了下，她又抬起手捂住嘴小聲地「哎呀」了聲，抱歉道：「不過我是在說我大學時候的懶惰啦，並不是說妳也會藉著出外勤的藉口睡懶覺故意不來上班什麼的……大家都超級忙，怎麼可能敢拖延時間不來上班，對吧？」一邊說一邊又笑了起來。

坐在小鳥對面的阿象抬起頭看了她一眼，小鳥衝著她揚揚下巴：「是吧，阿象？」

阿象傻笑了下，不置可否。

老苗看向初禮：「合同呢？」

這時候初禮已經被他們的連番轟炸轟得大腦空白，眨眨眼沒答上來。

于姚卻笑了，先初禮一步開口，用半調侃的語氣說：「老苗你也不要逼初禮逼得太緊，這合同交給你，你可是用了半個月的時間都沒把晝川拿下來，初禮還是個新人呢，你怎麼能指望她四天內就拿下來啊……不過初禮，出外勤不必一出就是一個上午的，妳手上還有別的事要做，不是只負責一個晝川就好。」

于姚一邊說一邊看向初禮。

初禮正想說「不是啊主編，合同已經拿下了」，但是眼角餘光卻猛地瞥見老苗瞬間變得有些僵硬的表情，愣怔在原地十幾秒後——夾著資料夾要往外拿的手指忽然鬆開，任由資料夾掉回包裡。

屬於食草性小動物面臨威脅時的先天警覺性，讓她沒能說出口的話突然嚥回了肚子裡。

初禮站直身體，將包放到座位上，然後衝著于姚露出一個歉意的笑容：「抱歉，于主編，我會努力說服晝川的，明天也不會再這麼晚來上班。」

初禮說話時，整個辦公室都安靜了下來。老苗轉動椅子發出「嘩嘩」的一聲輕響，其他人則用著自己的午餐。當初禮轉身面向大家時，所有人臉上的表情都很自然。

就好像剛才什麼都沒有發生過。

初禮笑了下，輕飄飄地扔下一句「我去洗手間」走出辦公室，在走廊上走了很遠。當聽到自己的鞋跟敲擊地面都能發出回聲，初禮停了下來，看了看身後。

她低頭看看自己的腿，這會兒還有點抖。

滿腦子的「為什麼」、「怎麼回事」、「發生了什麼」，她用同樣微微顫抖的手拿出手機，滑動螢幕進入簡訊畫面，找到那條還保留著的、唯一一條「明早十一點來我家，過時不候」的簡訊，猶豫了下，摁下了撥通對方電話的按鍵，電話響了三聲就很快被人接起。

「喂？」

「晝川老師你好，我是初禮，就是……早上來過你家簽合同的元月社編輯。」

電話那邊傳來重物落地的匡匡聲音和狗叫，顯得一片混亂的樣子，初禮耐心地等待一會兒，那邊男人低沉冷漠的聲音才再次響起。

「什麼事？」

初禮稍稍握緊手機：「老師你好，抱歉又來打擾。是這樣的，我剛才回到出版社裡，稍微想了想，可不可以拜託你暫時保密一下今天我們已經簽下合同的事，直到下下週一……」

「妳又想做什麼？」

初禮垂下眼，「因為這邊好像突然不那麼方便立刻開始跟進，我有些害怕……不是，啊，拜託你了可以嗎？」

電話那邊陷入了沉默。

在初禮看不見的地方，晝川挑著眉將手機從耳邊拿開，看了一眼——就好像他這一眼能見到此時此刻電話那邊的人在發什麼瘋似的。

語無倫次的，聲音聽上去可憐巴巴，搞什麼？

剛才不是還高興得像個猴子嗎？

晝川沉默地想了一會兒，思索著登錄ＱＱ大號看了下，好友列表裡的編輯老苗的頭像跳動著表示有訊息傳來，他停頓了下，好像想明白了些什麼。

初禮在忐忑等待了彷彿一個世紀那麼長的時間後，終於等到對方扔下一句「隨便妳，不管你們那邊耍什麼花樣，別影響我就行」就直接掛斷電話。

初禮瞪著被掛斷後回到螢幕首頁的手機發了大概四、五分鐘的呆，這才回過神，小跑到洗手間裡洗了個手做出剛上完廁所的模樣，對著鏡子調整好面部表情，這才重新邁著輕快的步伐回到辦公室裡。

第三章

由於元月社要求上班時間為早上九點半，在被于姚提醒後，初禮每天早上十點五十左右準時到達辦公室。不早不晚，好像是去晝川家打了個報告然後又殺到辦公室的模樣——那份已經簽好的合同被她放在包裡背來背去安然無恙。

第一個工作週就結束了。

週末，初禮躺在租屋處放空自我，沒有找人吐槽。準確地說，是不知道找誰吐槽。因為早在週三晚上她想找L君吐槽辦公室裡的那些小婊子時意外發現QQ裡突然查無此人，想著自己是被拉黑了還是怎麼著，問遍了身邊所有兩人共同認識的人，最終只得到一個「最近沒有看見L君」的回覆。

初禮不禁感慨人倒楣起來喝水都塞牙縫。

同事莫名其妙針對她，就連三年多和平共處的基友也莫名其妙拉黑她。

她就這樣莫名其妙地，被全世界拋棄了。

啊。

崩潰。

大寫的生無可戀。

初禮並不知道的是，這年頭日子不好過的並不止她一人。

打從週三晚上開始至今，在G市市中心的某座高級住宅裡，同樣也有一位正處於坐立不安狀態整整三天三夜的傢伙。

週三晚上，當時晝川打完字，百無聊賴地上網看了一會兒新聞，看到某些奇葩新聞時下意識地複製了連結然後就登錄「消失的L君」那個小號，拉開好友列表，第一秒沒找到某個熟悉的猴子頭像時，他微微愣了下。

然後這才想起來自己中午一言不合地把人家刪了。

……刪了永除後患啊。

刪得好。

強行忽略自己複製好的連結是要發給某個人這件事，晝川打開一堆未讀訊息，然後發現所有留言的人都是他和那隻猴子共同認識的小夥伴。

在你背後的鬼：阿L，猴兒問你去哪了……你咋回事？把她刪了？吵架？她說你們沒吵架啊！

小野花：你和阿猴怎麼了？

搖曳風中：猴子找你呢，你們怎麼回事？你被盜號了？

搖曳風中：在不啦？

搖曳風中：猴子哭得可慘了，滿世界在找她相公。

晝川：「……」

哭個屁啊？

她正抱著晝川的合同美滋滋到睡不著覺吧。

盯著「相公」兩個字，晝川撇撇嘴，被酸倒了牙。

良久，他哼笑一聲，蹺起腿抖了抖，自言自語道：「說客還挺多啊妳。」

他關掉小號QQ，開大號，看一下線上好友列表，抓住江與誠，將複製好的連結貼過去，得到了一連串的「？」後，晝川開始了自己與好友的聊天——

只是這一聊就是剎不住車的三天，每天江與誠打完字，都能看見晝川留給自己的十幾條留言，分別報告「起床了」、「中午吃了啥」、「晚上想吃啥」、「這條新聞好有趣哈哈哈哈哈哈」、「我靠你看這個奇葩寫手又作妖懟粉」、「天朝萬歲萬萬歲願祖國繁榮富強」等各種內容。

江與誠的內心是崩潰的。

直到週末晚上，他終於忍不住爆發了。

晝川：今晚吃的咖哩牛腩，難吃到我看到佛祖，這家店怎麼做到今天還沒倒閉的？

江與誠：……大哥，你很閒？你今晚吃了啥好不好吃到底跟我有半毛錢關係不，你又沒邀請我一起去！

晝川：……

晝川：我就說說。

晝川：無聊啊，你凶什麼凶。

江與誠：無聊你去打字，多少讀者等著你晝川大大更新，加更一下能把他們開心死——何必來找我嘰歪廢話，又不給你稿費。

晝川：你這人怎麼這麼世俗，以我的千字身價，和你說過的話歸攏歸攏字數夠我在G市再買一棟房了。

江與誠：從週三晚上到現在，你說過的話至少可以分擔那一棟房裡的客廳加廁所加書房。

江與誠：怎麼回事啊你？

江與誠：……你別突然看上我了吧，瑟瑟發抖，我個過氣寫手入不了大大您的眼吧？

晝川：？？？

晝川：性取向正常，我就無聊。

江與誠：那你和我認識的過去三年又十個月零十一天沒騷擾我、安靜如雞的日子裡，你都怎麼過的？

江與誠的問題問出，晝川久久沒有回答。

而江與誠不知道的是，此時電腦這邊，晝川的雙手離開鍵盤，他坐在電腦桌前瞪著電腦螢幕，出了神。

他知道江與誠這個問題的標準答案——在和江與誠認識的過去三年又十個月零十一天沒騷擾對方、安靜如雞的日子裡，他都跑去騷擾另外一個人了。

只是那個人在三天前，被他親手拉黑了。

啊。

無聊。

大寫的生無可戀。

初禮的週末就在床上裝屍體遊戲中度過。

週一，她強打起精神上班。

下午開例會的時候，初禮發現一波折磨未過，又有新的一輪打擊碾壓而來。主編于姚分配了《月光》雜誌六月刊的任務，而新人初禮和半新人小鳥則被分配到「卷首企劃」這個欄目。

「卷首企劃」又叫「卷頭企劃」，是位於雜誌目錄之前，雜誌翻開首頁的那個鬼東西。「卷首企劃」的主題會根據雜誌當月內容有所不同，有的是為出版社即將出版的新書打廣告預熱，有的是會針對當前熱門話題展開一個專題討論；有的時候則單純是規劃一個主題，然後找來一些有趣的相關內容填充進去。

這次六月刊要做的卷首企劃主題是「童趣」，于姚希望編輯們能夠找一些寫手來分別寫一些童年趣事或者相關故事來吸引讀者。

初禮：「這卷首企劃怎麼做？」

老苗：「妳自己想。」

初禮：「找哪些寫手？」

老苗：「妳自己想。」

初禮：「這卷首企劃到底是幹麼的？」

老苗：「我也不知道。這東西其實沒幾個讀者樂意看，但是別的雜誌都有，所以咱們也得有。」

……哈？不是吧，別人有的所以咱們也得有？別的雜誌社給編輯月薪五千加年底獎金，你們怎麼不也好好看、好好學？

整個會議過程中，初禮聽得一臉懵逼。

直到散會前，于姚大概也看不過去老苗這副死豬不怕開水燙的模樣，好心告訴她，因為是和小鳥一起合作，所以有不會的可以向小鳥請教，或者兩人一起討論。

聽了于姚的話，初禮反射性地點點頭，也沒有懷疑太多。

許多年後，初禮曾總結，此時的自己對於「人性」這玩意還抱有許多不切實際的幻想，這才是最蠢得無藥可救的一點。

幾日後。

在你身後的鬼：阿L還是失蹤人口，啊，妳還好嗎？

猴子請來的水軍：「一個上吊的表情包」

在你身後的鬼：啊，那來聊點兒開心的吧，做這一行，能認識好多好多的寫手，有沒有感覺超級開心啊？還記得以前我們一起追在晝川和江與誠屁股後面追文，現在妳都能和晝川說上話了！還去了他家！啊！簽名肯定不在話下吧？超級羨慕！

猴子請來的水軍：做這一行遇見瘋子和雷包的概率絕對比遇見寫手要多得多……以及現在晝川唯一給我的幾個簽名就是寫在合同上還蓋著公章那幾個，下週一將上交給組織，並沒有剪下來貼床頭的可能性。

在你身後的鬼：啊？那麼慘……那別的寫手呢？還認識了誰？那些大大人怎麼樣？

面對好友的一連串發問，初禮嘆了口氣癱在座位上，衝著天花板狠狠地翻了個白眼。阿鬼倒是問到點子上了，別的寫手啊……

她倒是真的希望能認識幾個呢。

求神告佛的那種希望。

週一發下來的那個卷首企劃任務初禮做得非常不順利，首先寫這玩意是沒有稿費的，要去找寫手幫妳免費寫，這個就是純粹看寫手和編輯之間的交情夠不夠好。

初禮新人乍到，有個屁相熟的寫手。

於是整個企劃做了幾天一直在原地踏步，初禮一根寫手毛都沒請到……她根本不認識幾個寫手，認識的寫手裡最大牌的是她的小白蓮。她不是沒考慮過請對方幫忙，但是一想到入職前一天晚上自己曾經私訊那寫手，豪言壯語地要幫人家出書，結果書沒出先偷偷跪著求他幫忙了，這多尷尬。

思來想去，最後初禮放棄了，倒是有試著去找過晝川——現在事後總結，當時自己大概也是吃了熊心豹子膽，因為整個對話的過程是這樣的。

猴子請來的水軍：老師，是這樣的，可不可以請你幫個忙，六月刊的卷首企劃我們準備做一個有關「童趣」的主題，邀請寫手們說說童年回憶啊、童年趣事啊之類的短文……一共三個版面，我這邊需要的大概就是一千字左右，老師方便的話能不能幫咱寫這篇稿子啊？

猴子請來的水軍：拜託了老師！

猴子請來的水軍：八百字也可以！

猴子請來的水軍：就當寫高考作文！用不了你二十分鐘！

猴子請來的水軍：……要不我自己寫一段，最後署你的名字行不？就像「天空不曾留下飛鳥的痕跡，但鳥屎證明它們來過——晝川」這樣？

晝川：？

以上，在初禮一連串的碎碎唸中，對話最終以溫潤如玉公子川一個無情又嫌棄的「？」結束了，當時坐在電腦前面的初禮悲憤得想把自己的腦袋摁進門口的魚缸裡！

這會兒又被阿鬼無情地戳到痛點，初禮不得不再次面對這個血淋淋不堪回首的往事。這會兒想了想後，她坐不住了，眼看快要到午休時間，乾脆從位置上站起來，跑到一條走道相隔的小鳥的座位邊上。

小鳥正在和誰聊天，賣萌的表情包發個不停。感覺到有人靠過來，她飛快地關閉聊天視窗，扭過頭衝著初禮可愛地笑了笑：「妳怎麼來了？」

初禮沒把她遮遮掩掩的行為放在心上，拉過小鳥身邊的椅子問：「妳找到寫手了嗎？這卷首企劃到底怎麼做啊？我能不能自己寫一篇放上去然後落款晝川。」

小鳥：「沒找到，我也不知道怎麼做啊，以及不能。」

將一肚子的吐槽放回肚子裡，初禮頭疼地揉揉眉間：「我這幾天問了幾個寫手，大概人家都覺得我是神經病了，不是不回我就是直接拒絕，沒稿費的東西讓人家白費力氣，當寫手搞慈善的啊？」

小鳥的回答非常在意料之中，她一臉無辜道：「我也不知道該怎麼辦啊，我也是新人呢……不過以前那麼多期也都做下來了，所以總會有別的辦法的吧？」

初禮想想也是，嘆了口氣，心想實在不行就厚著臉皮問問于姚或者老苗，能不能打著他們的名號去找幾個以前在《月光》刊過稿子的寫手試試。

她想著這也算是一個辦法吧，便站起來說要去超市買午餐，離開辦公室來到走廊上，走了一半突然想尿尿，於是又臨時改道去了廁所。

回應完大自然的呼喚，站起來正想要沖水，初禮突然聽見從外面傳來「噠噠」的高跟鞋聲，鬼使神差地，初禮縮回即將放到沖水鍵上的手。

來的人是小鳥和阿象。

初禮猶豫了下，沒出去跟她們打招呼，而是往後退了退，隨後便聽見兩位同事一前一後地走過來，洗手臺的水龍頭被打開，嘩嘩的流水聲中傳來阿象的聲音。

「小鳥，妳怎麼不告訴初禮，老苗已經幫妳聯繫了索恆、年年還有河馬的事啊？」

初禮一愣。

良久，流水聲停止，小鳥的聲音響了起來，聽上去還是那麼的人畜無害。

「咦，老苗幫我找的寫手，又不是我找的，我告訴她幹麼？」

阿象：「妳們不是一起做這個工作嗎？萬一初禮以為妳們一個寫手都沒找到，找來很多很多其他的寫手，到時候版面不好安排的……」

阿象說到一半，小鳥就笑了，一邊咯咯笑一邊說：「找來很多寫手才好啊，妳以為三個版面就按照寫手人數平均分了嗎？哈哈哈，到時候她要是找了幾個壓根不為人知的死透明寫手，被年年她們壓著，七、八個寫手擠在一個版面，那畫面才叫好看呢！」

阿象從鏡子裡看了眼笑得彎下腰的小鳥，猶豫了下：「……這不好吧？」

小鳥不笑了，從鏡子裡瞥了眼阿象，淡淡道：「那妳幫她好了。」

阿象立刻不說話了。

小鳥從擦手紙機裡抽了張紙，擦了擦手，而後團成一團往垃圾桶裡一扔：「老苗幫我找寫手不幫初禮，他的意思應該也挺明顯了……」

阿象問：「什麼意思？」

小鳥整理了下頭髮：「妳應該知道，元月社是公司要上市，需要增加估價才開始擴招員工的吧？一般這種情況呢，無論公司上市成功還是失敗，最後都會出現大面積裁員……」

阿象：「這樣嗎？」

小鳥輕輕「哼」了聲，那語氣和她平日裡在辦公室人畜無害的模樣不一樣：「所以嘛，凡事都講個先來後到對不對，我怎麼能讓某些人後來居上呢？畢竟咱們編輯部的新人有我一個就夠了啊，更何況她也沒有做得很好，現在不是在藉著晝川合同為藉口拚命偷懶嗎——當初都不知道主編到底幹麼要把初禮要過來，真是的，讓她去《星軌》不就好了？」

小鳥說著又笑了起來，拉過阿象，一邊往外走一邊親密地問她中午想吃什麼。

「我想吃霜淇淋，阿象妳請我吃霜淇淋好不好呀？」

兩人漸行漸遠，直到腳步聲和談話聲消失在走道盡頭，從倒數第二個隔間裡才響起馬桶沖水的聲音。良久，初禮面無表情地從隔間裡走出來，來到鏡子前，補了下口紅，又用粉餅壓了壓鼻翼、面頰。

補完妝她認真地看了看鏡子裡的人，臉色依然不是那麼好看。

拿出手機想找人吐槽，卻發現下意識想找的那個人已經不在好友列表，原本就亂糟糟的心情頓時變得更加煩躁。初禮皺皺眉，找到「在你身後的鬼」，發出一行訊息。

猴子請來的水軍：天啊！新鮮了！我好像遇見傳說中的辦公室欺凌了！

在你背後的鬼：「黑人問號臉表情包」

十五分鐘後。

初禮拎著午餐回到辦公室，路過魚缸的時候，突然發現裡面好像哪裡不對又倒退回去。一缸子鸚鵡魚悠閒地游來游去，初禮彎腰盯著魚缸看了半天，終於發現哪裡不對，順手拉住經過的老李問：「哎老李，上週于主編放進去的那條清道夫魚怎麼不見了？」
老李：「不知道，鸚鵡魚吃了吧，這種魚不是什麼都吃嗎？」
初禮：「啊？」
小鳥捧著便當笑著站起來：「這些鸚鵡魚打從《月光》編輯部搬進來就在那了，沒有那條清道夫也一直活得好好的啊！」
初禮：「啊？」
小鳥笑容變得更加燦爛了一些：「還不懂嗎？一個穩定的生態環境不需要外來者。」
看著魚缸上倒映著自己的臉，初禮停頓了下，霍地直起腰看向小鳥，可能是那面無表情的模樣太嚇人讓後者一愣。但是很快的，初禮便綻開一個微笑，無聲地捏緊手中的塑膠袋，她點點頭，用息事寧人的柔軟語氣道：「喔，那這清道夫魚死得可有點兒冤。」
小鳥盯著她看了一會兒，確定她臉上無一樣情緒，鬆口氣，縮回了腦袋。
初禮拎著午餐回到座位上，忍住把十塊八毛的便當扣在誰頭上的衝動，將那昂貴的便當放在桌子邊上，強行保持鎮定地打開電腦，正想看點兒什麼《電鋸驚魂》壓壓體內的焚寂煞氣……
然後就發現一個來送死的傢伙。
滴滴滴。系統消息：「消失的L君」請求添加好友，是否通過？
附加消息：少女，來網戀不？

醜拒。

其實晝川原本沒想要主動把那隻猴子加回來，只是半個小時前發生一個小小的意外。

半個小時前。

當時晝川剛打完字，正抖著腿和他的「摯友」江與誠分享正在看的韓劇狗血劇情分享得開心，說到「男主從天而降一巴掌撐住快要掉下懸崖的汽車，臥槽這都行，外星人當超人用啊編劇，為了瑪麗蘇腦子都不要了喔」，這時候眼角餘光一閃，發現小號QQ突然之間開始狂閃。

晝川愣了下。自從他把某隻猴子刪掉後，小號QQ好久都沒閃得那麼熱火朝天過。

點開來看，卻發現說話的人是阿鬼，晝川說不清心裡是個什麼樣的想法，挑起眉將阿鬼連續七、八條訊息看完。

在你身後的鬼：你出差回來沒啊老大？

在你身後的鬼：臥槽這麼多天毫無動靜，不回QQ訊息也不把猴兒加回來你咋回事啊，樂觀點兒想你不會是死了吧？

在你身後的鬼：喂，回魂了！

在你身後的鬼：我跟你說，你就作死吧！猴兒現在正處於事業危機，他們主編讓她弄個什麼鬼卷首企劃的東西要找好多寫手來幫忙湊數，這事你估計不知道吧？

晝川面無表情地想：「老子當然知道，她還來找我了，只是被我一個瀟灑的問號懟了回去，桀桀桀桀桀桀！」

在你身後的鬼：她一個新人編輯能認識什麼寫手幫忙啊，這會兒都快急得上吊自殺了——你不是認識挺多寫手的嗎？小透明也行啊，不指望你認識大神，你介紹幾個給她吧？

在你身後的鬼：我跟你說你到時候別怪我不提醒你，你這時候刪了猴兒，還裝屍體不英雄救美，小野花可是行動了啊，聽說他去找人了。

在你身後的鬼：到時候這一鋤頭就挖了你的牆角。

在你身後的鬼：小野花可喜歡猴兒很久了。

說時遲那時快，當時晝川前一秒還囂張抖著的腿一頓，一秒起屍似的坐起來，連帶著臉上的怪笑也收斂起來。原本他是想直接把聊天視窗關了，不聽阿鬼在那胡說八道，繼續玩他的裝屍體play的，但是眼角餘光一閃，晝川突然看見在沙發上睡得四腳朝天的二狗，然後又是靈光一閃想到，如果江與誠來跟他說「二狗從今以後是我的寶貝了」，他會怎麼樣？

介於二狗又傻又笨就知道吃還只知道吃貴的，江與誠既然不嫌棄想要牠啊，那他這個做原主子的當然是——

會微笑著在他的水杯裡下老鼠藥。

毫無疑問。

開什麼玩笑，大爺的寵物也是汝等凡人可以肖想玷汙的？

思考三秒，晝川輕吐一口氣，意識到是時候展現真正的演技了！

「喀喀喀」的打字聲中，修長的指尖在鍵盤上跳躍，幾秒後，與「在你身後的鬼」的對話視窗裡就出現這麼一句綠色的字——

消失的L君：前兩天和師弟出差了，都沒看手機，山裡沒信號，出什麼事了？我沒刪猴子啊，我沒事刪她幹麼？估計是我師弟惡作劇！

在你身後的鬼：大哥你可回來了！

消失的L君：慌什麼，朕在，容不得野花那種草莽上位——妳說猴子找寫手寫什麼東西啊，我都不是很清楚，妳不也是個寫手嗎？妳怎麼不幫她寫啊？

晝川沒有亂說，阿鬼當年因為薾娘娘的事情和他們認識，論壇散了之後大家還是朋友，阿鬼也自立門戶成了一名網路寫手，這些年在網站上連載些「純愛故事」，坐擁三、四萬微博粉絲，固定讀者群為中小學生，也算是個有點兒起勢的小寫手。

晝川覺得自己沒說錯話，但是對面的人倒是對此提議很崩潰的樣子。

在你身後的鬼：大哥，那是元月社啊！上一本暢銷書名叫《戰地夕陽》的那個元月社，《戰地夕陽》說抗日戰士手撕鬼子的！

在你身後的鬼：而我，鬼大大，他娘是個不怎麼正經的耽美寫手，耽美，你懂什麼是耽美嗎？不懂百度！看看耽美和抗日題材中間隔了幾個銀河系！

消失的L君：……

消失的L君：妳這話我就不愛聽了，妳這讓抗日題材的耽美文怎麼活啊。

消失的L君：而且現在元月社就需要妳這種不正經的人，她在的是《月光》又不是《星軌》，那本雜誌包羅萬象啊，並不歧視妳這種劍走偏鋒題材之人的。

消失的L君：再說了，妳好歹還是這圈子裡的，我又不是圈子裡的人，能認識幾個寫手啊？哎呀行了，我先把她加回來問問怎麼回事……

在你身後的鬼：你快把她加回來啊啊啊啊啊！我給你的她QQ號！

消失的L君：等我把她加回來，不用給我，我背得下她的QQ號。

在你身後的鬼：天吶，果然是真愛！

在阿鬼絲毫不懷疑並為L君的一片真心感動得一塌糊塗時，晝川淡定地打開大號QQ，找到某個熟悉的頭像，點開資料，複製，再打開小號QQ，黏貼，點擊「添加」，順手留下一句：少女，來網戀不？

以上。

這就是晝川被說服嘗試把初禮加回QQ的全過程。

還有一個不為公開的原因，那就是在阿鬼強而有力的「你要被挖牆腳了」的說服當中，晝川突然醒悟另外一件很重要的事。某隻猴子剛剛靠著那張臉，以四萬五的數字強行簽走他通往金字塔尖的樓梯，這會兒他把她拉黑了，那她怎麼有機會替他做牛做馬來報恩啊？

這當然不行。

樓梯並不能白白就被她搬走了。

綜上所述，於是半個小時後，便有了此時此刻的一幕。

晝川坐在電腦前，一隻手摸著二狗的狗頭，另外一隻手微微彎曲修長的手指，有節奏地輕扣著座椅扶手。他面無表情，目光沉定地盯著面前的電腦螢幕，直到電腦裡傳來聊天軟體的消息提示音。

茶色眸中有光一閃而過。

他停止敲擊座椅扶手，稍稍坐直身體，握住滑鼠點開了消息提示圖示，然後，就看到了這麼一行字——

對方拒絕了您的添加好友請求。

晝川：「……」

他手一滑，憤怒地拔掉電腦電線。

對著空氣惡狠狠地扔下一句「愛加不加」，他站起來替身邊蹲著的狗套上牽引繩，牽著牠散步去了。社區裡有不少下午出來晒太陽的大爺大媽，下下棋、聊聊天，誇一下二狗被養得油光水滑，一看就知道主人是個有愛心的。一來二去，終於成功地安撫晝川那一顆因為被拒絕而躁動的心。

晝川：「二狗啊二狗，你說，這世界上怎麼就有這麼多不知感恩的人？」

二狗：「汪？」

晝川：「哼。」

帶著二狗在社區裡溜達一圈，又在社區外面替二狗買了隻燒雞，自己買了路邊攤的一碗餛飩，沿著街道拖拖拉拉地閒晃了下，晝川這才回到家。

當二狗踩在門口的地毯上踢來踢去擦爪子時，他重新插好電腦電線，然後將第二次添加好友的請求發送過去。

並點開阿鬼的QQ，留下了極其委屈的四個字：她不加我QAQ

阿鬼這個善良的孩子回給他一個「！」後就消失了，晝川耐心地等待二十分鐘——一個足夠讓阿鬼充分扮演說客角色的時間——然後他第三次申請添加好友。

這次通過了。

晝川放開鍵盤，替自己的左手戴上一次性手套，笑咪咪地衝著二狗招招手，拆了一隻燒雞腿塞進二狗的大嘴裡；右手揮舞滑鼠，點開某個熟悉已久也闊別已久的頭像，單手飛快打字。

消失的Ｌ君：又不是我刪了妳。

消失的Ｌ君：妳看妳還生氣。

消失的Ｌ君：好了好了不氣了啊，真是的。

消失的Ｌ君：……那咱們這算是網戀了？

耳邊是二狗嘎吱嘎吱拆皮卸骨的聲音。

幾秒後，消息提示的「滴滴」聲響起，這聲音聽在晝川耳朵裡自然是舒坦的，脣角上揚，他看著電腦螢幕中的對話視窗蹦躂出言簡意賅的藍字——

猴子請來的水軍：滾！

男人嗤笑一聲。

茶色的眸中有淡淡笑意。

與此同時。

元月社，《月光》編輯部辦公室內。

坐在位置上，初禮已經為某人的厚顏無恥翻了一百個白眼，要不是這會兒阿鬼在那替L君聲淚俱下的求情，她幾乎想親手把這廢物再拉黑一遍。

消失的L君：妳別這麼凶，咱們倆現在是戀愛關係，妳要對我溫柔些。

猴子請來的水軍：戀愛個毛啊。

消失的L君：哈哈哈哈哈，小媳婦兒！媳婦兒現在在幹麼啊，聽阿鬼說妳遇見麻煩事了？那個什麼什麼卷首企劃的，要召集寫手啊，然後人數不夠？

提起卷首企劃，初禮立刻就被轉移注意力，一秒忘記對L君這弱智的憤怒，手指劈哩啪啦地在鍵盤上飛舞。

猴子請來的水軍：是啊，順便整理投稿信箱……不過這都是瑣碎的事，最重要的還是卷首企劃——我一個新人編輯，上哪去找寫手啊？

猴子請來的水軍：本來這工作是我和另外一個新人編輯一起負責的，但是副主編明明帶我們兩個，卻偏心她，把自己手上帶的大神全部介紹給她了，她還不告訴我，兩人合夥矇我……

猴子請來的水軍：也就晚入職一、兩個月，憑什麼都欺負我啊？

這邊抱怨來得快，晝川一看，原來小女生還活在他不知道的水深火熱裡啊——副主編，不就是老苗嗎？

消失的L君：是不是那個新人編輯比妳長得好看啊？

初禮抬頭看了眼不遠處的小鳥，五官精緻、妝容精緻，小裙子穿著，長捲髮披散一肩——小鳥依人得對得起「小鳥」這名字，是挺好看的。

於是初禮更氣了。

猴子請來的水軍：跟這沒關係！副主編性取向都不清不楚的！

猴子請來的水軍：你們男人怎麼開口閉口就是長相，膚淺。

消失的L君：哈哈哈哈哈哈哈哈，好好，我膚淺，我膚淺啊！來給我說說，你們那個副主編替妳那漂亮搭檔找了什麼大神啊，瞧把妳嫉妒成這樣？

初禮仔細回想了下剛才在廁所裡聽到的名單，然後一一數出來。

猴子請來的水軍：索恆，年年，還有河馬。

初禮數完，沒想到對方的反應很平靜，甚至是跩得二五八萬的，字裡行間有種淡淡的不屑。

消失的L君：就這些？

消失的L君：索恆八年前挺紅的，但是這些年也不行了吧，八年前微博粉絲就四萬，現在六萬，當年微博粉絲數還不如他的江與誠現在微博粉絲都六十萬了。年年是哪個年代的寫手了，河馬更加——

消失的L君：就這過氣老年組合陣容，把我媳婦兒嫉妒成這樣？

消失的L君：我直白的說了，這些人，妳找阿鬼一個就能和他們勢均力敵……妳能不能清醒點兒？

初禮盯著螢幕，第一反應是這人吃了膨脹丸嗎？語氣那麼跩；第二反應是，這幾個寫手在她記憶裡都是很紅很紅的，並不像是L君說得那樣不堪。

初禮猶豫了下，悄悄用手機登上微博，將三個寫手都搜索一遍，這才發現原來「很紅很紅」真的只是她記憶深處的一個錯覺而已，他們之中最紅的索恆，現在發一條微博也不過是十幾個評論、幾個轉發……

還真是一副過氣佬的樣子。

猴子請來的水軍：……真的哎，我剛去看了一下還真是，臥槽你怎麼對這圈子這麼瞭解？

猴子請來的水軍：不過就算是這樣，也比我誰都請不來好——我也想過邀請阿鬼，但是她擅長的題材不太符合咱們雜誌的方向了。

猴子請來的水軍：瘦死的駱駝比馬大，知道不？

猴子請來的水軍：還有你別一口一個媳婦兒，不清不白的。

初禮啪啪地發了一串字過去。

這一次L君沉默了很久。

初禮等了一會兒沒等到他的回應，就繼續整理信箱去了。過了一會兒，對話視窗終於亮起來，初禮打開一看，發現這次的回覆相當言簡意賅。

消失的L君：妳不是還有晝川嗎？

初禮沉默了下，被勾起不堪回首的往事，於是面無表情地敲字。

猴子請來的水軍：找過，被拒絕了，意料之中的。

消失的L君：再試試啊，鍥而不捨最珍貴，萬一碰巧趕上晝川今天心情好，一個激動就答應了呢？

不知道為什麼，看見Ｌ君的回覆，初禮的心跳沒來由地猛地漏跳一拍，緊接著又強而有力地鼓動起來，怦怦的，就好像要突破胸腔一般。她眨眨眼，也不知道這種奇妙的、強烈的感覺從何而來。

就好像……

就好像被Ｌ君這一說，晝川就會真的心情很好，真的有可能答應她。

這感覺很強烈。

很強烈。

莫名其妙、沒來由地特別強烈。

初禮面對著螢幕發了一會兒呆，然後帶著激動的、被Ｌ君鼓舞的心情，點開那個每天面對卻沒有勇氣點開幾次的頭像，小心翼翼地敲字，正如她小心翼翼的語氣。

猴子請來的水軍：晝川老師，不好意思再來打擾一次，上一次說的卷首企劃，請問你有沒有時間……

這次晝川秒回。

晝川：我不。

初禮：「……」

放你個屁的「莫名感覺強烈」。

飛快地將與晝川大神的對話截圖，複製、黏貼到「消失的Ｌ君」的對話視窗裡，點擊發送，然後初禮把聊天字型調到最大，血紅色，一個個字地發——

猴子請來的水軍：去。

猴子請來的水軍：你。

猴子請來的水軍：瑪。

猴子請來的水軍：德。

猴子請來的水軍：滾！

初禮並不知道的是，電腦的另一邊，面前開著兩個QQ號的男人已經笑得快要岔氣，並且絲毫不覺得自己的行為幼稚得令人髮指。

初禮「匡匡」地砸鍵盤。

猴子請來的水軍：不知道老子急得快發狂啊！亂出餿主意！萬一我不過試用期呢？你養我！

消失的L君：就憑咱們網戀這麼嚴肅的關係，我養妳不是天經地義嗎？

消失的L君：不會，別忘了妳手上還有晝川的合同，一個征服了晝川的女人，他們捨得開除妳啊？

初禮愣了愣，這才想起來，這幾天裝傻充愣的，她幾乎把這事忘記了。

晝川正為自己找回場子以及其他某些莫名其妙的不明因素興高采烈，殊不知初禮正要禁受暴風雨洗禮——

俗話說得好，正所謂怕什麼來什麼。

第二天，初禮拎著包上班時，一腳踏入辦公室門，一眼便看到站在主編辦公桌旁邊的老苗。老苗抬起頭看了她一眼，初禮當時就有不好的預感。

果不其然，下一秒，初禮被主編于姚叫過去。

于姚：「初禮，妳覺得上班這麼多天，感覺怎麼樣啊？」

初禮一頭霧水地不安著：「……挺好的。」

于姚：「嗯，那就好。我這邊昨晚接到通知，上面決定這一批新人的實習期至下個月一日，也就是說妳還有大概十天就結束試用期了，到時候會讓妳簽正式員工合同，月薪也會上調幾百塊——不過在這之前呢，我希望妳能給我一個把妳留下來的理由。晝川的合同下週就到死線了。卷首企劃的寫手找得怎麼樣了？聽說小鳥已經搞定了索恆、年年還有河馬三名寫手，妳這邊的進度呢？」

初禮唇角動了動：「……找了個，叫鬼娃的。」

初禮語落，總覺得自己清楚地聽見身後有輕微的嗤笑聲——那笑聲顯然來自小鳥。她回過頭去看了眼，小鳥假裝淡定地撇開頭；初禮又把臉轉回來，同時聽見老苗問她。

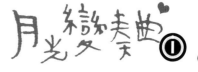

「鬼娃是誰啊？」

初禮：「……最近冒頭的一個寫手，寫，純愛的。」

老苗：「有和咱們雜誌合作的可能性嗎？」

初禮胡亂點點頭。

老苗又繼續道：「但是一個也不夠啊。人家小鳥好歹找了三個老師呢，妳這一個我聽都沒聽過的也不能交差吧……哎，一樣是我帶，妳們這差得也有點兒遠，總不能是我的問題吧——對了，還有晝川的合同，妳一會兒拿給我吧，我再去拜訪他一下，下週就是死線了，不能再讓妳這麼繼續浪費時間……」

浪費時間？

……原來如此。

原來並不準備讓她拖延至最後一天，而是準備了後手。從頭到尾，其實老苗都準備自己去說服晝川——至於把合同交給她，都只是為了為難她？

為什麼？

就因為她是後來的？打破了原本應該和諧的「穩定生態圈」？為了卡著不讓她過試用期，減少一個競爭對手，以免他們這些老人被元月社上市後裁員的海浪波及？所以大家都看她不順眼？

電光石火之間想明白這一點，初禮臉色有些發白，抬起頭，看向于姚，于姚卻像是並沒察覺老苗的小心思——或者說是默認？

她一臉遺憾地看著初禮：「初禮，我當時確實是看中妳的熱情才從總編那把妳要過來的。現在看來，好像『熱情』確實並不能對妳的工作能力產生什麼正面能量……」

于姚的語氣簡直要把「抱歉妳不能通過試用期」寫在臉上。

初禮見狀，心裡慌了下。

「不是的，主編，」初禮放下手中的包，「我很想通過試用期的，晝川的合同——」

初禮將那個在她包裡捂了很久的合同拿出來，還沒來得及遞出去，就被老苗一把搶過去。在眾目睽睽之下，老苗輕笑著瞥了她一眼，一邊嘟囔著「在妳那放了那麼多天沒弄壞吧」，一邊翻開資料夾。

初禮深呼吸一口氣，在老苗慢吞吞地翻到簽名頁的同一時間，她望著于姚一字一頓道：「晝川的合同，已經簽好了。」

初禮語落的同時，手拿著合同的老苗也親眼看見簽名頁上龍飛鳳舞的字跡，他臉上的笑容瞬間凝固了。

整個辦公室陷入了不可思議的寂靜當中。

初禮眼角餘光看見小鳥的小臉由白轉青，她還在心裡暗爽了一下。

這時候老苗還在反覆檢查手上的合同，確定是晝川親筆簽名而不是初禮自己畫上去的。他抬起頭看看初禮，又看看于姚，顯然老謀深算、老賤人如他這下子也不知道該怎麼應對了。

于姚臉上的表情倒是變得快，片刻後眨眨眼：「妳拿下來了？《洛河神書》？妳拿下來了啊，什麼時候的事，妳怎麼沒跟我們說？」

要不是你們趕鴨子上架，我還準備下週再說呢。

沒想到今天早上卻上演了這一齣戲。

初禮看了眼老苗，咬咬下唇：「這事辦了快二十天，合同也放在晝川老師那，直到昨晚晝川老師才告訴我他答應了，今天可以去拿合同了，所以我一大早就過去了。」

老苗看了眼合同日期，日期處空著沒填，估計是等元月社他們蓋章後再一起填。老苗瞥了初禮一眼，然後將合同合起來再也沒說話。

于姚：「晝川起那麼早？」

想到蠟筆小新的睡衣，初禮抽了抽唇角，睜眼說瞎話，「拿個合同而已，我還給他帶了早餐呢。」

于姚聞言，聽上去似乎覺得很滿意，點點頭「嗯」了聲，像是老佛爺似的滿意地瞥了初禮一眼：「倒是個會辦事的。行吧，既然妳晝川的合同都拿下來了，這功勞挺大，我不僅會把妳留下來，還會努力幫妳多爭取些工資……」

初禮雙眼一亮，心中大石落地，心裡感慨還好有個正常人能說得上話，頓時一掃陰鬱：「真的嗎？謝謝主編！」

于姚的聲音不大不小，正巧整個辦公室都能聽見。小鳥本來就被突如其來的事態轉變弄得有點兒懵，聞言此時臉上完全沒了笑容，抬起頭顯得不知所措地看向老苗。老苗這會兒正火著呢，狠狠瞪了她一眼。

他們眉來眼去的，于姚卻只假裝沒看見，目光飄忽了下，伸長脖子：「那既然合同簽好了，咱們就著手開始這個專案，小鳥妳去把《洛河神書》全文列印A3尺寸裝訂成冊——」

這時候，在旁邊裝死的老苗活過來了。

他放下手中的合同，非常快的就著于姚的話接上一句：「順便把一校做了，四十多萬字的文，下週五之前務必做好給我進二校……這本很重要，是今年《月光》的重頭出版物，妳是個新人編輯，要打起十二萬分精神負起責任來。」

小鳥聞言，應了聲，轉身找文檔去列印了。

笑容重新回到她的臉上。

一本書的校對一般分成三次。

一校最快，一般是粗略看一遍找出錯別字或者病句，再用紅筆在冊上做出標記，這項工作由剛進入雜誌社的新人編輯完成最為適合。

二校工作量最大，在檢查一校漏掉的錯處的同時，同時還要對一校過的稿子進行校對。二校要的時間最長、工序最複雜，會用原子筆在原本的紅筆痕跡之外進行標記，這項工作一般交給資深編輯完成。

三校在二校完成之後，用來校對的紙本稿會重新回到一校的人手中，由一校的人完成最後檢查，最後一次的檢查中還有遺漏，將會用鉛筆標記。

三校之後，紙本稿原封不動地送給總編大人過目，進行最後的審核。

而此時此刻，老苗沒等于姚安排就把校對這工作截下來了，初禮甚至都沒來得及反應過來怎麼回事——

她想了想，下意識覺得老苗這麼殷勤，這事肯定有哪裡不對。正想說什麼，這時候她眼角餘光一閃，突然看見美編阿象抬起頭。阿象不傻笑了，而是對著初禮輕輕地眨了眨眼睛，然後皺眉，手指小幅度地指了指手機。

初禮會意，不著痕跡地低頭看了眼手機，這才發現阿象不知道什麼時候發了條微信給她，上面寫——

阿象：負責校對的一般就是本書責編，這工作給他們，這本書從今天開始直到上市、宣傳、開賣，賣成什麼樣都沒妳什麼事了。

初禮當時差點把手機扔出去，一句「我草泥馬」快要罵出口。

還好阿象提醒她，不然她白給人家做了嫁衣都不知道是怎麼回事！

她千辛萬苦找回來的書！

她答應了要幫晝川大大好好賣的書！

她發誓了的！

這些人居然就要把她直接排除在計畫外了？

What the fuck？

先前被那些小伎倆排擠一下也就算了，這事關乎到自己，關乎到晝川，關乎到初禮對晝川的承諾，初禮再也不能坐視不管！胸口湧上一股帶著熊熊怒火的勇氣，初禮不理老苗，直接轉向于姚，就像是抓著最後一根救命稻草，僵硬地笑了笑，再開口時，嗓音有些著急上火：「那我呢？主編，這合同是我天天跑去晝川家門口蹲了十幾二十天蹲回來的，總不能簽回來就完了沒我什麼事了吧……」

于姚：「那……」

「不然呢？」沒等于姚開口說完，老苗卻率先插嘴，「初禮妳不要緊張，我這還有年年的《華禮》急著找人校對，正要交給妳呢……」

初禮沉默了下：「為什麼不叫小鳥去做《華禮》？我只想做我簽回來的書。」

老苗佯裝驚訝地瞪大了眼：「哎呀，初禮，妳這是對我安排不滿啦是不啦？哎喲，這書好像是晝川簽給《月光》的，不是簽給妳個人的吧？初禮妳這樣就沒意思了嘛，妳簽下了合同順利度過實習期我們整個編輯部都很為妳開心的，現在大家協力完成後續工作妳有什麼好不滿啊，還是晝川他老人家指定妳做這本書的責編了？」

行，官大一級壓死人，你厲害！

一臉錯愕地看著老苗，初禮握緊拳頭，指甲深深扎進手掌心。

她搖搖頭，微笑：「那倒是沒有。」

老苗翻了個白眼：「那不就成了。」

他一邊說著一邊轉過腦袋，趾高氣昂地走開了。初禮看著他的背影，沉默了下，也坐回自己的座位上，想了想說：「反正這決定我不同意，都是老苗你帶的新人，就算不是我把合同拿回來，一校或者三校也該有我的分，為什麼只有小鳥啊？」

老苗失聲笑：「妳不同意有什麼用？校對《華禮》還是《洛河神書》有什麼區別？還是妳看不上年年？」

初禮狠狠地拍了下手上的滑鼠，老苗愣了下。

一時間，整個辦公室的氣氛有些僵硬。

于姚的視線在每個人的身上轉過，片刻之後才用息事寧人的語氣說：「好了、好了，都吵什麼，初禮妳少說一句，老苗你也別陰陽怪氣的——」

老苗：「哦喲，我怎麼陰陽怪氣啦？我一個老編輯還要被新人教育？在此之前和年年他們一樣，晝川一直是我在帶的……」

于姚嗤笑一聲：「等等，怎麼就和年年他們一樣了？晝川他不算是你在帶的寫手吧？他有事也找我商量啊。」

被于姚這一反問，老苗臉上的理直氣壯表情有點兒僵硬，瞬間不說話了。

于姚看了眼坐在位置上低著頭不說話的初禮：「初禮妳也別急，校對的事先不急定，晝川的書還是遵循他本人的意見為妙，免得起了什麼不愉快……」

老苗拖長了聲音「喔」了聲，瞥了初禮一眼，勾起脣角，就好像在說：搞得好像晝川會向著妳似的，妳誰啊。

第四章

對初禮而言，這是漫長的一天，必須忍耐著小鳥母雞似的咯咯嬌笑，還有老苗在旁邊陰陽怪氣的嘆息以及敲鍵盤的打字聲……

初禮都不知道這一天是怎麼熬過去的，還好第二天是週末，可以冷靜冷靜，不用看到老苗那張惡人臉，不然她都不知道自己會不會崩潰得當場辭職走人……

下班的時候辦公室裡的人都走光了，初禮最後一個走，擠公交、擠地鐵，回到家已經晚上快八點半，她發現自己忘記買晚餐。

爬上床，她打開手機ＱＱ，發現Ｌ君在和她分享晚上吃的鹽酥雞有多難吃，摸了摸還空空的肚子，苦笑了下，打字——

猴子請來的水軍：我都還沒吃，你有得吃還抱怨個屁啊。

消失的Ｌ君：那妳倒是去吃，還要我餵妳啊？

猴子請來的水軍：沒胃口。

消失的Ｌ君：這他媽又矯哪門子情？

猴子請來的水軍：分手！

消失的Ｌ君：分什麼分，我們才好了一個下午就分手了？

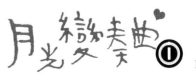

初禮翻了個白眼，今天她都不知道翻了多少個白眼了，扔開手機正想無視L君這廢物，這時候對面的語音呼叫就過來了。初禮猶豫了下——認識這麼久了，因為一直保持純潔美好的網友關係，她從不跟L君語音。

她抓過手機，摁下接聽，還沒來得及說話，就聽見對面「喂」了聲，嗓音低沉磁性，居然還挺好聽。

初禮張了張嘴，想說什麼，又不知道說什麼。

對面只聽見她呼吸的微弱聲音，知道她就老老實實地待在手機旁邊，只是沒說話，於是便繼續開口道：「怎麼回事啊妳？吃了火藥似的？」

男人的嗓音溫和，帶著完全能夠熄滅人怒火的平靜。

初禮坐在床上，抱著膝蓋，瞪著手機一會兒。在L君那好聽得過分、聽多了還有點耳熟的聲音中，緊繃一天的心突然嘩地一下子放鬆了，她微微蹙眉，然後用略微沙啞緩慢的聲音說：「試用期快結束了，所以我今天把晝川的合同拿回出版社了，原本想著過幾天再拿，因為怕拿下太快老苗不高興——他本來就看我不順眼……

「後來，這東西拿出來我以為沒事了，老苗最多就是不爽，誰知道他安排這本書的所有工作都把我撇開了——他居然撇開我，有沒有搞錯啊！這本書是我簽回來的，我他媽和條狗似的天天蹲在晝川家門口簽回來的合同……」

L君安靜地聽著她語無倫次的抱怨，直到這會兒才突然開口無奈道：「……晝川可沒把妳當狗啊，妳可別汙衊入。」

「你又不是晝川你懂個屁！」

「那麼氣妳辭職啊，拍拍屁股走人。」

「爛的是老苗又不是元月社，我不當逃兵。再說了……」初禮拍了下手機，就好像這樣她就能揍手機那邊的人，「我另外一個同事告訴我，如果校對都做不了，基本這本書接下來的工作都跟我無關了——那怎麼行啊，我簽合同時答應了晝川，要替他好好賣這本書，要替他好好宣傳，做好看的封面……現在這書跟我沒關係了，人家晝川搞不好覺得我就是一個會畫大餅的騙子……」

初禮說到這，越發覺得委屈，忍不住聲音一頓，哽咽了下——

「他以前就嘲笑我神筆馬良了。」

L君那邊傳來手機掉地的聲音。

還有狗叫。

……他還養了狗啊？

初禮腦袋已經成一片漿糊，只是迷迷糊糊地瞎想，抬起手擦擦眼睛，眼前又迅速變得模糊，淚珠子「吧嗒吧嗒」往下掉。她真不想哭的，但是聽著L君那耐心溫和的聲音，她一下子就放飛了自我……

就這麼嗚嗚嗷嗷地哭上了。

「不是，多大點兒事，妳哭什麼？」電話那邊的男人聲音有些暴躁，聽上去似乎是皺起眉了，「這事已經定下來了？這書的責編定下來了？妳沒反抗？平時做事大膽的，這時候就他媽心甘情願地吃啞巴虧？」

「還沒有定下來，我反抗了。」初禮這一哭就停不下來了，這幾天的委屈如開洪洩閥似的，她抽抽搭搭、斷斷續續地道，「我反抗了啊，但是老苗是副主編……」
「副主編怎麼了，他說的算個屁啊？」
「……至少比我說的算。」
「責編是誰晝川說的不算？元月社吃了腦殘丸不過問他就把責編定下來了？以後不想合作了？」
L君嗓音低沉，因為沾染上惱火顯得特別有威嚴……在這一連串質問中，初禮抽抽鼻子，腦子清醒了些，她稍稍變得沒那麼絕望，將腦袋從膝蓋上拿起來：「沒有，主編確實說是要問問晝川的意思……」
電話那邊一頓，幾秒後，男人怒火稍稍壓下來了，特別困惑道：「那請問妳在哭什麼？」
「問不問有什麼區別啊，晝川又不能向著我！我好不容易爭取回來的！我的晝川啊！就要被豬拱了！我能不急嗎！」
「……什麼時候就成妳的晝川了……算了算了，妳又知道他不向著妳？他不向著妳還把書簽給妳啊？」
L君語落，聽見初禮的抽搭聲停頓了。正當他以為初禮被他強而有力的說法說服，這時候突然聽見她嚶了聲，直接哭崩潰了——
「……」
「完了！王八犢子你說的都是反的，這下子晝川真不會向著我了！」
「你這烏鴉嘴怎麼就不能閉上嘴呢！本來還心存一絲希望的！」

「……我去你大爺的，我從哪個垃圾桶撿回來妳這神經病？」

對面「吧唧」一下掛斷了語音通信。

過了一會兒，初禮聽見手機震了下。

消失的L君：滾去吃飯！別在這耍弱智！

初禮盯著手機，打了個哭嗝兒。

猴子請來的水軍：呸。

消失的L君：好，那你餓死算了。

猴子請來的水軍：分手！

消失的L君：……幼稚鬼。

和網戀對象吵吵鬧鬧外加大哭一頓之後，初禮反而冷靜下來。與L君的對話讓她意識到一個問題，她不能把校對《洛河神書》的主動權交到任何一個人手上——哪怕那個人是晝川本人也不行。

初禮讀的是中文系，所以在大學時期也有幫忙老師打下手，接接出版社的校對工作，跟那些編輯接觸時她經常有機會聽編輯們吐槽寫手，有時候為了避免麻煩，這些大大就喜歡用一句「隨便」打發人。

編輯：老師，封面用什麼風格好啊？有喜歡的設計風格嗎？

寫手：隨便。

編輯：老師，書這樣的字數有點兒厚喔，分兩本好不好？

寫手：隨便。

編輯：老師，這個角色顯得有些多餘，總編認為刪掉的內容可能會更加緊湊完整，您看看是不是可以刪掉……

寫手：這人誰啊？我寫過？刪吧刪吧，隨便。

……以上。

有時候這些王八蛋寫手對自己的作品並不如想像中那樣有良心，甚至是相當驚人的喜歡當甩手掌櫃……而如果這樣的對話變成事實——

于姚：晝川老師吶，咱們編輯部今天為了爭你《洛河神書》的校對權爭得雞飛狗跳，因為這件事涉及到這本書的責編喔，你看你覺得這校對是交給初禮來做呢，還是老苗……

晝川：初禮是誰？隨便。

想像到那不負責的畫面，初禮打了個冷顫，腦海裡同時浮現晝川唸叨著「繭娘娘那種人，替我洗腳都不配」時眉梢輕挑的涼薄表情……越發覺得以上這種可怕對話的發生機率高達百分之八十。

初禮決定她不能坐以待斃，而是要主動出擊。

她打開QQ，微微瞇起眼找了一圈，在好友列表裡找到了阿象。

猴子請來的水軍：阿象，今天謝謝妳提醒我啊！QAQ週一請妳吃好吃的！

初禮等了一會兒，阿象那邊有了反應，簡簡單單兩個字。

會飛的象：不用:D

初禮想了想，沒想明白阿象這個明顯和小鳥一個陣營的人為什麼今天突然幫自己，也沒敢直接問，於是跟著發了一個跪地叩謝的表情包過去，想了想又加了句。

猴子請來的水軍：這本書的校對我一定會拿到的，如果可以，我希望能夠成為這本書的責編……這對我太重要了，老苗把這工作交給小鳥搞得我也很生氣。

阿象沉默了下，片刻之後才開始打字。

會飛的象……她。

會飛的象：妳來之前做過一本別的部門拿過來救急的校對稿子，做得挺差的，當時主編還罵人了，好像說是一校做了和沒做一樣。

初禮眼前一亮。

猴子請來的水軍：咦！不應該吧，中文系的學生如果有往這方面發展的心就會主動接類似的工作做了……都有經驗的啊！

會飛的象：喔，她又不是。

會飛的象：大學學會計吧，呵呵，不知道怎麼該去財務部的卻分來編輯部。

這時候，阿象想要說什麼初禮是不知道，她只知道自己該說什麼。

猴子請來的水軍：好的我知道了！謝謝妳啊！真的真的！

會飛的象：咦，我什麼都沒說啊，妳謝什麼啊哈哈:D

會飛的象：週一請我喝飲料吧，嘿！進編輯部那麼久，總是我買給人家，還沒人請過我呢。

猴子請來的水軍：飲料？飯都不吃了我也要請妳一箱啊朋友！

關掉和阿象的聊天視窗後，初禮就開始動手，首先她把自己以前做過的校對工作整理了個表格，將看起來格調比較高、能凸顯文化水準的書放到列表前面；然後保存好表格，抓起手機，打開微信，清了清嗓音，直接語音留言數條給主編于姚。

初禮：「主編不好意思，放假晚上還打擾妳跟妳談工作的事，只是我認真想過之後，《洛河神書》的責編我真的不能放棄……簽合同的時候我一再同晝川保證會為他打好漂亮的一仗，所以，我真的不能被排除在外的。」

初禮：「主編我不知道做為一個會計系畢業的學生，小鳥的大學專業在這件事上給她帶來什麼優勢讓老苗優先選擇她，但是我唸了四年的中文系，大學期間就夢想要做個編輯，為喜歡的寫手出書——所以至少在校對這塊，我接過很多很多出版社的校對工作，做過的書的列表我寄到信箱給妳，他們都說我做得又快又好……」

初禮：「那些專業書，我都能校對的，有時候查資料還要上圖書館我也沒有不耐煩——所以晝川的書我肯定也能做好，我保證比老苗要求的還快！三天！給我三天，我就能把一校做完！只要妳點點頭，我甚至可以明天去辦公室拿紙本，這週末立刻開始動手。」

初禮：「主編，算我求妳，給我一次機會，我不想讓喜歡的寫手把我甚至是我的部門看成是個只會畫大餅的騙子。」

四條超長的語音留言發出去，初禮抓著手機的手掌心都出了汗——她盯著手機螢幕出了好一會兒的神，正當她以為于姚還沒收到她的留言時……

微信上方于姚的名字後面卻出現了「正在輸入中」幾個字。

初禮的心一下子就提了起來。

那彷彿是一個世紀那麼長的時間，于姚的回覆卻很簡單。

于姚：我知道了，早點休息，晚安。

初禮盯著回覆很久，良久，她整個人癱倒在床上，長吁出一口氣：至少，她盡力了。

躺在床上，初禮順手刷了下微信朋友圈，跳出一條來自小鳥的新動態，一個韓劇男主角的截圖，外加配字：啊啊啊都敏俊真的帥翻了！來自星星的你，超好看！這個週末必須要通宵補劇才行了！耶！

初禮翻了個白眼。

再刷新微信朋友圈，又刷到了老苗的動態。

這傢伙晒的不是韓劇，而是一個聊天紀錄，是大概三十分鐘前和晝川的聊天截圖。

晝川：明日有空？

喵喵：有的！晝川老師要約一發嗎？正好有事要找你呢！

晝川：行，辦公室吧。

喵喵：討厭，那麼嚴肅喔，還是說去南淮路新開的貓咪咖啡廳呢？

晝川：辦公室。

截圖對話結束，老苗配字：明日和晝川老師有約。心、心、心。

初禮又翻了個白眼，這十有八九是發給她看的，而且搞不好是小圈圈限定，限定的小圈圈裡只有她初禮一個人！哎，這下子好了，關鍵時刻，晝川還送上門去給老苗吹枕邊風……
果然就是個靠不住的！
初禮直接吧唧一下把老苗的炫耀圖截圖貼給L君。
猴子請來的水軍：你看！
消失的L君：看什麼看？
猴子請來的水軍：你到底是哪個倒楣樹上飛下來的烏鴉，說什麼來什麼……前腳剛說晝川不一定答應副主編做責編的事，後腳人家就約著去喝咖啡了！
消失的L君：妳瞎啊，這不約辦公室嗎？
猴子請來的水軍：有什麼區別！他們要私底下見面了！我還以為晝川不怎麼待見老苗呢！這被你金口玉言一個烏鴉嘴就哥倆好要私底下見面了！啊，死烏鴉，呱呱！
消失的L君：呱呱妳個頭啊，晝川這語氣字裡行間都透著一股不待見吧？
猴子請來的水軍：不待見他還主動約嗎！
消失的L君：好好好他主動約，被妳氣得想報警，妳走。
猴子請來的水軍：怎沒把你氣死。
消失的L君：……
初禮懟完L君，關上QQ，懷揣著一顆不安的心去洗了個澡。洗完澡出來大概是半個小時後，她吹頭髮爬上床，躺在床上刷了一會兒微博，結果一刷新就刷到了半個小時前晝川更新的微博。

【晝川：遇到了不講道理的白眼狼，偏偏不能拿他怎麼樣，只好獨自生悶氣……今天不更新，讓我氣一會兒。】

初禮：「哇。」

什麼人孫悟空再世能把晝川氣得斷更，他還拿他無可奈何的？

初禮打開評論列表，照常都是一堆「大大不氣不氣」、「天啊誰把我川這好脾氣的氣成這樣少活十年」、「為什麼我愣是從微博裡讀出了蘇得要命的味道，這話要是寫給女朋友的真是絕了」……

初禮正被最後這「蘇得要命」搞得一身雞皮疙瘩，突然又不小心瞥見一條。

「能把你氣成這樣不容易。畢竟大大那麼溫柔的人。」

初禮：「……」

……嗯。溫柔的人。

想到「洗腳都不配」以及「當我要飯的啊」，初禮不由得感慨「你家大大真溫柔」。也不知道出於什麼心態，她慢悠悠打字，混跡在百千人群之中發出一句——

「刷粉請加Q77558520：大大不氣，誰氣大大了，我們替你揍他『doge』（註4）！居然欺負我們大大軟萌好欺說不出半句刻薄話『doge』！啊，簡直不能忍！」

兩個「doge」表情，完美地暗示了留言者的嘲諷與內心的荒謬。最後一句感嘆詞與驚嘆號，更是抒發了留言者對博主表裡不一、當面做人背後做禽獸的黑暗面的

註4　此為名叫「神煩狗」的柴犬貼圖，常搭配惡搞文字。

指責與吶喊。

嗯。心情焦躁時，懟天懟地懟空氣這招果然很好用。

特別是能披著微博馬甲連晝川本尊也不放過的時候。

簡直完美。

隔天是週末。

天濛濛亮時外面就下起了雨，淅淅瀝瀝的春雨潤物中，偌大的房間顯得異常的靜謐。房中那張深藍色的床鋪中央深陷著身材修長高大的男人，當外面的光稍稍透過窗戶照入房間，他蹙眉，拽過枕頭捂在臉上。

昨晚晝川被某隻白眼狼氣餓了，叫了宵夜吃完又吃撐了，睡不著只好打開電腦寫稿到凌晨三點半才打著呵欠爬上床睡。

以上，這是正常的職業寫文者作息。

猝死？沒在怕的。

反正基本大家都這樣——美其名曰晚上夜深人靜才有靈感。其實就是白天其他正常人類都清醒著，於是這些人光顧著玩和聊天，只有晚上別人去睡了他無聊了才想起打字這件正事。

晝川和江與誠就是典型的此類代表。

江與誠經常也是神隱到下午一點才有出現的可能，他的編輯上午有什麼急事除非地理優勢允許去江與誠家砸門，否則基本只有急得上吊的分。相比之下，晝川就好很多，因為他有養一條老年人作息、晚上十點睡覺、早上七點醒來就要吃罐頭的祖宗。

比如今日，早上七點整，明明是下雨天與懶覺更配，晝川還在淅淅瀝瀝的雨聲中睡得正開心，便感覺到身邊的床上深深陷下去一塊，一個毛茸茸的腦袋拱啊拱地掀開被子，繼續拱啊拱啊地從他胳膊下強行鑽進去。

晝川閉著眼敷衍地抓了抓狗腦袋，二狗鍥而不捨地用溼漉漉的鼻子拱他的下巴，晝川將蓋在臉上的枕頭改摁在二狗子的臉上：「拒絕搞基，公狗也不行。」

二狗開始用和一般人拳頭一樣大的大爪子撓他肚子。

晝川嘶了一聲，後悔昨晚就不該開著臥室門睡覺，捂著肚子翻了個身，迷迷糊糊道：「不吃罐頭了，讓我再睡一會兒，中午買燒雞給你。」

晝川說完，將被子往腦袋上一捂，世界安靜了。

原本他以為自己能繼續安穩地睡到中午再起床去見老苗，沒想到他剛閉上眼沒多久，那條剛剛被打發走的狗又回來了。這一次牠跳上床，直接隔著被子用兩隻前爪在晝川肚子上狠狠踩了一爪子。這一爪子踩得晝川差點靈魂出竅，掀開被窩正欲發表，二狗一臉不屑地將手機扔他跟前。

晝川無言。

迷迷糊糊地爬起來，隨手拽過紙巾擦了下上面的狗口水，他看清楚了來電顯示：晝顧宣先生。

那雙上一秒還帶著濃重睡意的茶色眸子閃爍一絲黯淡與猶豫，但是遲疑再三，晝川還是將電話接起來，放到耳邊，低聲「喂」了聲，然後換上世家公子哥獨有的慵懶調侃語氣，道：「爸？大清早的，怎麼你和狗都不放過我？」

電話那頭沉默片刻，然後開始日常說教……晝川聽著，迷迷糊糊地點頭順便回應。

「我昨晚？十點半睡的啊……什麼十一點還看見我發微博？您還會用微博啊……喔，弟教的？告訴他三個月內別管我要零用錢，沒有的，這是對他多管閒事的懲罰。什麼新書？《洛河神書》？嗤嗤，太陽打西邊出來了，您還關心這個？啊？對，是簽給元月社了，派來的小編輯太纏人，我怕不簽她把自己掛我院子裡的樹上我去哪拋屍啊……

「咦對啊，您說您和這快倒閉的破爛出版社合作了大半輩子，他們怎麼就沒看在您的面子上給我多點兒版稅啊……開玩笑的，別吼別吼。作家協會開會？不去。我去幹麼，不就是個寫那什麼？啊，速食垃圾文學的三流寫手……您好好演講您的，別演講一半往下一掃看見我這張臉又高血壓。」

晝川的聲音低沉磁性。

他面朝下地捂在被窩裡，任由柔軟的羽絨被從他肩頭結實的肌肉滑落。他一邊摸二狗的大腦袋一邊吊兒郎當地講電話，三言兩語將對面咆哮的老爺子敷衍過去，末了沒忘記吩咐家裡二老注意身體，順便無視那邊冷嘲熱諷「你什麼時候肯寫些正經東西我什麼時候長命百歲」這種話……

三分鐘後，晝川掛斷電話。

之後就再也睡不著了。

起床，洗澡，再從浴室裡走出來時，那雙茶色瞳眸中不再因為充滿睡意而顯得柔和慵懶，不明的陰鬱籠罩在他的眼底，這意味著——

也許是因為睡眠不足，或者是別的原因。

今天他的心情並不算太好。

這就苦了還以為自己撿了什麼大便宜的老苗。

他心情如陽光燦爛地早早來到編輯部，泡好珍藏的昂貴咖啡，打開電腦看看電影，悠閒地喝掉半杯咖啡的時候，老苗聽見門外傳來的腳步聲。

他抬起頭一看，便看見身著一套深藍色休閒服的男人站在門外，休閒服是純深藍色的底，右邊袖子和右邊褲腿上的三道白色橫條紋將他的四肢襯托得更加修長。

老苗站起來和男人打招呼時，他手裡拎著一把純黑色的長柄傘，剛剛收起來的樣子。地上有一小灘雨傘上滴落的積水。

隨手將雨傘往門邊一靠，晝川走進門，走到老苗身邊東看看西看看，最終目光定格在老苗旁邊的座位上。上次來時，那裡還沒人坐的，現在上面已經擺滿東西。最顯眼的是一個喝水杯，上面還放了個小蓋子，小蓋子上面站著一個掀起自己下方果皮、露出白色大根、笑得一臉邪惡的香蕉人配件。

已經用自己聰明的腳趾頭猜到這是誰的座位，晝川順手將她的椅子拉出來，掃了眼椅子上的猴子坐墊，長腿一邁，大搖大擺地坐下，看向老苗，免去寒暄，直奔主題：「于姚昨天下午打電話給我，說你們這爭《洛河神書》的校對權還有責編署名爭得雞飛狗跳？」

老苗大概沒想到他這麼直接，愣了下，「啊」了聲，一下子沒反應過來，幾秒後點點頭：「對，其實我今天也正想找您說這事，是我們編輯部內部對這本書的校對出現了一些爭執。」

晝川揚揚下巴示意他繼續：「怎麼說？」

老苗陪著笑臉，一改平日裡諷刺初禮時那陰陽怪氣的模樣：「是這樣的，《洛河神書》是我們元月社在非傳統文學題材領域上進行的新嘗試，上面給我們的壓力很大，這本書一定是要賣好的……所以從校對開始就不能放鬆，一定是要有經驗的編輯開始做——」

晝川：「哦？」

他伸手，顯得有些心不在焉地把玩起放在杯蓋上的那個邪惡香蕉人。

老苗繼續道：「我手上帶著兩個可以做一校和三校的小編輯，一個是初禮，您見過了；另外一個叫小鳥，小鳥已經有過校對經驗，為了安全起見，我就想把這本書的一校和三校交給小鳥，初禮一聽就不高興了，非鬧著這本書的校對權——」

晝川：「哦。」

老苗見晝川沒表態，只是認真玩著那個造型邪惡的香蕉人，立刻開始唉聲嘆氣作煩惱狀：「大大倒是評評理啊，一個剛進來半個月不到、都還沒轉正的實習編輯，憑什麼能負責起這麼重要的書呢？」

「說得也是啊？」晝川嗤笑了聲，一副洗耳恭聽的模樣，「還有別的理由嗎？」

「有啊！更何況小鳥和我老苗一直是老師的粉絲，從老師的處女作《東方旖聞錄》開始就特別崇拜您。」老苗說，「我有時候就在想啊，十七歲那年第一部作品就初露鋒芒，被人們稱作最有潛力的少年作家，十九歲已經有三部作品問世，以如此年輕的年紀加入省作家協會，家中書香門第後繼有人……老師，您莫不是天才啊！」

老苗最後的話擲地有聲，彷彿肺腑之言。

說實話，他也就是真心實意地拿晝川那華麗的履歷表順手拍個馬屁而已，然而他萬萬沒想到的是，偏偏這馬屁就一手滑拍到馬腿上了！

聽完他的一番表白，晝川原本擺弄小玩具的修長指尖忽然一頓，長而濃密的睫毛垂下，掩去了茶色瞳眸之中一閃而過的晦暗。他伸手，將那香蕉人端端正正地擺回茶杯上。

晝川嗤笑一聲，語含嘲諷：「書香門第，後繼有人？」

像是仔細玩味了一番這話，他抬起頭，突然笑容收斂，話鋒一轉：「老苗，我書也出不少了，各個出版社各形各色編輯也打過不少交道，我一直以為你們這行有個不成文的規矩，好像是誰簽回來的書，誰就應該是這本書的責編啊？」

老苗一愣。

「然後從企劃成立，到校對，到封面設計，到書本包裝工藝最後到上市發行，所有的步驟應該都是由責編來負責完成的吧？」晝川勾起脣角，用眼角斜瞥一眼瞬間呆滯的老苗，「《洛河神書》責編是你嗎？」

老苗：「……」

「我說是你了嗎？」

老苗：「……」

「不是你，你為什麼那麼自覺地就開始分配後續工作負責人啊，這本書寫了什麼你看了嗎？」

老苗：「……」

「老苗啊，這書的合同在你這半個月沒簽下來，你手下那個小編輯用了多久？」

晝川伸長了腿，微笑道，「三天。」

三天？不是前幾天才……老苗瞪大眼。

晝川伸出手拍拍他的肩膀：「人家小女生怕你面子拉不下，還特地打電話讓我別揭穿合同那麼快簽下來了，給你面子呢，你怎麼都不謝謝人家啊？還想把人家校對權都搶了，這不好吧？」

鬧不明白剛剛明明還和諧愉快的對話這麼畫風突然說變就變，眼前的大神怎麼說翻臉就翻臉？

在老苗一臉風中凌亂中，晝川站起來，拍拍衣袖上未乾的水珠：「天才就免了，作家協會也是那群老頭看在我家老頭的面子上把我弄進去的……我晝川就是個三流速食垃圾文寫手——我家老頭的原話啊……」

晝川話語一頓，想了想笑道：「不過做為一個寫手的尊嚴還是有的，我有今天也是一個字一個字寫出來的，誰要是指望靠那些邪門歪道的心思就坐我肩膀上一手遮天了，那可不行。」

晝川臉上那微笑比閻王爺的微笑還可怕。

此時聽見晝川突然語含嘲諷地強調了「三流速食垃圾文」之類的話，老苗突然想起一些圈內沒被證實的傳言，說晝川和他老爸晝顧宣老先生——

在寫文這方面的看法並不合。

他頓時臉一會兒青、一會兒白的，終於明白過來眼前男人突然發難的原因，猛地站起來：「大大，剛才那些話我真沒別的意思，我真的很喜歡您的書的……」

晝川揮揮手，示意他閉嘴。

老苗一臉頹敗地坐回椅子上，看那模樣恨不得給自己兩大嘴巴。

晝川將屁股下的椅子塞回某人的座位。

「我的意思挺明確了，你要搞辦公室鬥爭的小心思，我管不著，只是別把主意打到我頭上來——」他淡淡道，「這本書別說一校和三校是誰，二校我也會交給別人，如果連于姚做不了主，我就再往上找人做這個主。」

晝川垂下眼，「我說完了，再會。」

言罷再也不看老苗一眼，頭也不回地往外走，拉開編輯部的大門，外面從早上的淅瀝小雨變傾盆大雨，清涼的風迎面吹來讓他心中那股無名火稍稍熄滅，一抬頭，就看見一個站在走廊上像狗似的猛甩身上水的香蕉人。

晝川：「出門不帶傘？」

「忘了啊。」

聽見提問聲，那小姑娘低著頭順口答了句，片刻後似乎反應過來哪裡不對，渾身一僵轉過頭，與晝川對視上時，愣了下。

晝川掀了掀唇角，盡顯刻薄：「大週末的，各個編輯上趕著跑來加班，元月社總編給你們灌迷魂藥啊？」

初禮一臉懵逼，指了指男人身後的編輯部：「晝川老師？啊，我是來拿文件的……」

……倒是你被老苗潛規則了？臉黑得和包公似的。

不理會初禮一臉探究和困惑，晝川瞥了她一眼，拿了自己的傘就要往外走。什麼來拿文件，明明就是看了老苗的微信朋友圈截圖，不放心跑來半路截胡的……

晝川在心中無情吐槽，才放慢腳步，果然剛走出走廊、下了幾個樓梯又被人從後叫住，他回過頭，對視上一雙閃爍著不安的眼。

晝川停頓了下，明知故問：「幹什麼？」

「……晝川老師，我知道你來和老苗說什麼，昨天他都發朋友圈了。」初禮站在樓梯口，身體貼著牆，只露出半張緊張的臉，「但是你能不能稍微再考慮下，考慮下我啊，給我一個機會，我一定會好好努力幫你做好這本書的……」

初禮的聲音越說越小聲，最後和蚊子哼哼似的。

晝川一不小心就想到那晚她說著就嗷嗷哭起來，還罵人甩鍋給無辜的L君的白痴模樣。

他微微瞇起眼，想著自己心情也不怎麼樣，於是一下子突然起了壞心眼，勾起脣角嗤了聲：「考慮下妳？好啊，妳拿什麼來換？」

他說話時帶著那一貫風流倜儻的流氓腔調，說完，就等著初禮跳起來尖叫著罵他臭流氓。誰知道那縮在牆角的人聞言居然眼前一亮，嗖地一下子從牆角竄出來：「用我四年中文系的專業生涯！」

晝川：「……」

在傾盆大雨沖刷大地的嘩嘩聲中，站在樓梯上的晝川微微抬著頭，看著站在樓梯口彎著腰瞪著自己說話的小姑娘臉上的堅定表情，彷彿已經鼓足她畢生的勇氣。

他目光一動。

收斂起玩笑和戲謔，他看著她，突然真的微笑起來，語氣變得平靜：「好啊，那就考慮下妳好了。」

初禮從辦公室拿了《洛河神書》的列印紙本出來時，正考慮怎麼樣才不會把書弄溼，結果來到樓梯間就看見靠在牆邊的一把黑色長柄傘，上面水跡未乾。

初禮走上前，彎下腰撿起傘。

當晚，于姚在工作群組裡宣布，《洛河神書》一校、三校負責人是初禮，二校由她本人親自負責。

且本書的最終責編，遵循「誰簽下誰是責編」的基本預設規則，也由初禮擔當，希望初禮好好努力，擔下如此重任，不要讓社裡失望。

于姚是《月光》的主編，《月光》雜誌剛剛創刊不到半年，寫手陣容、繪者陣容都不穩定，每一天等著于姚去處理的事千千萬，所以，她肯定不像老苗那樣閒。她接下了《洛河神書》的二校，是晝川親自開口了，她不得不接。

相比起老苗，于姚需要更多的時間去進行二校，於是在這件事敲定下來後，她就和初禮約好，一校應該在週三下班時完成，她要在週四早上上班來到自己座位上時看見有一校痕跡的紙本。

初禮想也不想地答應。因為週五晚上她懇求于姚時，她就是這麼保證的，這沒問題。

那天晚上宣布定下《洛河神書》的責編後，老苗整個週末消失得無影無蹤，堪稱安靜如雞。這份安靜一直持續到週一例會之前，他終於還是找到機會，在會議室裡抓到了落單整理資料的于姚。

兩人坐下面談。

面對老苗壓抑一天的憤怒，其實于姚不知道該說什麼，因為她也不知道老苗到底哪裡得罪了晝川。

可能是一句話。

也可能是一個表情。

畢竟老苗這樣的人……

「我不知道你為什麼那麼執著於《洛河神書》。」

「妳真不知道？」老苗冷笑一聲，「那可是晝川——妳以為，只有寫手需要代表作？那些金牌編輯哪來的？眼下，一個最好的機會就在我眼前，妳卻硬生生把它搶走了！」

于姚沉默了下。

「老苗，我早就告訴你了，晝川和你帶的年年那些寫手不一樣……以前我也提醒過你，小心那些少年成名的人，他們一般都很難搞。」

辦公室裡，于姚坐在椅子上看著老苗。她身材豐腴，臉上有肉，圓眼短髮顯得很精明的樣子，認真看著人時，總透著一股子耐人尋味的味道。

「心高氣傲，文人傲骨，你還真以為這些東西只能拿來形容魯迅嗎？」

老苗一臉煩躁地低下頭。文人傲骨？別說能不能拿來形容晝川了，說起「傲氣」這玩意，這人恐怕是當代年輕寫手裡的頭一號吧？

他傲氣得就差一步登天了，這個晝川。

老苗：「那妳為什麼把這本書交給一個什麼都不會的菜鳥編輯？本來妳把她招進來就已經夠莫名其妙了，我們這裡原本人手就夠……」

于姚：「我說過，她有熱情。」

老苗露出一個啼笑皆非又不屑的表情：「熱情！糊弄誰呢妳，做這一行需要什麼熱情？選書、做書、賣書，賣得好不好難道不是寫手自己的實力和人氣——編輯的熱情，能當飯吃？」

「能啊。」于姚輕描淡寫道，「這不眨眼談笑風生間就砸了你的飯碗嗎？」

老苗：「……」

兩人的對話最終在初禮端著兩杯泡好的茶走進來時不得不終止，然後是一週例會的開始。

例會上，老苗前半程都是晚娘臉，特別是當于姚再次說明初禮將擔任《洛河神書》責編一事並強調此書的重要性時，老苗和小鳥臉上的表情非常同步一致。

于姚讓初禮三日內必須完成校對工作與她交接，並且在此期間，「卷首企劃」的事可以暫時告一段落。于姚的原話是：「有年年那些雜誌原班底寫手，加上初禮找來的阿鬼暫時夠了。」

這就意味著小鳥找來三個寫手，而她只找到一個？初禮聞言一驚：「咦？主編，其實我也還可以……」

于姚瞥了她一眼：「先暫時這樣，給妳這麼多天妳也只找來這一個人，多浪費幾天時間又會有什麼奇蹟發生？用不著事事強出頭。」

于姚的一番話，成功拯救小鳥和老苗原本黑如鍋底的臉色，特別是最後當于姚將《華禮》的責編工作交給小鳥時，她臉上又露出那種甜蜜的笑容。

初禮並不知道自己莫名其妙被唸了一頓是為什麼，她只知道會議結束的時候，整個會議室的氣氛充滿著一種「我是不好過然而妳也討不著好，妳有好處我得到的也不差」的和諧美好氣氛當中，相當一碗水端平。

……誰他媽一碗水端平！

週一例會結束之後，初禮便抱著厚厚的A3影印稿子，抓著紅筆開始埋頭苦幹。

三天校對完一本四十萬字快五十萬字的小說，要速度，品質也不能差……這其實挺要命的，指望早上到下午五點半這段工作時間完成，那絕對是在痴人說夢！

於是初禮一秒不敢耽擱地動了起來。

從第一頁開始——

《洛河神書》說的是一個在海邊採珠、喜愛穿白色衣服的熊孩子，無意間撿到了一本神奇的書，書的名字就叫《洛河神書》。書就如同《山海經》一樣，記載了很久很久以前，在人類之前支配過這片黃土地的飛禽走獸。熊孩子無意間用自己的血從書中召喚出一隻奇形怪狀的野獸，野獸跟隨著熊孩子長大成人，而書裡其他小妖怪一塊為熊孩子所用，參軍報效祖國、平定外敵。當一日熊孩子終成大英雄白衣將軍，野獸也化作一名英俊武將，並告訴熊孩子：傻眼了吧，人世間像我這麼屌的生物，至少還有九個。

熊孩子相當震驚，從此被打開了新世界的大門。

以前打仗都在打人，自從野獸化作人形並告訴他這世間神奇的事多了去了的真相後，他征戰的主要目標就從打人變成打怪。

書是滿看好的。

初禮邊看邊校對。

吃飯時一隻手拿筷子一隻手翻頁。
休息時間捧在腿上看，腦袋一點點地打瞌睡。
進茶水間泡牛奶時等水燒開在看。
站在廁所門外等著時也在看。
下班往衣服裡一揣回家繼續看……
睡覺的時候都恨不得夢遊爬起來看一波，找幾個錯別字。
一時間，紙本稿變成了初禮的寶貝似的，被帶著上天下地，吃飯拉屎睡覺都帶著，恨不得洗澡時候也套個保鮮膜再抓緊時間多看兩行。還好初禮算是晝川的文的粉，這要是看不喜歡的文，估計她撐到週二上午就忍不住要跳樓了。
但是伴隨著時間的推移，初禮發現眼下的「枯燥」與「時間緊迫」並不是最嚴重的問題。最嚴重的是，校對期間偶爾遇見模稜兩可的句子或者實在解決不了的問題要去問晝川本人，對方的反應讓初禮認證了自己之前的猜測。
晝川這個人，果然屬於寫手群中那群最混帳王八蛋的「隨便」黨。
第一回合。
初禮：「老師，我問一下，你的主角按照順序打怪，前面說老大是隻怪鳥，老二是隻烏龜，老三是隻白虎，老四是條龍……怎麼到了文的後面提到老三的時候，老三就變成九色鹿了？到底是白虎還是九色鹿啊？」
晝川：「隨便，哪處描寫多改動麻煩就保留哪處，改另外一個地方。」
初禮：「……」

晝川：「機智不？」
初禮：「……」
第二回合。
初禮：「老師啊，你前面不是說男主他娘病重死了嗎？怎麼後面又出現了！」
晝川：「妳把說他娘死了的那句話刪了不就完了？」
初禮：「……」
第三回合。
初禮：「老師，你可不可以少用一點破折號？」
晝川：「我不。」
初禮：「……」
第四回合。
初禮：「老師，還是那個問題，前面你花了大概三千多字寫十隻化形神獸裡的老四和老八窩裡鬥……我就不說這原型是不是清朝穿越文男主了，怎麼前面明明神獸老四把神獸老八打得半死不活，後面人們口口相傳都說是神獸老八把神獸老四打得半死不活……」
晝川：「妳往裡隨便找個地方加一句『主角心想，這些人好分不清是非，居然顛倒事實，明明是神獸老四把神獸老八揍得半死，為何他們如此愚昧』。」
初禮：「……加哪？」
晝川：「隨便。」

第五回合。

初禮：「老師，你之前說主角警覺心重，房子除了門都是封死的，怎麼下章他就半夜失眠倚窗望月了？」

晝川：「這種細節妳都注意得到。」

初禮：「……我是專業校對。」

晝川：「然而讀者不是。」

初禮：「……」

第六回合。

初禮：「老師，你知道『的、地、得』三個字中的『得』大多表示程度，『說得好』不是『說地（強調第四聲）好』。」

晝川：「妳在懷疑我的文學素養？」

初禮：「……不敢，我錯了。」一邊說著一邊用紅筆狠狠地在「地」字上畫了個圈，用糾正符號標記寫上「得」。

第七回合。

初禮：「老師，『空穴來風』這個詞，高中老師劃了高考重點說了是形容事情傳播，必有起因，而不是『憑空捏造』。」

晝川：「百度百科截圖。」

截圖上書：「空穴來風」成語，原義為有了洞穴才有風進來（語出宋玉《風賦》），比喻消息和傳說不是完全沒有根據的，現多用來指消息和傳說毫無根據。

（《現代漢語詞典》二〇一二年第六版，第742頁，二〇一五年一月第517次印刷）

晝川：「妳哪年讀高三？」

初禮：「是我不夠與時俱進，對不起。」

以上，如此這般。

校對到第二天完成百分之五十時，初禮覺得做為晝川的書粉自己都快瞎了——按照這寫手這樣放飛自我的狀態，能在「作家」這一行一路爬到今天的高度，還真踏馬的是……

命中有貴人，祖師爺賞飯。

也不知道在哪個廟裡燒的高香。

兩天的頻繁接觸後，初禮已經大概摸清晝川大大的套路——那就是沒有套路。

誠如以前認識的出版編輯所言，世界上並不是每一位寫手都會把自己的作品當孩子看的，如果是，那也是「曾經是」。某些寫手就能做到在連載完畢交稿的那一刻，與自己的稿子就變成了純潔的繼父與繼子關係。

只要編輯沒有把「繼子」直接抽筋扒皮地大卸八塊、重新組合，讓人家說「這孩子這麼醜當爹的肯定也長得醜」影響到自己的名聲，其他任何舉動，繼父似乎都能選擇睜隻眼、閉隻眼。

以上行為代表人物，穩如晝川。

初禮這個接手的養母只有抱著《洛河神書》縮在角落裡瑟瑟發抖的分，深夜時恨不得愛憐地撫摸著那厚厚的列印稿子安撫鼓勵：孩子別怕，你能大賣。

第五章

為《洛河神書》校對的第三天。

週三。

初禮在早上起床照鏡子的時候，驚恐地在髮鬢發現一根白頭髮，堅定不移地認為是因為替晝川校對讓自己老了十歲。為了這根白頭髮，初禮幾乎一腳踏上粉轉黑這條路。

是幾乎。

因為她並沒有來得及踏出這勇敢的一步，就在出門上班前不小心瞥到靠在牆角的那柄黑傘。初禮腳下一頓，突然想起週六那天，生怕被老苗挖牆角的自己心急如焚地跑到編輯部去，將晝川和他的《洛河神書》半路攔截——

一同被她攔截下的還有暴雨傾盆的那一天，晝川手中的黑傘。

想到這，初禮又不自覺地翹了翹脣角。

幾乎忘記了鬢角的那一根白頭髮。

看了眼外面，想起近日來連續的梅雨天氣，初禮順手拿起那把黑傘，連帶著自己的透明小傘一塊帶到辦公室。

遮遮掩掩地逃過老苗的法眼將黑傘往桌子底下一塞，初禮也來不及仔細思考自己在心虛什麼鬼，開始工作。

上午埋頭於《洛河神書》的校對中，時不時點開QQ看一眼好友列表；中午午休時看了看時間，十二點半，初禮叼著筷子打開QQ，點擊某個終於亮起來的瘟神頭像。

猴子請來的水軍：晝川老師喲。

晝川：？

猴子請來的水軍：下午在家嗎？我下班去你家，把你上次借給我的傘還給你。

初禮認為這本來是很正常的對話，對方只需要回答一個「好」就可以結束全部的對話，但是此時她顯然是低估了晝川的創造性，在沉默了整整五分鐘後，晝川回話了。

晝川：什麼傘？我有借傘給妳？我為什麼要借傘給妳？

猴子請來的水軍：……

猴子請來的水軍：所以週六那天你放在樓梯間的那把傘並不是要借給我的，只是單純覺得傘沉手，或者想要來一次說走就走的「大雨中狂奔的青春少年」？

晝川：妳好好說話。

猴子請來的水軍：我不。

晝川：要上天了妳。

晝川：妳敢對我說「不」？

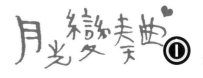

猴子請來的水軍：orz……對不起，我錯了。

晝川：好，我知道是哪把傘了，那傘不是借給妳的，我借給老苗的不行嗎？妳怎麼把它拿走了？

晝川問得一本正經。

初禮相當無言以對。

猴子請來的水軍：「黑人問號臉表情包」你借給老苗的？你們倆是那種值得你為他淋雨也要給他留把傘的關係？

晝川：我們倆是那種值得我為妳淋雨也要留把傘給妳的關係？

猴子請來的水軍：那不一樣。

晝川：哪裡不一樣？

猴子請來的水軍：我是女生啊，大雨滂沱之中，我那嬌弱的身子骨讓人產生想要犧牲自己借把雨傘的衝動不是很正常嗎？

初禮一行字發出去後，晝川整整又沉默了五分鐘。五分鐘後，他以簡潔有力的「呵呵」兩個字結束了本次對話。

介於他沒有強力反對初禮下班以後去還傘，初禮就當他是默認同意，關掉了聊天視窗繼續吃飯，一邊吃飯一邊校對他的「白衣大將軍殺妖記」。晝川的文裡有個標誌性的存在，就是每個男主身上穿的一定是白色衣服，這導致每次他的讀者看見他文的第一章說的總不一定是「天啊大大開新坑了好開心」，也有可能是「看見『白衣少年』四個字我就放心了，我懷疑自己得了強迫症」……

下午的時間在校對中飛快度過，下班時候，初禮校對的工作停留在百分之七十五，因為在這一處，她和晝川產生了一次激烈的爭執。

本次事件起源於初禮在校對到文章的百分之七十五時，曾經有三次因為本章神奇的腦洞被逗得樂出聲，在第四次遭遇隔壁老苗投來的詭異目光時，初禮拿起手機，淡定地撥通了通訊錄裡某個備註名為「戲子老師」的人的電話，然後要求他把這章整章刪除。

對，沒錯。

在「咯咯咯」樂完後，她拔屌無情，直接打了晝川電話，要求將這章整章刪除。

於是晝川炸毛了。

這是《洛河神書》的後爹第一次真正意義上從正面反駁初禮的修改意見，本來他這番突然上心的舉動是讓人十分感動的，但是過程卻……

讓人十分地難以啟齒。

初禮：「老師，你花了整整一章三千字去寫神獸老八怎麼生小崽子以及生下來後周圍人如何絲毫不覺得違和地普天同慶！蒼天在上！小崽子生下來長得還像神獸老四是怎麼回事！他們倆不是敵人嗎？」

晝川：「相愛相殺啊。」

初禮：「可是神獸老四是公的！神獸老八也是公的！」

晝川：「現在賣腐很流行，我想試試。」

初禮：「試個屁。」

晝川：「嗯？」
初禮：「對不起。」
初禮：「請老師批准我把這節內容刪了，整章。」
晝川：「我不。這影響了我文章完整性。」
初禮：「我聽你鬼扯。」
晝川：「嗯？」
初禮：「對不起。」
初禮：「晝川老師，我給您跪下磕頭啦，匡匡匡，您意識到事情的嚴肅性了對吧？元月社，注意是整個元月社，不是《月光》編輯部，負責各類出版終審的總編夏老師是一名被高薪返聘回來的五十五歲高齡資深編輯，性別男，我很確定他是直男，他甚至出過您父親的書——所以，您能行行好，放過老師的三觀和眼睛，好嗎？」

晝川：「……」

以上。

就為了爭論這個沒營養的問題，兩人從下午四點以電話形式爭論到下午五點半，期間整個編輯部裡都是初禮打電話的聲音，她接到無數次來自同事或幸災樂禍或同情的目光。

最終，當初禮忍無可忍地把元月社誰也得罪不起、包括晝川也得罪不起的總編夏老師搬出來，才成功地讓晝川閉上他的嘴。

掛了電話，初禮拿著紅筆，在這章畫風突變、男男生子甚至是獸獸生子的一整章上，畫上了超大、超憤怒的紅叉。

然後她抬頭一看，下午五點半，下班時間到。

看著還有四分之一的紙本稿以及坐在位置上微笑看著自己的主編于姚，初禮意識到今日在家自行加班似乎勢在必行。

回家之前還得先去晝川大大家還傘。

……也許順便考慮把他暴揍一頓。

初禮將和磚頭一樣重的校對紙本稿塞進隨身攜帶的帆布袋裡，等所有人走光後，彎腰從腳底下把晝川的傘拿出來，最後一個走。

關燈、鎖門，年輕的短髮少女邁著輕快的步伐，彷彿正要去奔赴一場約會。

肩膀上被帆布袋壓得沉甸甸的，手裡拎著的傘時不時打到膝蓋，初禮忽然覺得自己不知道從什麼時候開始，好像生活都被一個陌生的傢伙填滿了。他的書、他的傘、他的任性帶來的煩惱……

咦？還好沒有惦記上他這個人。

往公司外走的時候，外面又淅淅瀝瀝地下起了雨。上一次晴天是什麼時候初禮已經不記得了，涼颼颼的綿綿細雨撲打在她的臉上，她小小地打了個噴嚏。

清明前後，天氣突變，謹防感冒。

初禮拿出手機，正巧看見L君問她在做什麼，順手回了個「剛下班，去給祖宗送傘」。這時候手機忽然震動起來，把初禮嚇了一跳，差點把手機扔出去，看了眼，來電顯示：戲子老師。

清明前後，有事沒事，勿提祖宗。

初禮撐開手裡的黑傘，一步向前躍進雨幕中，「吧唧」一聲，鞋子踩在積水裡濺起一些水花。她順手滑開手機螢幕，對著電話「喂」了聲，聲音很平靜：「晝川老師。」

語氣裡充滿著那種「有何貴幹」的氣息過於濃厚。

電話那邊沉默了下，似乎並不習慣和人講電話或者壓根就是覺得從自己的電話裡響起一個年輕女人的聲音是件很神奇的事。

當初禮莫名其妙地開始不安這傢伙又要打什麼壞主意時，晝川終於開口了：「我感冒了。」

初禮黑人問號臉。

介於那邊的人確實鼻音很重，初禮停頓了下便開始禮貌寒暄：「啊？感冒了，老師你又感冒了？」

晝川聲音如一潭死水：「那天把傘留給老苗，我自己淋雨了。」

初禮：「……喔，老苗真壞。」

晝川：「妳住口。妳現在要過來送傘嗎？路上買個感冒藥給我，再找個粥店替我和二狗各買一份粥，其中一份要有肉，不然二狗會鬧……APP能叫到的粥店，店主今天回家掃墓不營業。」

初禮：「……」

所以你把我當外賣APP使了？入行前可沒人告訴我當編輯還要給人跑腿的啊！

可能是初禮沉默得太久，晝川面對電話裡的死寂，幽幽道：「不願意的話妳也可以拒絕沒關係，反正我也只是自己借了別人傘，自己淋了雨，自己感冒……做好事就該遭到報應的。」

男人那語氣幽怨得讓初禮渾身的汗毛都豎起來了，「別別別，我願意，我願意，沒事，不就是買個藥、買兩碗粥嗎？」

「其中一碗要有肉。」

「對對對，要有肉！不然二狗不高興對吧，我知道了……老師你好好休息啊，多喝熱水。」

「……妳真的買給我？畢竟妳今天對我說『試個屁』以及『聽你鬼扯』的時候，語氣並不是那麼乖巧的。」

「……老師。」

晝川：「幹什麼？」

初禮深呼吸一口氣，再次強調：「多喝熱水。」

覺得乏味就放兩塊砒霜調味。

別虧待自己。

初禮握緊手機，三兩步跳到公車月臺上——正是下班高峰，公車上全是人，一輛像是被塞滿、罐頭似的公車緩緩行駛而來，是初禮要上的那輛。她踮起腳尖看著緩緩在自己面前停下的公車，前面、後面的門打開，從前門、後門「啪啪」各掉下兩個人，那四個人罵罵咧咧地開始撅著屁股試圖重新擠回車上。

初禮重新將電話貼到耳邊：「晝川老師，你要的東西我真的可以幫你買，不過你可能要等等，我得坐公車去地鐵站，現在公車月臺人滿為患……」

晝川聽上去似乎很驚訝：「公車？妳沒車啊？」

初禮深呼吸一口氣：「老師，我月薪兩千五，人民幣，不是美金。」

電話那邊又一次陷入意味深長的沉默，然後晝川用一種「我很遺憾」的語氣「喔」了聲。掛電話前，他認真地說「藥和粥都會給妳報銷的，妳替自己也買一份吧」然後掛了電話。初禮瞪著暗下去的手機螢幕瞪了很久。

給自己也買一份什麼？

粥？

還是藥？

速效救心丸嗎？由於一會兒還要和戲子老師對戲，確實有點需要的。

最後，由於初禮害怕自己趕到晝川家時他的屍體已經涼了，所以她狠下心叫車去地鐵站。地鐵也很擠，但是不至於到打開門不僅上不去還會隨機往下掉落若干乘客的程度，所以大概在一個小時後，初禮順利從地鐵站走出來。

在藥房買到感冒藥，周圍的粥店果然已經關門。

好在有超市，初禮買了一小袋米，還有一點兒碎肉，又抓了把青菜。從超市裡走出來的時候太陽已經完全落山了，夜幕降臨。初禮拎著超市的袋子，打著那把黑色的傘，夾雜在來來往往下班歸巢的人群當中，快步往晝川家走去。

大概因為院子裡是溼的，所以來開門的只有晝川沒有二狗。初禮跟在穿蠟筆小新睡衣的男人身後進了屋，才看見趴在沙發上放空的二狗豎起耳朵、抬起腦袋，跳下沙發，搖著尾巴登登登走到初禮跟前，站起來，將兩隻大爪子搭上她的腿。

初禮放下帆布袋，伸手摸摸二狗的頭：「街上的粥店都關門了……所以我買了米和碎肉還有蔬菜。」

「妳跟牠說牠聽得懂嗎？」

低沉沙啞、帶著濃重鼻音的聲音在身後不遠的地方響起。

初禮揉狗耳朵的手一頓：「老師，我在和你說話。」

「那為什麼不看著我？」他理直氣壯地質問。

初禮無語地轉過身，微微抬起頭對視上那雙茶色的眼，「你先吃藥，藥在帆布袋裡，借你家鍋子和廚房用用，很快就好。」

晝川沒說話，只是目不轉睛地盯著初禮將那把溼漉漉的傘靠在玄關的門邊。直到初禮問他廚房在哪，他這才像是回過神來似的指了指。

初禮走向廚房，發現廚房一塵不染的。油鹽醬醋都有，只是沒開封，最神奇的並不是這個，最神奇的是當初禮好不容易從碗櫃裡找到可以用來煮粥的鍋子，打開鍋蓋，她發現裡面的商標都還沒撕下來。

……這戲子天天在家裡修仙啊？

此時晝川和二狗不知道什麼時候也跟著她屁股後面來到廚房門口，晝川大概已經吃過感冒藥，抱著手臂斜靠在廚房門邊；二狗則老老實實地在他身邊蹲好。一人一狗就這樣沉默且目不轉睛地盯著在廚房裡忙著的人，看著她撕商標、淘米、撕開食鹽袋子、到處找調味罐，找到了把鹽倒進去……

沉默。

二狗搖動的尾巴成了整座房子裡最活潑的存在。

剛開始，初禮還想說這人不說話的時候還真有點「溫潤如玉公子川」的味道在，隨著時間的推移，空氣變得越來越凝固，初禮越發覺得背後那四道目光能把她燒起來；終於，洗肉末的時候，初禮忍無可忍了，轉過頭看著晝川：「老師，你在看什麼？」

晝川目光閃爍了下，臉上的表情有些僵硬，但是很快的又放鬆下來，他面色平靜道：「我剛才拿藥時看見妳的校對稿子了，還剩四分之一沒做完……不是明天早上就要交了嗎？」

初禮：「今晚加班。」

晝川：「辛苦了。」

初禮：「沒事。」

沉默。

晝川：「月薪才給兩千五，加班費都沒有，你們為什麼沒有一把火燒了元月社？」

初禮：「大概是怕坐牢。」

晝川：「喔。」

沉默。

晝川：「為什麼想當編輯？」

初禮：「什麼？啊，為什麼想當編輯？大學的時候想著如果能幫喜歡的寫手出書，幫他走上職業顛峰，應該是一件很有趣的事。」

晝川：「妳喜歡的寫手，誰啊？」

晝川換了隻腳支撐，從斜靠左邊門框變成了斜靠右邊門框：「我嗎？」

初禮：「……」

沉默。

初禮將洗乾淨的菜撈出來，扔到嶄新的菜板上，刀架上抽出一把錚亮的菜刀，用水沖洗了下。大概是手中的菜刀給了她無限的勇氣，初禮無奈地轉過身：「老師，你到底想說什麼？」

「沒什麼。」晝川面無表情道，「就是突然發現眼下似乎是我們第一次不需要用那麼敵對的方式面對面甚至是和平共處。」

初禮「喔」了聲，順口問出了讓她接下來十分鐘內腸子都悔青的問題：「所以呢？」

「我覺得有點尷尬，所以想找點兒話題來聊。」

初禮在擦拭的菜刀一頓。

「妳看，就像現在一樣。」

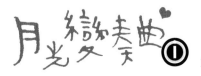

初禮：「……」

「尷尬。」

初禮：「……」

「對了，妳有男朋友嗎？網戀的也算。」

初禮喀嚓一下將青菜俐落地一分為二，舉著菜刀轉過身：「老師我急著替你做飯做完飯急著回家回家幹什麼呢急著幫你校對稿子免得明天交不了差連兩千五的月薪都拿不到所以現在能不能請你稍微安靜一下停止尬聊讓我好好把這頓飯做完然後我們各回各家各自安好——」

晝川：「所以呢？」

初禮揮舞著菜刀：「出去！」

斜靠在門邊的晝川停頓了下，盯著站在廚房裡比自己矮了一個腦袋外加一根脖子的小姑娘滿臉崩潰地揮舞著菜刀驅趕自己的模樣，不知道為什麼勾了勾唇角，居然頭一次什麼都沒有說，乖乖聽話轉身要走……走了兩步又退回來，揪了把還蹲在原地不肯動的二狗耳朵，將牠不情不願地拖走。

然後。

世界清淨了。

初禮深呼吸一口氣，轉身繼續切菜。

她並不知道的是，離開的男人並沒有停下詭異舉動，他快步回到電腦邊，面無表情地打開自己的ＱＱ大號，找到一個他已經連續好幾天沒有騷擾過的名叫江與誠的傢伙，繼續面無表情地揮舞十指打字。

晝川：說出來你可能不信。

江與誠：你怎麼又來了……啥玩意？

晝川：此時此刻我家裡正有個年輕女生站在我的廚房裡穿著我的拖鞋揮舞著我的菜刀，給我和我的狗做飯。

江與誠：？？？啥玩意？

江與誠：有人不以下毒為主要目的主動給你做飯？

晝川：是。

江與誠：鬧鬼了。

晝川：是鬧鬼了，我感受到了「生活」，這居然是個動詞。

江與誠：……過去二十七年你喝西北風長大的啊？

晝川：傭人做的飯不算。

晝川：年輕女生做的飯，算。

晝川：妙哉。

江與誠：……「張口吃藥表情包」

初禮煮好粥，先盛了一大碗沒鹽的留給二狗，然後才往鍋裡加了一點點鹽。肉末青菜粥很香，不一會兒米混合著肉糜的味道便從廚房飄了出去。

初禮端著鍋子走出來的時候，晝川正捧著那本校對用的紙本稿縮在沙發角落裡看得很認真，身上那套蠟筆小新睡衣明顯是短了，露出一大截偏白的腳踝。二狗腦袋枕著他的大腿睡得四仰八叉的，也不知道是不是餓暈過去了，聽見腳步聲，耳朵動了動睜開眼，甩甩腦袋爬起來，眼巴巴地看著初禮。

初禮在餐桌上放下粥鍋：「晝川老師，我發現你的睡衣不是很合身。」

縮在沙發角落裡的男人動不動，慢條斯理地將手中紙本稿翻過一頁，頭也不抬，聲音謎之自信、四平八穩：「不好看嗎？」

初禮沉默了下：「挺好看的，但是我聽說你快三十了。」

晝川的目光終於從稿子邊緣抬起來，盯著初禮的目光鋒利，一字一頓：「我上上個月，剛滿二十七。」

初禮：「但這是蠟筆小新，您上上個月剛滿十七都不適合。」

晝川不動聲色地繼續盯著初禮：「我姪女給我買的，她喜歡。」

你姪女是大名鼎鼎的背鍋俠啊？久仰。

初禮：「喔。」

晝川：「她品味是挺有問題的，就像當年喜歡那個替我洗腳都不配的繪者還鬧著要買她的畫集一樣，大半夜還鬧著讓我幫她搶什麼什麼……」

男人露出老年人健忘的標準表情。

初禮：「特典。」

晝川用老頭子語氣道：「對，就是這個，限量前五十，嘖嘖，也不知道是什麼鬼東西，品味低級。」

初禮：「……我只是想說這睡衣其實我也送給朋友過，繭娘娘我也愛過，老師你這樣說我就不高興了。」

當年L君過生日，不知道送啥，她隨便買了件蠟筆小新的睡衣調戲他。那傢伙的收貨地址還是個模模糊糊的代收點，神祕得很，當時初禮還嘲笑過。

當初禮陷入回憶，並未察覺坐在沙發上的男人不動聲色地將手中的紙本稿拉高了些，擋住自己的臉，聲音再次響起來時，四平八穩到沒有一絲破綻：「朋友？男朋友啊？」

初禮：「……網友。」

晝川在校對稿後怪笑：「什麼年代了，網戀。」

初禮懶得再跟他一本正經胡扯，轉身到廚房，把二狗的那份粥拿出來倒狗糧盆裡，然後洗手，從碗櫃裡拿出兩副新的碗筷，沖洗了下後舉著碗筷走到晝川面前站定：「晝川老師，吃飯。」

晝川抬起頭，看著舉著碗筷和湯匙站在自己跟前的短髮小姑娘，那種魔幻的感覺又來了——有一個二十出頭的小姑娘，比他矮了大半個頭，身子單薄得像個洗衣板，彷彿一陣風吹過來她就能像風箏似的飛起來。她挽著袖子，指尖微微溼潤，拿著兩副碗筷，站在他的面前，穿著他的拖鞋，她對他說：吃飯。

生活。

晝川嘆息：「妙哉。」

初禮：「嗯？」

晝川站起來，站在沙發上彎腰居高臨下地盯著初禮看了一會兒，然後將那本被

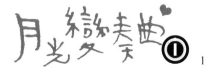

初禮寶貝似端來端去端了好多天的紙本稿往腋下一夾，跳下沙發，徑直路過舉著碗筷愣在原地的初禮，走到餐桌邊坐下，轉過頭道：「發什麼愣，妳不餓嗎？」

初禮跟著他來到桌邊，抽出一張椅子坐下。晝川拿過湯匙替兩個碗各舀了一勺粥，其中一碗推給初禮，自己拿過另一碗。

到這裡為止，都是很正常的，初禮低聲道謝後摸了摸餓腸轆轆的肚子以為自己忙了一晚上終於能吃上一口熱粥，卻在剛吃完一口後，聽見身邊傳來湯匙放進碗裡的清脆響聲。

「喂。」

「我有名字。」

「香蕉人。」

「嗯？」初禮一臉懵逼地抬起頭，「什麼？」

「妳放在桌上的那個配件，很符合妳的形象。」晝川面無表情地說。

初禮：「……」

老子掀起裙子嘿嘿嘿笑還嚷嚷著「食吾大屌」給你看了？

初禮一臉放空的表情，晝川拖過放在桌上的那個厚厚的紙本稿，屈指敲了敲：「我都看過了，校對得很不錯，雖然校對痕跡多得有點怵目驚心把我嚇了一跳——」

「啊？」

還把你嚇了一跳……怪我囉，那你倒是別出那麼多錯別字啊錯別字大王，印表機只負責列印並不具備把你正確的字印成錯的這種高級功能啊！

「尤其是這裡。」晝川將紙本稿翻到百分之七十五的地方。

初禮抬頭看了眼，看見自己用紅筆在「神獸老八喜得麟子」一整章上打的巨大的兩個叉，她眼皮抖了抖，甚至沒來得及說什麼又聽見晝川淡淡道。

「筆力勁道透過紙背，這裡，乾脆直接劃破了……我從來沒有見過這麼有情緒的校對痕跡。」

初禮：「……」

那你現在見到了。

晝川修長的指尖挑了挑紙本稿：「怎麼，是不是覺得我這章寫得很爛，看得妳生氣啊？」

不，是覺得寫這章的人很爛，看得我生氣。

初禮想了想：「你想知道？」

晝川一隻手撐著下巴，瞇起眼笑得像隻狐狸道：「想啊。」

初禮清了清嗓音，放下湯匙，挺直了腰桿，正襟危坐，努力讓自己看上去很專業、很有說服力：「這麼說吧，晝川大大，注意，接下來的話說給晝川大大——我以一個你曾經的粉絲、讀者的身分向你坦白，其實我覺得這章寫得很有意思，很有創意，給人印象深刻，尤其是我看到老四被老八那個長得和自己一模一樣的兒子嚇得轉體後空翻騰三周半時，我甚至笑出了聲……這件事你不信你可以去問老苗。」

晝川挑起眉。

初禮深呼吸一口氣：「接下來的話說給晝川老師……老師，做為您的粉絲的同時，我還是一個專業編輯，當您點頭同意將這本書的校對工作交給我，甚至是責任編輯的位置交給我時，我就必須要對這本書的內容負責——《洛河神書》做為一本全年齡向東方幻想題材小說，將來它會在圖書市場正式開賣，它會進入書店，擺在書店最顯眼的暢銷書位，每一個路過它的人都有可能被它吸引，拿起它，閱讀——這裡面包括了男人、女人、老年人，還有小孩……」

晝川放下眉：「接著說。」

初禮：「做為編輯，我不能因為我個人的喜愛，甚至是部分人的喜愛，就破壞這本書更大的可能性——它應該面向所有人的，不是嗎？每個人都有資格成為它的讀者……我不能因為『我喜歡』，就讓一些可能讓另一部分人無法接受的東西被添加至裡面。舉例說明，元月社終審總編夏老師看到兩隻野獸相愛相殺完了還生了個娃，就會爆血管。我會被扣工資。你會被質疑水準。」

伸出手，溫柔地將那被她劃了怵目驚心大紅叉的稿子合上，初禮微笑：「三敗俱傷，多不好。」

晝川盯著初禮，認真地盯著，良久，他勾起脣角、瞇起眼笑了起來：「妳說得對，很有道理。」

初禮在心裡長吁一口氣，正感慨他媽居然過了這關真不容易，與晝川面對面地傻笑，這時候聽見晝川淡淡道：「妳以為我會這麼說嗎？」

初禮的笑容僵硬在脣邊。晝川也收斂起笑容：「聽妳胡扯。」

初禮尷尬地低下頭扒粥，小聲倔強道：「人與人之間的信任都沒有了……」

「從見面的第一天起妳就總是用這種威逼利誘夾雜好言相勸的方式畫大餅給我，第一次不會上當，現在也不會。想知道為什麼，去照照鏡子就知道自己演技多差，和我飆戲？哼。」晝川無情地把紙本稿往旁邊一扔。

初禮：「……」

對不起啊這拙劣的演技辣著了您的眼睛。

畢竟溫潤如玉公子川、文學界百變小櫻、第一戲子，連奧斯卡都欠你一座小金人——

爾等凡夫俗子，敢在您面前放肆，確實罪該萬死。

初禮低下頭，認真喝粥，正喝得開心，突然眼角餘光瞥見晝川慢吞吞地重新拿起湯匙，然後突然停住：「但是我認同妳這次畫的破餅。」

初禮一愣。

「妳果然是比老苗那個只懂阿諛奉承大大好大大棒的廢物有用。」像是想起什麼不愉快的事，晝川皺起眉……良久，似乎感覺到初禮懵兮兮投在自己臉上的目光，他鬆開眉間，用自己的湯匙敲了敲初禮的碗，「看什麼看，吃飯。」

「喔……老師。你剛才在誇我啊？真的假的？」

「說妳比廢物有用也算誇的話，妳開心就好，吃飯。」

半個小時後。

吃過飯，初禮與晝川告別，走的時候晝川正躺在沙發上摸狗。初禮站在玄關，第三次和沙發上的晝川確定他確實會洗碗之後，開始站在玄關穿鞋。

初禮正彎下腰繫鞋帶，並不知道身後躺在沙發上的男人默默打開手機，預約了明天能來洗碗的家政阿姨。他金貴的手是用來創造財富和無限可能的未來的，不是用來洗碗的。

晝川閉上眼，吃了感冒藥犯睏，正想來個飯後小眠。

就在這時。

突然感覺到沙發旁邊的茶几震動了下，他「唔」了聲，皺眉翻了個身，一眼就看見放在桌上掛了一大堆卡通掛飾的手機，因為有簡訊傳來，螢幕亮了起來。

晝川無語地嘆口氣，「喂，妳手機。」

剛穿好鞋的初禮一臉懵逼地抬起頭，晝川見她這丟三落四的傻子模樣就覺得刺眼，翻身坐起來一把抓起手機，踩著拖鞋踢踢踏踏地走到玄關，將手機往她手裡一塞。

當初禮低頭看簡訊時，晝川面無表情地開口劇透：「妳房東說妳家門前修路，半個小時後開始停水停電。」

初禮「呀」地一把捂住手機，滿臉警惕：「你怎麼偷看人家簡訊？」

「……它就跳出來直接顯示在鎖屏上，而不幸的是，寫文的人一目十行是基本技能，」晝川無奈道，「妳這人有沒有一點兒要保護自己隱私的意識？不知道設置下不顯示簡訊消息？不會微信和QQ也是這樣大大方方地顯示寄件者和內容吧？」

初禮：「你怎麼一言不合開始教育人？」

因為妳智障。晝川抱臂，懶得再說她，剛畢業的小女生知道個什麼叫「防人之心不可無」？他低頭看著初禮將紙本稿塞進帆布袋裡，想了想又道：「妳家今晚停電，妳剩下的東西怎麼校對啊？」

「去網吧啊。」初禮順口答。

「去哪？」晝川問。

「網吧。」

「去哪？」晝川加重語氣，語氣中有一種「夠膽妳再說一遍」的意思。

「網吧！包夜！便宜！不會停電還有電腦可以隨時聯繫你確認校對情況！」初禮聽出他語氣不太對勁，生怕男人又想出什麼壞主意折騰她，話落了沒等他說話，匆匆擺擺手扔下個「老師再見」，一溜煙地跑了。

剩下晝川和沙發上睡得正香聽見響動迷迷糊糊抬起頭的二狗大眼瞪小眼。

初禮匆忙走出院子門口，掏出手機看了眼，螢幕上，某個萬年不會主動說話的人這會兒居然有了新訊息。

晝川：妳給我回來。

初禮尷尬地摸了摸臉，碎碎唸：「QQ訊息直接顯示在螢幕上怎麼不行了，又沒什麼機密，當自己美國總統啊……」

猴子請來的水軍：？？？

晝川：帶妳去開房。

猴子請來的水軍：？？？？？？？

晝川：飯店還是我家，妳選。

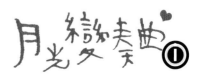

猴子請來的水軍：您好，這裡是自動回覆，我現在不在，有事請在嗶一聲後留言，嗶——

晝川：騙鬼啊，妳名字旁邊顯示「正在輸入中」。

猴子請來的水軍：……

三分鐘後，晝川抱著手臂靠在院子大鐵門旁，冷眼看著手中抓著一個掛件叮叮噹噹的手機匆匆走回來的小姑娘。溼潤的地面上很多積水，她步伐匆忙，像蹦跳著越過那些積水似的。

當她終於來到晝川跟前。

「好好走路。」男人淡淡道，「瞎蹦躂什麼？」

初禮有點懵，眨眨眼抬起頭：「什麼什麼？」

晝川保持高冷姿勢不變：「妳想帶著我的得意之作去網吧，坐在一群打著英雄聯盟的網癮少年中間，一邊聽著他們大呼小叫『橫眉冷對撒子喲』、『俯首甘為芽兒喲』（註5）一邊校對我晝川的得意之作？」

初禮動了動唇，還沒來得及開口，晝川先打斷了她的話：「想好了再回答，一個回答錯誤可能會導致我發脾氣，我發脾氣什麼樣妳見過的，能用那個簽好的破合同點燃了和妳一塊塞進煉丹爐裡煉仙丹。」

註5 「橫眉冷對撒子喲」及「俯首甘為芽兒喲」皆為電競圈的俚語，表達某種不羈的情緒。

初禮不想被煉成仙丹。

但是……

她動了動唇：「老師，你清醒點兒，開房是不可能的，我老爸是警察，動一動手指就能知道我最近去了哪、和什麼人開了房——這要是被他發現我和一個男人開了房……」

晝川：「他會拿菜刀架在我脖子上逼我上門提親嗎？」

初禮：「……可能會的。」

晝川上下打量了下面前站著的小姑娘，最後得出的結論是把原子彈綁在他身上他怕是都開不了提親的口，所以在十幾秒的謎之沉默後，他點點頭：「那有答案了，我書房借妳用一晚上——社區大門對面有個超市，妳去買一次性換洗的貼身衣服，很便宜，超過五十塊我報銷……半個小時後，家門口看不見妳，我就報警。」

初禮目瞪口呆，「老師，你去當土匪估計也前途無量。」

「妳怎麼知道啊？」晝川也一臉驚訝，「高三時候我在成為土匪還是作家之間猶豫了半年，最後從以學校門口商店為據點的金龍幫金盆洗手，深藏功與名，選擇成為作家。」

這梗接得毫不猶豫。

初禮：「……」

論無恥，她還是比不過這個人。

二十九分鐘後，拎著超市小袋子的初禮氣喘吁吁，雙手撐在膝蓋上回到晝川的面前。隔著鐵門，晝川給她看了看自己的手機螢幕，「110」三個數字已經撥好了兩個「1」。晝川掛了電話，打開鐵門。

此時為晚上九點二十分。

初禮懷著和方才完全不同的心情重新走進這小院，一進屋就看見蹲在沙發上駝著背狂打呵欠的二狗。晝川走過去把這中老年人作息的二狗趕回自己的狗窩，自己霸占沙發，然後指了指某個方向的盡頭：「書房。」

初禮點點頭，抱著校對紙本稿往裡頭走，走了兩步又聽見晝川在背後淡淡道：「門開著，有問題直接問。」

初禮點點頭：「謝謝老師。」

晝川一愣：「謝什麼？」

初禮：「謝謝老師收留。」

「哦。」晝川一臉「什麼東西啊」的空白表情，手心朝自己，手背朝外，揮了揮，「去吧。」

初禮點點頭，轉身進了書房。打開檯燈，她先被書房裡鋪天蓋地的藏書驚呆了。金龍幫幫主的書房比想像中有文化得多，從西方名著到東方古籍再到通俗小說，上至湯瑪斯．艾略特《荒原》下至江與誠出道作《陰嫁》，她甚至找到一本叫《尋龍點穴風水墓相》的書，以為是小說好奇抽出來，打開一看裡面各種靈魂畫作。

還真是講風水的……

晝川的書房，涵括種類說是上知天文、下知地理也不為過，而且和一般人擺看充門面不一樣，這些磚頭似的書，隨手抽出來一本，都能在上面找到被仔細翻閱過的痕跡。

開始懷疑剛才晝川那句「拿妳去煉仙丹」不是隨口說說而已，初禮生怕自己不小心觸動什麼機關進入密室看見一個巨大煉丹爐。她抖著手懷揣著敬畏之心將手中的書塞回去，在書桌前坐下，翻開紙本稿開始校對。

這時候手機螢幕亮了，跳出訊息提示。

消失的L君：幹麼呢？

初禮抓起手機。

猴子請來的水軍：給晝川大大新書做校對啊，還有四分之一呢！明天死線，這種時候家裡還停電停水，真的是要了老子的命啊！

消失的L君：妳家停電啊？那妳怎麼校對？沒在家？

猴子請來的水軍：在外面，找了個校對的地方。

消失的L君：哪？

猴子請來的水軍：……網吧啊，還能去哪。

消息發送出去，初禮聽見外面傳來一聲輕響，像是什麼人瞬間從皮質的沙發上蹦起來，幾秒後，他又重重躺回去。初禮正想問外面那大神怎麼了，難道是看見蟑螂害怕？就聽見晝川嚴肅的聲音傳來。

「香蕉人，妳在幹麼？該不會躲在書房裡不工作，玩手機？」

看了眼手上的手機，初禮翻了翻眼睛，放下手機認真工作。

因為坐在正經八百的書房裡，周圍安靜且環境舒適，初禮的工作很有效率，手中的紙本翻得嘩嘩作響，除卻逐漸變薄的剩餘頁，還有書房和客廳之間偶爾會響起的對話——

初禮：「老師，『她莞爾一笑，面若冰霜道』，前後矛盾，刪哪個？」

晝川：「刪『面若冰霜』。」

初禮：「你不來看看前後文就刪這？」

晝川：「我自己寫的文，自己記不住？還用看？」

初禮：「那你告訴我這句話是在描寫誰？」

晝川：「主角啊。」

初禮：「是女配。」

晝川：「……」

初禮：「老師，『他不知道穿什麼事後就會主宰沉浮』……你這句話到底在說什麼？」

晝川：「拍照給我看看前後文，發QQ。」

初禮掏出手機喀嚓一照，照片發給晝川的QQ，外面沉默一分鐘，傳來他冷靜的聲音。

「我也不知道我在說什麼，刪了吧。」

初禮：「老師，你這有Bug，主角剛從泥潭裡爬出來轉眼出現在眾人面前還宛若謫仙好像哪裡不對吧？」

晝川：「哪？」

初禮：「主角剛從泥潭爬出來——到出現在眾人面前到後面打了老長一段架，中間不停在誇獎他白衣飄飄好似神仙，這刪不了，你還是來看……」

話語未落，晝川已經出現在書房門口，快步走到初禮身邊，順手一把搶過她手裡的紅筆，飛快地找到初禮說的那幾處地方，用他簽合同時一樣漂亮的字刷刷改了幾處，然後手一頓：「好了沒？」

男人說話時半彎著腰，右手撐著桌子，左手握著筆，說話的時候聲音近在咫尺。初禮愣了愣，點點頭。

晝川扔了筆，檢查了下工作進度，此時已經是凌晨二點，初禮已經校對到主角最後一戰，全文還剩百分之五，晝川滿意地點點頭：「我去洗澡，妳乖乖的，別鬧。」

初禮：「為什麼用對二狗說話的語氣和我說話？」

晝川深深地看了初禮一眼，「嗯」了聲，轉身離開書房，留下初禮獨自黑人問號臉。

問你話呢，你「嗯」毛線啊「嗯」？

晝川泡了一會兒澡，從浴室出來大概是半個小時後。他穿著浴衣用浴巾擦著溼漉漉的頭髮，正想叫書房裡那隻香蕉人猴子也去洗個澡再工作，走到書房前，卻發現書房裡安靜得嚇人。

伸腦袋一看，那人已經握著筆趴在書桌上睡著了。

晝川走進書房，想叫醒她，眼角餘光卻瞥見她臉上被紅筆畫出的一大道紅色墨水痕。他硬生生停下到了嘴邊的呼叫，停頓了下，目光閃爍。

腦海中閃過一萬種「此時瑪麗蘇韓劇裡男主應該做出的正確措施」，答案皆指向一個。他打定主意順手扔了浴巾，站在睡著的小姑娘身邊比劃了下，然後彎下腰，拎起她的胳膊放自己脖子上，另外一隻手臂再環過她的腰——

一、二、三，使勁……

嗯，抱不動。

晝川默默地鬆開環繞在初禮腰間的手，後退小半步，盯著她熟睡的臉看了半天，似乎是在疑惑眼前這人看著瘦小，莫不是吃石頭長大的，那麼死沉死沉？

他正沉默著，突然看見她扔在桌面上的手機突然閃爍起來。

小鳥：姊姊，後天卷首企劃就要截止交稿了啊。

晝川一愣。這傢伙的微信接收內容還真的是直接顯示在鎖屏桌面的？

小鳥：妳找來那個寫手的稿子寫好了嗎？

小鳥：于主編讓妳只找那一個就行，妳不會就真的只找了那一個吧？我這邊三個寫手已經拜託他們多寫了，但是一共才四個寫手怎麼撐得起三頁的分量啊？

小鳥：下次寫手資源不行早點說，我這大半夜突然想起來都急得睡不著。

小鳥：別以為有晝川的稿子當擋箭牌就沒事了，妳這樣下回誰還願意和妳一起合作？

默默地欣賞完這接二連三跳出來的半夜加戲，晝川移開目光，看了眼趴在他桌子上睡得正好的傢伙。白皙的皮膚在檯燈的照射下像是透明似的，可以看見面頰上細細的絨毛和青色的血管。在那安靜耷拉下來的睫毛下，有一小片陰影。

大約是連續幾日睡眠不足引起的。

彷彿在思考什麼，晝川沉默片刻，然後伸出手，將放在書房飄窗上的毯子扯過來抖開蓋在她身上，而後將校對稿從她胳膊底下抽出來。

一轉身，茶色的眼睛對視上安靜蹲在書房門口、睡眼惺忪、半夜起來尿尿臨時路過的二狗。

看著主人抬起修長的指尖，壓在薄唇上做了個噤聲的手勢，二狗歪了歪腦袋。

伸手關上檯燈，將桌面上的手機鎖屏，藉著傾灑入書房的檯燈，男人拿著還有一小半沒校對完的紙本稿轉身走出書房。

月色正濃。

小小的書房如一方與世隔絕的天地，無人能擾。

第二天。

太陽當空照，花兒在傻笑，小鳥說早早早。

初禮醒來的第一反應是昨晚睡覺的時候她大概整個人都被晝川折疊起來當球踢了一宿，要不然她的腰不可能這麼疼。

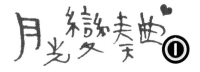

第二反應是「昨晚睡覺的時候」是什麼鬼，她怎麼睡覺了？稿子呢？稿子沒校對完誰批准她睡覺了啊啊啊啊啊啊！

第三反應是抓起手機看了一眼，然後就看見大概半夜兩點時，辦公室裡那隻綠茶鳥連續發來的二十幾條未讀訊息。這麼多條未讀訊息的中心思想就是：初禮，卷首企劃的事妳他媽到底找了幾個寫手啊，別以為拿晝川當擋箭牌這事就真的算了啊，妳這個廢物！

初禮：「……」

如果以後壽終正寢、入土為安前，要替自己這輩子頒發個什麼「最糟糕的一日之計在於晨獎」，那今天一定可以以過硬實力列入前三甲。

此時是早上七點半。

揉了揉眉心，初禮長吁出一口氣，看了眼桌上校對一半的稿子已經不翼而飛。當然不可能是半夜遭遇入室行竊，初禮淡定地站起來，伸了個懶腰，踩著拖鞋走出書房。

走廊裡，二狗正翹著尾巴吃狗罐頭拌乾狗糧這麼敷衍得很有創意的早餐。初禮摸了摸二狗的腦袋，抬頭就看見躺在沙發上的男人。

打開的紙本稿穩穩蓋在他的臉上，雙手高舉投降狀；高高翹在沙發靠背上的那只拖鞋不翼而飛，另外一隻腳蜷縮彎曲；蠟筆小新睡衣掀起，露出大片平坦結實的小腹，肚臍眼下一道淡淡的青色毛髮一路蔓延至睡褲的鬆緊帶裡；從睡褲邊緣又露出一小片黑色內褲的邊緣……

一個四仰八叉的、溫潤如玉公子川。

下意識地看了眼手上的手機，初禮心想這時候打開照相機喀嚓一張，從此「晝川」這個人是不是就可以以各種白菜價被元月社承包了；但是出於昨晚好歹被人好心收留的緣故，她並沒有這樣做，放輕腳步走到晝川身邊，彎下腰拿起蓋在他臉上的紙本稿翻了翻。

剩下大概百分之五的稿子上，紅色的校對痕跡由圓圓的幼稚園體變成了龍飛鳳舞的漂亮字，字體剛勁有力；不過到了後面，明顯因為某人的耐心在燃燒殆盡而變得有些潦草。

初禮：「……咦？」

匆忙翻閱完那些凌亂字跡，初禮是真的覺得上一秒還想「挾照片以令狐狸」的自己良心受到譴責。

她小心翼翼地放下紙本稿，從書房裡拿出毯子替男人蓋上。

躺在沙發上的男人大腳從沙發靠背上落下來，他皺著眉睜開一隻眼，瞥了眼彎腰替自己蓋毯子的人，用帶著濃濃睡意的聲音不耐煩道：「大清早的起來打鬼啊？」

「七點半了，老師，今天週二，是在你們這些無業遊民的字典裡並沒有的工作日。」初禮聲音難得溫柔，「我去刷牙洗臉再幫你熱個早餐，老師睡醒了可以吃，吃完以後記得吃感冒藥，吃完上床去睡……」

晝川抬起雙手堵住耳朵。

初禮發現，無論之前發生了什麼驚天動地的暖心事件，一旦開始正常的對話，對眼前這位老師的愛心也很難維持到一分鐘以上。初禮抹了把臉，告訴自己要冷靜，順勢在沙發邊蹲下來湊到晝川耳邊，以確保他能聽見的音量道：「總之謝謝老師替我把剩下的校對做完，還有披在我身上的毯子。」

晝川的手從耳朵上拿開，懶洋洋地瞥了眼蹲在沙發旁邊的小姑娘：「其實按照正常情況，我應該把妳抱起來放到床上再替妳蓋上被子。」

「喔。」初禮點點頭，「那為什麼沒有這麼做呢？」

「妳太重。」晝川認真道，「我抱不動。」

初禮：「……」

有多少少女心在這位老師面前都不夠用，他能從妳手上把妳的少女心搶過來，摔在地上，然後在妳少女心的渣渣碎片上跳老年人迪斯可。

初禮強忍住把晝川腦袋下的枕頭抽出來瘋狂抽打他一波後再捂在他臉上讓他安息的衝動，默默站起來轉身進了浴室。

洗手臺上有放好的免洗牙刷、紙杯，還有商標都沒撕下來的白色毛巾。初禮帶著這些東西在晝川家沖了個澡，洗完澡吹完頭髮還在洗手臺邊找到一系列以神仙水為代表的各種瓶瓶罐罐。

這些東西當然不可能是給二狗用的。

初禮停止打量那些瓶瓶罐罐，對鏡淡定抹自己的大寶SOD蜜（註6）：「嗯，誰

註6　乳液品牌名。

還不是小公舉？」

神清氣爽地推開浴室門走出來，初禮轉身進廚房幫晝川熱了早餐，端出來放在餐桌上並在旁邊擺上感冒藥和一杯清水。

初禮轉身看著沙發上用毯子蒙頭作挺屍狀的男人：「老師，早餐和藥弄了，謝謝昨晚的收留和工作幫助，我去上班了喔。」

沙發上蓋著毯子的人紋絲不動。

直到十幾秒後，當初禮懷疑他是否還活著，毯子下面這才伸出一隻大手，像是驅趕蒼蠅似的揮舞了下：快滾。

想不到，這狐狸偶爾也會有點可愛的樣子。

初禮盯著那隻有氣無力還帶著一絲絲不耐煩的大手，嗤嗤笑著將校對好的稿子小心翼翼放進帆布袋，穿鞋，走人。剛走出晝川家兩步，手機螢幕突然亮起——

晝川：當面有點難以啟齒，妳私人物品記得帶走，否則我用透明塑膠袋快遞到編輯部，並備註：務必工作日派送。

晝川：是的，本無業遊民不幸地居然知道什麼叫「工作日」。

晝川：就是一個人出洋相全世界都能圍觀到的好日子。

初禮：「……」

紙本稿 get。

錢包、手機、鑰匙、大寶 SOD 蜜 get。

人在此。

沒落下什麼。
以及收回前面的正面評價。
可愛個屁啊！
這個惡魔！

第六章

初禮於早上上班時間準時回到編輯部並上交《洛河神書》一校成果，在于姚的稱讚中，初禮同時淡定地接受小鳥的冷嘲熱諷。

坐在位置上的半新人編輯轉過椅子，笑道：「初禮，晝川老師的稿子交了以後妳也該回一下卷首企劃的事了吧，昨晚半夜害我急得睡不著，妳到底有沒有收到我的微信，妳在幹麼啊？」

初禮：「我當時在趕《洛河神書》最後一點的校對啊……」

小鳥：「我也在做年年老師的校對啊，怎麼都沒妳那麼忙？」

初禮彎腰坐下的動作一頓，掀起眼皮掃了眼小鳥：「大概是因為年年老師的原稿錯誤比較少吧？真是個貼心的大大，不像我們晝川老師，錯字跟銷量成正比，真叫人沒辦法。」

小鳥被嗆了下，臉上的笑容僵了下，隨即半開玩笑一般細聲細氣道：「和妳一起做個企劃真的超累，又要當爹又要當媽……都是新人，我也很多不懂的，妳就稍微多分一點兒心來這邊，多幫忙找一個寫手來也好啊？真是的。」

最後輕描淡寫「真是的」三個字，那語氣，足夠讓人惱火得額角青筋一跳。

「是嗎？那很抱歉哦，我是真的找不到啊。」

初禮一邊說著，一邊將電腦裡阿鬼前天上交的「童年趣事」文章調出來，檢查了下錯別字用QQ發給老苗，順便在于姚等所有人都在的工作群組裡附贈阿鬼的微博連結。至少從微博粉絲數來看，阿鬼沒輸給年年她們。

這是初禮在為阿鬼的版面做最後的尊嚴維護。

正如小鳥之前在廁所裡跟阿象說的那樣，並不是有四個寫手交了這鬼東西，就是四個寫手平分三頁的卷首企劃頁面的。所有的寫手寫的文都會先交給老苗過目，然後老苗再根據這些寫手的人氣和神格高低決定好三頁的占地劃分。人氣高的寫手占地面積大，人氣稍低的則擠在角落裡。

一般美編是不知道寫手之間的人氣區別，所以由文編進行大致規劃，最後美編負責詳細排版。為了防止老苗和小鳥一個鼻孔出氣欺負人，初禮只好把阿鬼的微博連結發到大家都看得見的工作群組裡。

恨不得把「我們阿鬼也不差你們多少」的橫條貼腦門上！

老苗點開阿鬼微博連結，先是一愣，然後轉過頭對初禮笑了笑：「喲，這寫手好像不是很透明啊，妳跟她約個短篇稿子試試？」

初禮面無表情地點點頭：「哦。」

約個短篇稿子？如果這次你把她擠在角落裡，試試看人家願不願意給你寫稿子。

至此，初禮還堅定地認為，雖然很氣，但不得不承認，卷首企劃此回合，小鳥勝。

這樣的憋屈一直持續到當天中午。

出現了驚天逆轉。

當初禮拎著超市加熱的便當外賣搖搖晃晃地回到自己座位上掰開筷子，準備享用午餐時，突然右下角QQ閃爍起來，初禮瞥了一眼，一愣，還以為自己眼花了。

這個人怎麼可能主動找自己說話？

直到她叼著筷子，伸手去握滑鼠，按兩下點開那閃爍著的頭像，一個熟悉的對話視窗出現在電腦桌面——

江與誠：小猴猴，在元月社混得怎麼樣，有沒有什麼需要我幫忙的呀，缺稿缺人，儘管開口別客氣：）

匡的一聲。

初禮嘴裡的筷子掉落在地，她半張著嘴，一下子沒從震驚與狂喜中反應過來。

江與誠為何突然出現在初禮面前？

初禮為何和江與誠互相有QQ號？

金字塔尖的寫手對著元月社新刊小小新人編輯一口一個「小猴猴」如此親密為哪般？

走進《月光》雜誌編輯部，走進科學。

把時間重新倒回半個小時前。

當初禮正忙著和老苗爭到底是阿鬼比較紅還是年年比較紅，誰才應該占據卷首企劃更多版面的時候——在G市市中心的某個高級住宅裡，真正能夠用一人大臉占據整整一個版面的大神剛從委屈了一個上午的沙發上鑽出來，他一臉迷茫，猶如剛剛結束冬眠的狗熊。

這一覺睡得不怎麼踏實。

睡眼惺忪之間，晝川揉揉眼睛，摸索著抓過之前隨手扔桌面的手機看了眼：沒有漏接的重要來電。催稿的和約稿的留言一概無視，剩下的就是一些零碎的事情。迅速將這些零碎的事一一處理好之後，他坐在沙發上發了一會兒呆，讓自己的大腦從沉睡狀態清醒。而此時，他手中的手機停留在一個對話視窗。

猴子請來的水軍：老師起來了嗎？

猴子請來的水軍：順利交了任務，謝謝老師！

猴子請來的水軍：老師記得吃藥！

這香蕉人猴子怎麼廢話那麼多？

是不是嫌上班不夠忙？

晝川沒有回覆。

眼角餘光瞥見了餐桌下、地面上端端正正放著的粥碗，裡面乾淨得似乎連洗碗都不太有必要。將粥從桌子上端下來並吃乾淨的小偷這會兒正四腳朝天地睡在另外一張沙發上，鼻子上還有已經乾掉的飯粒。

桌子上的感冒藥和水倒是好端端擺在那裡。

腦海中不自覺閃過早上某個小姑娘穿著過大的拖鞋踢踢踏踏地端著熱騰騰的粥

從廚房裡走出來的模樣，那腳步聲彷彿還在耳邊；然後她又踢踢踏踏地走進廚房，把水裝好；最後，她認真地按照說明書要求的分量把藥片從錫箔紙裡摳出來，擺在水杯邊。

晝川沉默。

然後他認命似的嘆了口氣。

打開QQ，找到某個叫江與誠的傢伙。

晝川：喂，起床了沒？

晝川：起床啦！太陽照屁股啦！

江與誠：……

晝川：你最近不是很閒？有沒有空幫元月社寫點兒東西啊？

江與誠：看見你的頭像亮起來就沒好事，我他媽怎麼就沒忍心把你拉黑？

江與誠：我閒，但是我閒得很開心，並沒有「不打字我就要死了啊」這樣。

江與誠：給元月社寫什麼？是給元月社寫還是給你的小版主編輯寫？

晝川：……你話怎麼這麼多？

江與誠：這是求人的態度？

江與誠：寫什麼啊？不麻煩我就答應你，難得你溫潤如玉公子川開口。

晝川：一個卷首企劃，幾百字吧。

晝川：好像是編輯部讓她們這些小編輯去找幾個寫手寫，她這廢物只找到一個寫基佬文的……昨晚在老子眼皮子底下活生生被另外一個編輯嘲諷，瘋狂傳了二十幾條微信。

江與誠：……

江與誠：果然，那你怎麼不親自上陣幫她寫？

晝川：我拒絕她兩次了，現在眼巴巴湊上去算怎麼回事啊？

江與誠：那我眼巴巴湊上去又算怎麼回事啊？

晝川：給你個和元月社合作的橋梁啊，雖然這出版社從頭到腳都是小氣鬼……但你不是天天鬧著要過氣了嗎？元月社最近在做通俗文學的專案，你可以看看要不要和他們合作。

晝川：你知道你為什麼要過氣了嗎？

晝川：因為你不主動去尋找機會，你不想紅，你沒有夢想。

江與誠：……你才沒有夢想！

江與誠：把她QQ發來，本大神問問怎麼回事。

見江與誠這老油條鬆口，手機這邊，男人勾起脣角。

他截圖初禮的QQ，發送給江與誠。

對面沉默了下，正當晝川以為他是去和初禮聊夢想了，卻沒想到江與誠突然「咦」了一聲——

江與誠：這女生就是你的小版主編輯？哎呀我去！

晝川：？

江與誠：還記得我跟你說過那個也跑去元月社工作的十年老粉不，一個人啊兄弟。

江與誠：「聊天紀錄截圖」

聊天紀錄截圖內容——

「猴子請來的水軍：大大，是我是我！我要到元月社工作啦，終於實現了那麼多年的夢想！大大等我啊，等我通過試用期，成為一名優秀的編輯，以後一定一定要給大大出一本超級棒的暢銷書的(≧∀≦)，最喜歡大大啦！啾咪！」

晝川：「……」

突然想到很早以前。

某個人信誓旦旦地跟他炫耀：「我心中的小白蓮人也很好，我愛了他十年！」

所以。

小白蓮就是江與誠？

那個香蕉人猴子踏馬的愛了這種鹹魚十年還得意洋洋跟老子炫耀？

江與誠？

小白蓮？

……臥槽，猴眼瞎了吧！

捐一毛給妳去看眼科啊！

還「啾咪」！

再捐一毛，神經科也給老子順道去一趟！

晝川放下手機，抬起頭，鼻孔放大深呼吸一口氣……冷靜了下。在心中萬象狂奔之際，他低下頭鼓起勇氣重新拿起手機，毫不意外地發現江與誠這個老賤人並沒有就此放過奚落他的機會——

江與誠：哈哈哈哈哈哈哈哈哈哈哈哈哈哈哈哈世界上還有比這更愉快的事嗎？你晝川的網戀對象是我十年的小粉絲哈哈哈哈哈哈哈哈！

晝川：……

晝川：我倆分手很多天了，網戀關係實際存活不超過十二個小時。

江與誠：哈哈哈哈哈哈晚啦！分手你還眼巴巴跑來找我幫她？

晝川：……

江與誠：就喜歡你有口說不清的樣子。

晝川：你別去了。

晝川：這事當我沒提過。

晝川：今天我沒找過你，都是你的幻覺，你走。

江與誠：要去的，粉絲有難，做了她十年的大大怎麼能不挺身相救——區區幾百字小作文，爸爸二十分鐘就寫完了。

晝川：……你怎麼和個變態似的啊？

江與誠：跟你學的。

生氣。

晝川直接將手機扣到茶几上，一張俊臉氣得直抽，沉默片刻，此刻他深深地感覺到什麼叫沒事給自己找事——就好比路邊有個巨石好端端放在那裡也沒礙著誰，他晝川就是手賤地要把它舉起來表演一波胸口碎大石！

……還砸得自己血濺三尺高！

這是最賤的！

以上，回憶結束。

時間回到半小時後的此時此刻，元月社《月光》雜誌編輯部內，沒有人知道短短的午休時間，初禮經歷了什麼。

猴子請來的水軍：大大，啊啊啊大大，天啊！

猴子請來的水軍：江與誠老師T_T

猴子請來的水軍：您腳下莫不是踩著七色雲彩，來拯救人於水火的消防員戰士！要幫忙的事什麼的，還真是有的，希望您不是跟我客氣一下而已……因為我還真有事，我在《月光》雜誌編輯部，六月有個「童趣」為主題的卷首企劃需要一段大概是八百左右字數的文……

江與誠：好呀。

江與誠：給我二十分鐘。

猴子請來的水軍：給您磕頭了！匡匡匡！

當下午上班時間到，外出一同午餐歸來的老苗和于姚剛一腳踏入辦公室，就看見初禮像是一陣風似的颳到他們面前。

初禮一把捉住老苗的手：「老苗！我又找到一個寫手做卷首企劃！」

老苗似乎有一瞬間驚訝，而後立刻恢復淡定：「現在才約到人有些遲了吧，我們今天下午就要開始排版了，版面規劃我剛發給阿象，就算妳現在找來……」

「稿子他已經給我了。」初禮飛快地說，「是江與誠。」

老苗一愣，這一次沒等他來得及說話，于姚在旁邊搶先開口：「誰？」

初禮狂點頭數下，臉上激動難以抑制：「江與誠啊！主編！是那個江與誠啊！他突然找到我，問我有什麼需要幫忙的，我說了，然後他用了二十分鐘就發給我一段和《消失的動物園》序章模式非常相似的文，只是這次說的是一個遊樂園……」

初禮深呼吸一口氣：「稿子我校對好了，已經發到老苗信箱。」

老苗可以不認識阿鬼，但是他不可以不認識江與誠。

做為所謂「金字塔尖的寫手」，江與誠在十年前便已經在國內憑藉著懸疑恐怖題材嶄露頭角，經過三年磨練，成為國內首屈一指「恐怖大師」，代表作《陰嫁》、《消失的動物園》。顛峰時期，曾經創造三十萬首印上市當天銷售一空、萬人空巷書店搶書盛況……拿到十五個點版稅的頂級作家裡，江與誠算一個。

雖然這些年因為懸疑恐怖題材整體市場下滑所以人氣受影響，但是說他是和正呈上升趨勢的晝川不相上下的寫手，也不過分。

找他來，和找來晝川沒有區別。

初禮能感覺到，此時整個編輯部的目光再一次狙擊到她的身上，特別是身後某隻綠茶鳥瞪圓了眼、毫不掩飾的傻眼。

這樣的安靜，似曾相識。

曾經在老苗想借題發揮把她在試用期就弄走，卻在下一秒目睹她拿出晝川簽好的出版合同時也發生過。

初禮深呼吸，目光閃爍著明亮的光芒，看著滿臉驚喜地說著「妳居然把江與誠找來了」的于姚，還有旁邊一言不發盯著她的老苗。

初禮知道——

這一次。

她又打了個漂亮的翻身仗！

午休時間說結束就結束。

于姚快步走到辦公桌後面，沒有再給老苗說話的機會，直接對初禮笑咪咪地說：「江與誠的稿子也發一份給我，幾年前他的《消失的動物園》做精裝再版的時候，發售當天我還跑去書店排隊……真懷念，那時候我還是個大四的學生，對出版行業也是充滿了嚮往——」

說到這，于姚好像想起什麼，她突然閉上嘴。

老苗笑了聲：「我們老大厲害，和初禮一樣，剛畢業入行就賣了本暢銷書，索恆最紅的書就是她做的呢。」

于姚看向老苗，臉上有一抹快到讓人捕捉不到的情緒一閃而過，她很快的恢復正常笑容轉向初禮繼續道：「愣著做什麼，快讓我看看呀，江與誠的稿子。」

初禮不知道為什麼這時候突然提起索恆，也有點驚訝原來于姚居然還認識索恆啊。她應了一聲，直接把文檔發于姚了。

初禮校對時候已經看過這文檔了。是以「我」為主角的第一人稱描述，說「我」小的時候，曾經擁有一個很好的朋友，「我」曾經和她一起去遊樂園玩耍……整篇文裡，開頭描寫了「我」坐在院子裡玩一個娃娃；中間則是被「好朋友」叫到遊樂園去。妙就妙在最後結尾，透過「我」對「好朋友」的外貌描述，揭露了這個「好朋友」跟開頭出現過的娃娃外貌一模一樣……

這典型的「江與誠式」抖包袱的方式，讓人忍不住心生困惑，回頭去看前文，這才發現原來在前面很長一段關於遊樂園的描述裡，也充滿了各種奇奇怪怪的伏筆——比如買冰棒時，小販只對「我」一個人說話；買門票時，售票員只報一個人的價格；坐雲霄飛車時，工作人員詭異的眼光和竊竊私語什麼「這麼小的孩子一個人來玩」……

短短八百字，于姚看完前後也不過五分鐘而已，看完之後意猶未盡地嘆了口氣：「還是寫得那麼好，只是短短的一篇文，看得我意猶未盡的……要不是現在懸疑恐怖題材整體市場不好，江與誠又怎麼會人氣下跌？」

這時候老苗也看完了江與誠的稿子，抬頭看了眼于姚就知道這時候要還說「江與誠的稿子咱們就不用了吧」肯定是在找罵，於是只好轉頭跟阿象說：「阿象啊，妳過來，一會兒妳把年年單獨占的那頁分一半給江與誠……」

初禮沒說話。

她看向于姚。

果然于姚說話了，只見她站起來，走到阿象後面：「江與誠和年年用一頁的版面？等下，老苗你原來怎麼分的啊？」

老苗：「一共四個寫手，三頁的版面，原本是索恆單獨占一頁；年年單獨占一頁；那個叫鬼娃的和河馬一起用最後一頁……現在江與誠來了，那就讓年年讓出一半把他放進去啊——」

于姚看了老苗一眼，那「你是不是瘋了」的荒唐眼神成功地讓老苗一噎住閉上了嘴。初禮瞥了眼同樣感覺到緊張氣氛、伸長脖子看過來的小鳥——這師徒二人的表情那叫如出一轍。

初禮清了清嗓子，滿臉嚴肅地豎起手中的資料夾，擋住脣角壓都壓不住的弧度。

初禮露在資料夾外面的一雙眼微微睜大：「咦？老苗你之前不是說，版面分配是根據寫手人氣來看的嗎？江與誠老師怎麼能和年年老師用一個版，這……」

初禮拖長了尾音一臉疑惑，轉頭又看著于姚。

彷彿將一把殺豬刀遞給她親愛的主編大人。

而她親愛的主編大人果然順手接過這把殺豬刀——

「沒錯，初禮說的一點問題都沒有！老苗你腦子偶爾也要清醒一點兒吧，江與誠這種等級的寫手投稿給《月光》，你不把他供起來上炷香磕頭拜拜也就算了，還讓他被二線寫手壓，和三線寫手擠一頁？」于姚瞪著老苗，不客氣道，「還能不能好了你？」

……嘖嘖嘖。

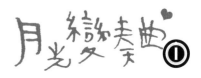

簡直是磨刀霍霍向豬羊啊。

初禮心中嘆息，耳邊是老苗無力的掙扎。

「不是的，老大，妳想想，索恆和年年他們都是跟了我們很多期的老寫手了，怎麼都要留點兒面子……」

于姚：「你拒絕再採用的那個叫什麼驢——」

初禮躲在資料夾後提醒：「萌驢。」

于姚一擊掌：「對！你拒絕再採用萌驢老師的稿子的時候，可不是這麼說的！她還是我們創刊號的寫手陣容之一呢！」

老苗：「但是索恆她……」

于姚面無表情地道：「我知道，但在江與誠面前她確實不夠資格相提並論。」

老苗深深地看了于姚一眼，于姚回看他，語氣變得冷淡了些：「看什麼？」

這時候，在他們身後的小鳥好像終於聽不下去了，主動跳出來替她的隊友分擔傷害：「老大，我覺得老苗的意思其實是，江與誠老師以前沒和我們合作過……」

于姚停頓了下，轉過頭看著小鳥，面無表情地說：「是的，真的按照你們現在這麼安排的版面分布放出去，我保證江與誠以後也不會再和我們有任何合作。」

看著老苗瞠目結舌和小鳥滿臉通紅的囧樣，初禮躲在資料夾後面，嘴巴都快咧到耳朵根了。她安靜地坐在一邊，看著于姚雷厲風行、不容拒絕地將老苗之前安排好的版面全部推翻……

最後，交到阿象手上的版面規劃是：江與誠一人獨占一頁，索恆和年年，鬼娃和河馬兩兩組合占據剩下的兩頁。

于姚就站在阿象身後，一個指令一個動作地盯著她將卷首企劃的事安排完，最後直起身，看了眼身邊欲言又止的老苗。

老苗：「索恆和後面三個不一樣，妳這樣讓她和年年擠一個版，和河馬一個等級……」

于姚沉默了下，突然道：「我知道你在想什麼。」

努力替自己手上的寫手找場子。寫手在整本雜誌的地位，決定了責編在編輯部的地位。

輕描淡寫地拋出一句「要分輕重，江與誠不是能拿來開玩笑得罪的對象」，于姚伸出手拍了拍老苗的肩膀，回到自己的位置上。

一齣大戲就這樣落幕。

初禮放下蓋在臉上的資料夾，恢復正常的表情，轉動屁股下的座椅面朝電腦。

工作工作。

她打開了與江與誠的對話視窗，再次表示，一切已經安排妥當，以讀者的身分謝謝大大賞臉，救人於水火；以編輯的身分，期待與老師的下一次正式合作。

江與誠回了她一串「哈哈」後，留下一句讓初禮心花怒放的——

江與誠：別客氣，咱來日方長:)

瞪著電腦上的句子，初禮滿腦子都是「天啊」、「我的玉皇大帝」、「陽光普照大地我站在世界的中央旋轉跳躍來一隻小天鵝」、「江與誠怎麼這麼好怎麼這麼好怎麼這麼好」等五顏六色的彈幕爆炸飛過。初入行業時，那種心生期待、不安、興奮的感覺再次回到她的身體裡——

她覺得自己充滿了力量。

少女心怦然跳動。

圓潤的指尖敲擊在鍵盤上，她面帶微笑，黑色的瞳眸閃閃發亮。

猴子請來的水軍：你一定不知道發生了什麼。

猴子請來的水軍：我心中的白蓮花已經盛開。

猴子請來的水軍：它的名字叫江與誠。

消失的L君：？

消失的L君：妳等下，讓我打開一首BGM做背景音樂。《綠光》

消失的L君：⋯⋯⋯⋯這噁心吧唧的語氣是怎麼回事，妳想氣死誰？

消失的L君：想好再開口，不然我拉黑妳。

消失的L君：這次不是師弟手滑拉黑，是老子親自動手大義滅親。

猴子請來的水軍：你醋什麼醋哈哈哈哈哈哈！

猴子請來的水軍：我們不是分手了嗎！

猴子請來的水軍：哎，說正經的，就是卷首企劃的事，我正心煩呢，江與誠突然就天降奇兵似的問我有沒有要幫忙的⋯⋯唉你不知道啊，我把稿子交上去的時候，辦公室裡那隻綠茶鳥的表情要多好看有多好看哈哈哈哈哈！

猴子請來的水軍：啾咪！

初禮一隻手端著杯子愉快喝水一邊揮舞著單爪笑咪咪地打字，並不知道另一邊坐在電腦面前的男人，看見「啾咪」二字時，額角青筋跳了跳。

原本在慈祥摸著身邊二狗狗頭的手忽然一頓，將二狗耳朵一把抓成了兔子耳朵。

當二狗呼嚕呼嚕地甩開他的手，嫌棄地走開時，男人對著電腦冷笑一聲，然後他推開面前的鍵盤，站了起來，走向浴室。那背影如同即將踏上戰場的士兵。

初禮等待了一會兒，沒有再得到L君的回應。

但是沒過多久，端著杯子的她卻等來了晝川，那熟悉的頭像再一次主動亮起，初禮微微瞇起眼還以為這位大神有何貴幹，點開一看，就一個字——

晝川：在？

此時身後的于姚叫了聲老苗，初禮也沒在意，順手回了個——

猴子請來的水軍：在，老師有事？

晝川沒說話了。

就在身邊的老苗站起來的一瞬間，初禮眼睜睜地看著電腦螢幕正中央的對話視窗裡出現了一條洗乾淨被掛在浴室衣架上、占據了整個畫面的熟悉藍白條紋香蕉圖案內褲。

初禮一口水全部吐回杯子裡。

晝川：妳的內褲。

晝川：公司地址。

晝川：順豐貨到付款。

當老苗站起來走向于姚的同一時間，他眼角餘光瞥到身邊座位的人突然像是發神經似的蹦躂起來，張開雙臂，一把摟住自己的螢幕，用整個身子遮擋住大半螢幕上的內容。

老苗：「嗯？」

他一臉看病人模樣看著八爪魚似的抱著自己電腦螢幕的初禮。

老苗：「妳幹麼？發神經啊？」

就像遭遇在家裡看A片媽媽突然推門而入的那種危機時一樣，大多數人選擇直接拔電源線而不是淡定關掉播放軟體……

初禮也一樣，她選擇以最簡單粗暴的方式，用並不魁梧的身軀守護住自己的尊嚴。

她保持掛在電腦上的姿勢一直到老苗和于姚說完話，然後又用圍觀神經病的目光看著初禮回到座位上，初禮這才長吁出一口氣，放開自己的電腦坐回位置上，狂打一連串空白將那可怕的照片擠出當前的聊天視窗。

猴子請來的水軍：……早上走的時候太著急，我還特意檢查過自己有沒有漏掉什麼啊啊啊啊啊啊！不用給我了，老師麻煩您把它五馬分屍。

晝川：怎麼分？妳讓我把它從衣架上拿下來，然後找一把剪刀，一隻手握著它一隻手握剪刀，將它剪成碎片？

猴子請來的水軍：。。。

猴子請來的水軍：看見了嗎？放大版的「……」，代表著此時此刻我內心大寫加粗的無語。

晝川：妳戲真多。

初禮捂住了胸口。天要塌了，這個戲子居然說她戲多。

初禮不理他這些閒話，她很忙，一堆的讀者留言、寫手投稿等著她去臨幸，她沒空陪著這個閒得無聊的大神發瘋。

關掉了和晝川的對話視窗，初禮轉頭去做手上的事，整理一下投稿信箱什麼的，再上各大文學網站閒逛物色一下有沒有適合出版的小說……轉眼間過了一個小時，然後晝川又不甘寂寞地殺回來了——

晝川：「截圖」

截圖內容：某商品截圖，一個深藍色與白色相間條紋、上面印滿了黃色香蕉圖案的床上四件套……價格一百九十九元，含運費。

晝川：適合妳。

晝川：「截圖」

截圖內容：某商品截圖，香蕉抱枕。

晝川：「截圖」

截圖內容：桌面擺件，滿臉邪惡笑容的香蕉雙手掀起香蕉皮露出白色大根……

晝川：快看，妳的本體！

晝川：買！

猴子請來的水軍：。。。

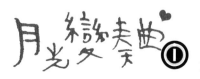

猴子請來的水軍：老師。

猴子請來的水軍：請你正常點兒，拿出文人傲骨的風範，而不是像一個變態。

晝川：能有妳這個把洗乾淨的卡通藍白條紋內褲留在情竇初開的優秀單身男青年家的人變態？

猴子請來的水軍：。。。我覺得這輩子都要用句號代替省略號了。

猴子請來的水軍：那是一個失誤。

晝川：哦。

晝川：但我不是。

晝川：我是故意的。

初禮：「……」

她有那麼一瞬間挺想把面前的電腦炸掉。如果這麼做能連帶著將這會兒在電腦裡和她說話的人一起炸掉的話，她一定會毫不猶豫那麼做的……初禮抬起頭看了看周圍，指望能看見什麼讓自己冷靜下來，或者深呼吸一口什麼的？

結果眼角餘光不小心瞥到了于姚，這才發現這會兒于姚暫時做完手上的事，已經開始給《洛河神書》在做二校——初禮盯著看著了一會兒最初還有些緊張，每次見于姚落筆，心裡就撲通撲通的，想的是「她修改哪裡」、「我看漏了哪裡」、「天啊不會是在修改我的修改意見吧」……

她一邊想著一邊拿出手機喀嚓照了張于姚低頭校對的照片，發給晝川。

猴子請來的水軍：看，已經開始二校了。

晝川：哦，好歹是趕上交給你們老大了。
猴子請來的水軍：嗯，謝謝老師昨晚幫忙，謝謝謝謝！
晝川：怎麼報答我？
猴子請來的水軍：一定會拚盡全力、全力以赴、用最大的努力替老師把這一本書賣好，不教你失望的！
猴子請來的水軍：我們的目標是：無視合同上的寒酸數字，向著首印二十萬出發！
晝川：看到妳也覺得合同上的首印很寒酸，讓我很欣慰。
晝川：原來妳不傻。
晝川：只是黑心而已。
猴子請來的水軍：……
初禮第二次關掉了和晝川的對話視窗，這次是因為心虛。

一個半月後。

初禮入職《月光》雜誌編輯部已經將近兩個月，這兩個月裡，編輯部倒是風平浪靜，除了老苗和小鳥還是那麼晦氣之外，其他的一切安好……

準確的說，是滿不錯的。

因為拿下了晝川的合同，卷首企劃也成功邀請到地位與晝川五五開的大神江與誠——一起記兩次大功。再加上平日裡工作也沒出什麼大紕漏，所以其實包括于姚在內的上級都很認可初禮的工作能力。

眼下，轉眼來到六月，初禮有些小小的興奮。

六月是個特殊的月份，首先是晝川的《洛河神書》在過去的一個月內完成二校、三校工作，已經送到元月社總編夏老師手上進行最後的終審。

除此之外，《月光》雜誌六月刊即將上市開賣，這是初禮正式參與製作和編輯的第一本刊物，開頭封面之後的第一頁，就是當初那個把她整得要死不活的卷首企劃。

六月刊打樣出來時，初禮捧著樣刊激動得上竄下跳，當于姚笑咪咪地鼓勵她「翻開看看啊」的時候，她又有點猶豫——

生怕看見第一頁江與誠的投稿有錯別字……當時是她校對的，這要是有了錯別字，玷汙了她小白蓮的名聲，那多尷尬。

於是，初禮只是打開書匆匆地掃了自己負責的那些地方幾眼，小心翼翼地用手在那一個個印刷字體上蹭過，然後合上書，心滿意足地嘆了口氣。這是她做的第一本出版物，無論做得怎麼樣，回家，她都會將它供起來，沒事的時候燒燒香拜拜摸兩摸，告訴自己：勿忘初心。

六月刊大概是月初四日左右就開始在全國上市發行，那之後的連續幾天初禮檢查投稿信箱、官方微博的時候都很注意。

結果。

果然。

大家對於卷首企劃上出現江與誠這件事，超激動。

「天啊沒想到有生之年還能看見江與誠大大！」

「卷首企劃那一段超級帶感，以前卷首企劃我都不看的！受不鳥了來回看了好多好多遍，彷彿回到了那些年將《消失的動物園》藏在語文書底下上課偷偷看還要被同學催促快點看下一個同學等著呢那個年代！」

「講真的，你們是該考慮下新的寫手陣容了……年年和河馬那些寫手都太老了，感覺她們的文並不如想像中那麼有趣——行文之中都充滿一種『混口飯吃』的感覺，鬼娃這寫手的吸引力都比她們大吧？」

「江與誠寫的東西還是好看，老牌大神就是不一樣，立見高下。」

「我是不是可以理解為，江與誠要和《月光》合作了？」

「哈哈哈哈哈哈哈哈臥槽我居然看見了我們鬼娃！這傢伙居然還能上元月社的雜誌啊啊啊啊啊笑死我了，這算傳統文學與非傳統文學正式接軌的號角嗎？」

「以後還會看見江與誠大大嗎！」

「講真的，這期《月光》真的有趣好多，看見鬼娃和江與誠的那一刻我都傻眼了。以前只是看在《星軌》的面子上習慣性購買，如果真的有那麼多驚喜，會繼續買下去！」

以上，諸如此類評論，層出不窮。

《月光》雜誌六月刊發售一週，銷量已經趕超上個月同期十五倍，初禮經過行銷部的時候有聽見他們開會商量加印的事。而這一切的一切，是否與天降之神「江與誠」甚至是耽美文大手鬼娃有關係，並沒有人能說出個所以然來……

人們只是猜測，這兩人出現在《月光》確實引起了不少震動。至少聽阿象說，在過去的《月光》發售日，基本上微博沒什麼水花，但是這次經過鬼娃和江與誠的轉發，轉發量直接變成四、五千……

搞得好像很熱鬧，這本雜誌超——紅一樣。

這就足夠讓初禮揚眉吐氣了好多天。從六月刊開賣到加印到六月底那麼長的一段時間裡，于姚天天笑臉相迎，小鳥越發沉默，而老苗……

越發沉不住氣。

比如這會兒，他就在越發炎熱的天氣裡和于姚吵了一架。

起因于姚大概是看到一些整理出來的微博、投稿箱意見，想要找一些新的寫手加入雜誌陣容，老苗不願意。

老苗：「用年年她們也用了幾個月，雜誌銷量又沒跌，說明人家有受眾，為什麼要找人頂掉她們？萬一找來的人還不如她們呢？」

于姚：「行不行總要試試，只是偶爾不上她們一篇文而已，又不會死。」

老苗瞪眼：「會死。」

于姚反問：「誰會？你嗎？」

之前就說過，責編手下帶著的寫手在雜誌的上稿率、人氣以及數量，會直接影響在編輯部的地位；不過這些東西都是預設規則，眼下于姚這麼直白反問，反而把老苗憋得一個屁都放不出。

初禮在一旁觀戰，聞言撇開頭，咧開嘴。

難以控制自己差點笑出聲。

在她身後，老苗開始煩躁地「啪啪」拍桌子：「妳怎麼突然想到這麼一齣我真的不懂……」

于姚：「整理出來的讀者投稿和微博留言你看不到嗎？讀者，也就是我們的衣食父母說，這些寫手，so boring！」

老苗聽上去快氣炸了：「整理出來的讀者投稿？微博留言？這些東西不都是初禮做的嗎！」

初禮冷不防聽見自己的名字，趕緊調整表情，一臉無辜地轉過頭看著老苗，「我都是直接截圖的打包圖片檔，不存在偽造證據啊！」

老苗狠狠地瞪了她一眼，而經過兩個月的磨練以及最近幾天過於意氣風發，初禮不再像是剛進來那樣慫。於是在于姚看不見的角度，初禮膽兒肥地直視回去——

兩人相持十秒。

「都閉嘴吧你們，雜誌銷量上升是好事，瞧你們倆一臉苦大仇深的，有毛病吧？」

于姚果然殺出來，表演她最拿手的「一碗水端平」。

晚上下班，初禮點外賣的時候，還為自己的勇敢多點了一個肉菜，正拍照給L君炫耀今晚自己有肉吃，並樂呵呵地和L君分享了下今天老苗和于姚吵架的事。

消失的L君：開心不？

猴子請來的水軍：開心得像隻猴子。

消失的L君：我就說這事情會完美解決。

猴子請來的水軍：你少馬後炮。

初禮發完訊息，就打發L君走，自己美滋滋地吃肉去了——並不知道這邊L君剛剛下線，那邊晝川大神就正式上線。只不過晝川並沒有找她，晝川只是微笑著點開了自己的QQ大號，找到了江與誠。

晝川：聽說《月光》因你蓬華生輝，這個月銷量翻倍直接加印，那個香蕉人猴子還專門跑來跟我炫耀她因為你現在在編輯部多如魚得水……可以，寶刀未老啊江與誠大大。

江與誠：瞧把你酸的。

江與誠：讓我去的也是你，現在事成了我那小粉絲屁顛顛開心了，要吃醋的還是你……你這人怎麼這麼難伺候？

江與誠：有本事自己去，別找我。

江與誠：老子還不是賣你個人情，不跪下來磕頭謝恩？

晝川：你很囂張。

晝川：老子膝下有黃金，跪是不可能跪的，謝也是不可能謝的——什麼賣我人情，元月社不發你稿費啊！好意思！

江與誠：稿費？

江與誠：你給我？

江與誠：卷首企劃沒給稿費的，媽的你他媽是多懶，當了這麼多年大大從來沒答應給人家寫過卷首企劃是不是？

晝川：……

晝川：沒稿費？

晝川：……沒關係，沒稿費，但她欠你一個人情了呢！

晝川：人情很重要。

晝川：當今社會，最值錢的就是人情，人情抵萬金。

江與誠：我聽你鬼扯，趁我把你這些年的「陰陽怪氣老婊子發言精選合集」拼成九宮格發微博之前，滾啊！

晝川：……

六月底七月初，伴隨著初禮簽下了她在元月社的轉正職合同，工資高歌猛進、突破三千大元，G市天氣也逐漸變得炎熱。

每天七、八點太陽升起就像是最大功率的電烤爐烤著這座城市，每天上下班擠公車變成了一件相當痛苦的事——有時候擠在晨練回來、乘坐公車準備去菜市場的大爺大媽中間，初禮下車時總會覺得自己已經餿掉了……

明明早上出門的時候還是個香噴噴、水靈靈的小鮮肉。

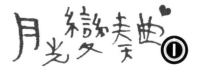

這一天天氣好像尤其的熱，初禮狼狽地到編輯部時就像是一顆鹹菜，前腳剛踏進編輯部，一抬頭就看見她最不想以這種鹹菜模式看見的人：晝川。

初禮拎著包站在大門口，張了張嘴，指了指晝川。

大搖大擺地伸長了大長腿坐在她位置上，手裡把玩著她桌面玩具的男人掀起眼皮掃了她一眼：「指什麼指，有沒有禮貌？」

初禮「嗖」地縮回自己的手：「晝川老師，你怎麼來了……」

現在是早上九點，按照國際慣例這會兒你應該吹著空調挺屍在床，醉生夢死，令人嫉妒。

晝川看了她一眼：「我下午的飛機飛B市，七月中旬才回來，走之前來看看《洛河神書》的進度……」他一邊說著一邊比劃了下自己的雙眼，表示要親自看，並不信任她這個只會搞神筆馬良那一套的責編。

「去B市？」

「找江與誠那個老王八。」

「不許你這麼說江與誠老師。」

「不許什麼？夠膽妳再說一遍？」

「……老師，你去B市找江與誠老師幹麼？」

初禮走近了，放下包，也不趕晝川從自己的位置上起來，只是在晝川眼皮子底下彎腰打開電腦。

男人盯著面前的人，簡單的白色T恤，配著深藍色的百褶裙和黑色的小皮鞋，大概是外面的溫度有點高，此時她臉紅撲撲的，髮絲微凌亂，彎下腰開電腦時帶起一陣風，夾雜著陽光、果香沐浴乳香和淡淡的汗水味……

很好聞。

是夏天的味道。

晝川垂下眼，在她蹲下去開電腦的一瞬間看見了她歪斜的領口邊緣露出的一段鎖骨，再往下是一片白皙的皮膚……

這時候，初禮忽然抬起頭，用那雙乾淨的黑色瞳眸奇怪地看著他——兩人目光猝不及防地對視上，晝川目光沉了沉，開口時語氣十分冷淡道：「去玩，還能去幹麼……妳身上怎麼那麼大汗味，剛去工地搬磚過來？」

話語剛落，便看見面前那張略有血色的臉突然漲紅，初禮猛地低下頭狠狠左嗅嗅、右聞聞自己身上，那模樣和讓二狗翹著腿聞自己的小雞雞時一模一樣……然後她扔下他往洗手間方向落荒而逃。

在她倉皇的背影中，晝川勾起唇角。

此時坐在自己位置上的主編于姚抬起頭：「晝川老師，夏老師剛才給了答覆，說《洛河神書》已經審核完畢，可以準備著手推進封面設計……還有，跟女孩子不能像剛剛那麼說話的。」

于姚和晝川年齡不相上下，再加上于姚也不是普通小編輯，晝川對她相對禮貌一些，「哦」了聲，點點頭，不甚上心的懶散模樣。

十分鐘後，初禮回來了，很顯然是梳了頭還補了下妝。

她大步走進來往晝川跟前一站：「還有味道嗎？」

晝川：「剛才其實就沒有，我騙妳的。」

初禮面部抽搐了下，然而沒等她說話，晝川便拍拍腿上並不存在的灰塵，伸長了腿：「你們老大說《洛河神書》已經可以開始推進設計工作……」

初禮彎腰越過面前門板似的橫在跟前的男人，去看于姚。于姚笑著點點頭：「妳帶晝川到作品庫那邊看看，看下有沒有對封面顏色啊、風格有想法……」

晝川長腿一蹬，站起來。

就這樣，初禮頂著烈日來到辦公室，水都沒來得及喝上一口，就急著帶上晝川去作品庫，看看元月社的已出版作品裡有沒有他喜歡的設計風格。

走出編輯部之前路過美編的辦公桌時，初禮還順便替晝川介紹了美編阿象，並告訴晝川《洛河神書》大概就是阿象來設計，有喜歡的風格可以告訴她。

阿象臉上是招牌傻笑，站起來跟晝川問好。

晝川：「我想要長相洋氣的小清新古風。」

阿象臉上的笑容消失了。

初禮一臉同情，用「歡迎來到我的世界」的惋惜表情看著阿象，然後這才對晝川說：「老師，小清新和洋氣這兩個東西怕是不可能同時並存。」

晝川：「怎麼不可能，妳又不是美編，妳懂什麼……」

我不懂，但是我長了眼睛。你看看你面前的美編這張懵逼的臉，在你提出「洋氣的古風小清新」八個字的時候眼神瞬間變成一潭死水還不夠說明一切嗎？

怕再寒暄下去，阿象要招架不住，初禮拽著晝川的衣袖將他拖走，兩人來到另外一樓層的作品庫——裡面陳列了元月社過去幾十年裡所有的出版物，按照出版年代、作品類別，一一分類，逐一陳列。

晝川隨手抽出一本，看了看，轉身舉給初禮看。

初禮：「《聽雨》，民國諜戰題材，跟你的東方幻想中間差了十個《紅樓夢》。」

晝川把那本書插回去，又摸了本出來，轉身舉給初禮看。

初禮：「《道格拉斯的晚安日記》，西方經典紀實文學，和你的東方幻想中間差了十個《哈利波特》。」

晝川皺眉，第三次摸了本書出來，轉身舉給初禮看。

初禮：「《戰地夕陽》，手撕鬼子，和你的東方幻想中間差了……老師你能不能好好找找，別伸手拿哪本是哪本。我跟你說，在你面前的架子再過去一點你還能抽出《辭海》——」

「封面長什麼樣重要嗎？一本書的內容才是重點。」

「那我找人幫你畫倆Q版動物，字體也用彩色果凍體……畢竟一本書的內容才是重點，《熊出沒》那種你喜歡嗎？」

「妳敢。」

「《熊出沒》很紅，你看不起《熊出沒》？風靡三歲以下幼齡兒童，人人都看。」

「住口。」

晝川的聲音聽上去十分淡定，順手將手上那本書又塞回書架上，拍拍手上的灰，突然轉變話題，「我看了你們六月刊的雜誌……最後卷首企劃的頭版給了江與誠。」

初禮沒想到他會說這個，正踮起腳拿書的手一頓，回過頭想要搭話，晝川不知道什麼時候出現在她身後，伸手替她將想拿的書拿下來，放進她手裡，低下頭對視上她的眼，並淡淡道：「妳怎麼看？」

初禮低頭看了眼手上的書，是一本記錄古代食物風俗人情的書籍，雙封面，外封為偏黃復古紙張使用了鏤空工藝，內封有鮮豔的大紅牡丹、藕、枸杞，顏色跳脫……

她舉起來讓晝川看了一眼，並將臉從書的一側探出來一些：「什麼怎麼看？」

晝川站在書架旁，一隻手撐在書架上，看著被自己和書架夾在中間的小姑娘——

她將手中的書高高舉起，半張臉藏在書後又露出半張臉，柔軟的黑色短髮在她耳邊劃出個好看的弧度……

撐在書架上的手無聲地稍稍下滑了些。

直到將面前的小姑娘整個人籠罩在自己的陰影下，晝川低下頭，問：「江與誠從答應替妳寫稿到交稿用了多久？」

「好像是，」初禮想了想，「二十分鐘？」

「……二十分鐘。」

晝川嗤笑了聲，帶著玩味的語氣重複了一遍。他停頓了下，這才繼續道：「妳覺得江與誠那篇文是當場寫給妳的？只用了一點兒時間，寫出那樣完整的文？」

初禮一愣：「什麼意思？」

晝川不回答了，抬起放在書架上的手，自然而然地順手抽走初禮手裡的書，意味不明地淡淡道：「別把人想得太美好，被人賣了都不知道，天底下哪有免費的午餐，江與誠那個級別的寫手能會是什麼大善人……做好心理準備，別到時候又哭哭啼啼，誰也救不了妳。」

老子怎麼就哭哭啼啼了？

你咋知道我哭過鼻子？

還一副救過我於水火的語氣？

初禮一臉莫名其妙，看著男人用修長的指尖隨意翻了翻手中的書，然後轉身又隨便挑了幾本書往她懷裡放：「就這些吧，看著還行……」

很敷衍的樣子。

似乎也不準備將之前關於江與誠的話題繼續下去。

初禮抱著那些書，在書庫管理員那裡做好了登記——等她走出書庫時，發現晝川已經不見了。回到編輯部，于姚告訴她晝川已經回去了，下午的飛機，他還沒收拾行李。

初禮有點懵：「他到底來幹麼的？」

阿象：「來對美編提出匪夷所思的要求的？」

初禮放下手上的那些書：「別理他，妳按照這幾本的設計去找方向——」

阿象：「萬一設計出來老師嫌不夠洋氣……」
初禮：「他這個大寫的直男知道什麼叫洋氣？」
阿象：「……」
好像也是。

第七章

上午晝川來過元月社一趟，留下了些莫名其妙的話，初禮壓根不曉得他在說什麼，卻總覺得有些心神不寧的。接下來一天有些心不在焉，于姚叫了她兩次她都沒反應，為此還被老苗嘲諷兩句。

下午憋不住找L君吐槽兩句，但是不知道怎麼的，L君好像也不在的樣子。

直到下了班，這天是週五，第二天不用上班，初禮還琢磨著晚上看個劇放鬆一下——結果晚上剛吃完晚餐，還挺著肚子在沙發上挺屍消化呢，事情就來了。

當時初禮正用手機看美劇，看著看著，螢幕上方就跳出工作微信群組的訊息，是老苗@了她一下，讓她趕緊出來。初禮有些莫名其妙的，自從她打贏了兩次翻身仗，老苗能不跟她說話就不跟她說話，這會兒主動找她——

怕是沒好事。

猴子請來的水軍：怎麼啦怎麼啦，出什麼事啦？

喵喵：呵呵，出大事了，自己看江與誠微博吧。

初禮心裡就咯登了一下。

她連忙登錄微博，然後一刷新就刷到了江與誠在二十分鐘前最新發的一條微博——那是他的某篇新文試閱序章。新作是他代表作《消失的動物園》的系列作品，名叫《消失的遊樂園》。根據江與誠微博所說，整篇文從半年前已經開始起草。序章發出二十分鐘，轉發已經破萬，評論八千多……

看著這文名，初禮就覺得哪裡不太妙。

點進去看了眼評論，坐實了她的猜測。

「大大終於發新文了！」

「啊啊啊啊啊開心！還是寫得那麼好，序章的感覺和《消失的動物園》感覺超級像！不枉費我們眼巴巴等了你一年空窗！」

「咦，這不是之前《月光》雜誌六月刊卷首企劃大大寫的那個文的詳細擴寫版嗎hhhhhhh 當時我還在想，這麼好的梗如果是長篇多好啊！」

「《消失的動物園》系列文！歡呼！有生之年！」

「啊啊啊啊啊真的是《月光》的卷首企劃，期待！」

「因為在《月光》上看見了所以來關注寫手微博，就等著哪天你良心發現來個後續，現在告訴我這居然是一篇文的序，真是太驚喜了！」

諸如此類的評論，層出不窮。

初禮一一看完，直到最後手掌心冒出的冷汗讓她手滑得握不住手機，滿腦子都是早上晝川問她的——

「妳覺得江與誠那篇文是當場寫給妳的？只用了一點兒時間，寫出那樣完整的文？別把人想得太美好，被人賣了都不知道……天底下哪有免費的午餐，江與誠那個級別的寫手能會是什麼大善人？」

江與誠？

他給她的那個卷首企劃短文是他的新書序章？

他拿《月光》的卷首企劃幫他自己的這篇新文做免費廣告？

初禮雙眼有些放空地看著手機，老苗的逼問還在一句句往外蹦。

喵喵：這就是妳找來的救援？

喵喵：當我《月光》是什麼希望工程雜誌啊？八萬首印加四萬再刷，十二萬發行量免費廣告？

喵喵：就這樣給人家免費做嫁衣？給他的新書預熱了一波？

喵喵：最騷的是在此之前我們還對他千恩萬謝啊？

喵喵：？？？？？

喵喵：被江與誠這麼玩一波，同行估計都笑掉大牙了……就沒有我們《月光》這麼會做慈善的。

喵喵：真的，等著週一例會上面派人下來親自釘我們吧，拜妳所賜，這次我和于姚也都跑不掉。

老苗連發了二十幾條，直到于姚跳出來叫他閉上嘴。

初禮麻木地看著手機微信群刷得飛快的消息，她挺想問「為什麼」的，但是這會兒她連去問誰這個問題都不知道……

整個人亂成一團亂麻。

面對如此的反轉大戲，初禮心中已經是草泥馬狂奔狀態。

滿腦子都是寫手怎麼這樣、寫手怎麼都這樣？

還能不能有一個真正的好人、正常人？

小白蓮大大你到底是無心的還是故意的啊啊啊啊我的玻璃心都碎了！

你有打廣告的需求你跟我說啊我替你爭取別背後來一刀捅得透心涼成不成……

……算了。

那戲子老師說得對，都怪我自己沒問清楚就拿來用。

手機在震個不停，老苗像個剛換了新彈匣的機關槍似的「噠噠噠噠」停不下來……然而此時再混亂的情況，也要迎頭上啊。

初禮咬咬下唇，拿起手機。

猴子請來的水軍：這事我會去問問怎麼回事，江與誠老師拿我們雜誌做免費廣告的事是我沒問清楚，但是雜誌也因為這個廣告多賣了幾萬本不是嗎？

猴子請來的水軍：從側面看這算雙贏吧……

喵喵：妳還嘴硬？

喵喵：雜誌本來就是虧錢賣的，成本六塊五毛錢賣十二塊，給經銷商的價格才六塊六毛一本，成本的六塊五毛還只是印刷廠那塊的錢，給編輯的人工和運輸費用還有寫手稿費呢？

喵喵：雜誌是出版社貼錢造的平臺——別說只多賣了四萬，就算多賣八萬本也只多賺八千塊，給妳發個工資交個社保公積金還剩點兒啥玩意了？真正賺錢的是什麼？是以後要在雜誌的基礎上誕生出來的單行本，以及寫手。

喵喵：雙贏？贏哪門子贏？

喵喵：給別家打廣告都有交換廣告頁的，知道《月光》這種雜誌的廣告費是多少萬一頁嗎？四萬！

猴子請來的水軍：……

喵喵：難以置信對嗎？驚喜不驚喜，意外不意外？

喵喵：妳什麼都不懂。

于姚：她什麼都不懂，你倒是教啊！

于姚：上學老師也不會教這些。

于姚：她是新人什麼都不懂不是挺正常的，事情都發生了還在這甩鍋有什麼意思——週一你有本事就這麼跟社裡說，都是初禮的錯？

于姚：那你這負責帶她的副主編就沒責任了？她跟江與誠要稿子時候，你和我做最後把關的不都也沒留心多問一句怎麼回事嗎？稿子拿了就心急如焚地用了，初禮就是個做交接的。

阿象：也是，人家江與誠也不可能是看在初禮的面子上把稿子拿來的，她憑什麼啊？

阿象：初禮確實就是個交接的，不該背鍋。

于姚：可不是，行了行了都別說了。

于姚：做這行從頭到尾沒個意外才叫奇怪吧？

此時為晚上九點。

初禮趴在窗戶邊，迎面吹來帶著夜來花香的晚風，她低頭看了看窗下寂靜的小院，認真地考慮著跳下去一了百了這件事的可行性……

晚上十點。

初禮坐在窗戶邊，iPad打開了一個鋼琴類比軟體，她雙眼放空望著窗外的月亮，手上在叮叮噹噹地敲擊著鋼琴鍵盤──哆，是一隻小母鹿（《真善美》主題曲）。

此時，手機響起，L君申請語音通話。初禮看了眼，垂下眼，而後神遊一般，摁下接通鍵。

「喂？」

那邊的人「喂」了聲，還是自帶變音器效果的那種滑稽音效，初禮手上叮叮噹噹的動作一停，挑起眉就想掛了這語音通話。就在她手指懸空在掛斷鍵上時，L君緩緩道──

「下午出門沒帶手機，沒看見妳留言。我看見江與誠的微博了，妳現在在哪？」

對方說話時，背景音好像還有水聲──這傢伙一邊泡在浴缸裡一邊和自己說話？還真是日理萬機啊……初禮不確定是不是自己聽錯了，因為當她側耳傾聽時，那聲音又消失了。

初禮把手指從掛斷鍵上拿開。

啦，是金色的陽光～

「家裡的窗臺上，彈琴，考慮跳樓的可行性，以及被主編狂叼。」初禮幽幽道，

「你錯過了一場好戲，江與誠把我坑死了，現在我們副主編正在瘋狂嘲笑我，用六位數的印量雜誌為江與誠新書造勢。」

琴聲不斷，L君沉默了下，初禮聽見他那邊傳來有人走動的聲音，隔了一會兒，還是那種滑稽的變聲器聲。

「妳現在心情很低落？」

「豈止低落。」初禮道，「早上晝川來了一趟編輯部，親自替我打了次預防針。世界上沒有白食的午餐，我心中的小白蓮也許並不是路見不平拔刀相助的大俠……」

初禮停頓了下：「事實證明，他和你一樣是烏鴉嘴。」

初禮又換上了特別荒謬的語氣：「居然輪到晝川那個戲子來給我講道理，你敢信？」

電話那邊沉默了幾秒。

「別人吃的鹽比妳吃的米還多，怎麼不能跟妳講道理？」

初禮一下子摁下一大堆彈琴鍵發出「匡」的噪音：「嘶，你站哪邊的？你是不是來安慰我的？」

「……又發火，妳看妳，還自帶背景音效嚇唬誰呢？妳先別急，看看有什麼可以解決的辦法。」

初禮冷笑一聲，生無可戀道：「什麼辦法，正面擁抱主編的狂叼，坦然面對副主編的嘲笑……江與誠微博下面評論四萬，其中三萬八千五是在問：大大，你是不是要在《月光》上連載新文了啊，我們超級——」

初禮說到一半突然停下來。

整張臉突然定格在一個嘲諷的表情上，然後，放空。

語音通話那邊的男人似乎嗤笑了聲：「想到了啊？」

初禮關掉鋼琴鍵ＡＰＰ，抓起手機，又放下，舔了舔唇：「好像是，想到了。」

想到什麼了？

「你覺得在那三萬八千五的群眾慫恿下，成功說服江與誠將錯就錯，來我們雜誌連載這本《消失的遊樂園》的可能性有多少？」

「如果江與誠是個有良心的人，那麼現在他大概也感到了一絲絲的心虛；如果他現在感到了一絲絲的心虛，那麼妳說服他的可能性很高。」

初禮覺得自己在絕境之中找到一條通往光明的道路。

掛掉Ｌ君的語音通話，初禮決定不跳樓了，她笨手笨腳地從窗臺上爬下來，一共幹了三件事——

第一件事是在工作群組裡說，請給她兩天的時間，週一，她一定會針對「為他人做嫁衣」的破事給所有人一個滿意的答覆。

第二件事是發訊息問晝川他現在在哪。

第三件事是買了第二天早上八點發車、前往Ｂ市的高鐵車票。

Ｂ市。

遠離城市喧囂，城郊著名的溫泉療養會館的天然露天溫泉中，溫泉水由山頂層層流淌而下——溫泉最頂端為碧藍，向下流淌的溫泉水顏色逐漸變淺，泉水匯入最下層的溫泉池中，奶白色的水蒸氣籠罩在池上，池中加入了特殊的中藥材，散發著陣陣草藥香。

正是城市之中華燈初上時。

這僻靜的一方露天溫泉池卻難得寧靜，池邊放置著朦朧的燈為唯一光亮，偶爾能聽見有人划動水時，水花飛濺發出的聲響。

池中。

年輕男人頭頂毛巾靠在池邊，宅之屬性長期不見陽光，皮膚白皙得近乎透明，黑髮溼潤地貼在他英俊的面頰之上，茶色的瞳眸之中閃爍著懶散的光。此時，他趴在溫泉池邊，半個身子在溫泉外，微微溼潤的修長指尖擺弄著手機，退出一個QQ登錄，又切換上另外一個帳號。剛剛登陸，就看見某個猴子頭像狂閃——

猴子請來的水軍：老師，請問你和江與誠老師在哪？B市？在家？

猴子請來的水軍：江與誠老師在嗎？他是不是沒帶手機？

似乎在意料之中，男人埋在臂彎之中的鼻子動了動，意味不明地哼笑一聲。

晝川：在他家幹什麼，老子來給他搞大掃除的？城郊溫泉，妳想幹麼？

晝川：這個沒有職業道德的人，他休假時不會看QQ的。

男人正飛快打字……

「——泡溫泉就好好泡溫泉，人都在水裡了還放不下手機，網癮少年？」

在男人身後，嘩啦水聲中有另外一個聲音響起。偌大的溫泉池中，一個擁有著健康古銅色皮膚的身影從池子這邊游到那邊，經過晝川身後時，拍打的水花飛濺到晝川弧線完美的下巴上。

晝川抬起手，面無表情地擦掉飛濺來的水珠。

「你也聽見了，正當你江與誠大大在這像過動症兒童一樣游來游去把溫泉池當成游泳池玩耍時，千里之外有一名可憐的少女正因為你的過河拆橋舉動備受折磨。」晝川放下手機，「而老子不知道造了什麼孽，要給你這人渣擦屁股。」

水花聲一頓。

那個游來游去閒不下來的身影終於閒了下來。被稱作江與誠的男人終於停下擾亂溫泉一方寧靜的行為，順手拽過漂浮在溫泉上的木盆，從裡面拿出冰鎮瓷酒瓶，仰頭牛飲：「我怎麼就人渣了？」

江與誠站在溫泉池中央，看著身高與晝川不相上下，劍眉星目，不亞於晝川的英俊程度，只是因為年紀稍長，輪廓更為清晰成熟。

相比起晝川不說話時有些刻薄的凶相，江與誠實打實地長了一張平易近人的和善臉。不說話時，眼角上挑，脣角自然微勾成一個彷彿在微笑的弧度。

此時他似笑非笑地看著倚靠在溫泉池邊、腦袋上頂著毛巾玩手機的男人。

「你的十年粉絲玻璃心碎了一地。」似乎習慣了被他用這種充滿迷惑性的和善目光注視，晝川始終不為所動，再開口時甚至更加顯得刻薄地涼颼颼道，「如果L君再晚出現半個小時，你就可以聽見你的十年粉絲在那嚶嚶嚶地鬼哭狼嚎……十年粉絲啊，好好一個姑娘用這時間找個男人談戀愛，現在兒子都該會買醬油了，江與誠，你的良心不會痛嗎？」

「我沒有良心。」

「……」

「和你一樣。」

「你好好說話。」晝川扯下腦袋上的白毛巾扔向江與誠的臉。

江與誠將手中瓷酒瓶往池邊順手一放，準確地接住晝川扔來的毛巾，順手扔進面前的木盆並推開它，同時掀起眼皮掃了眼晝川：「不像是如日中天的晝川大大，《消失的遊樂園》是我江與誠這兩年唯一的作品，賣不好，我就會從雲端跌落，遭眾人恥笑——想盡辦法為它造勢，站穩腳跟，我有什麼錯？」

如果剛開始只是在調侃，江與誠的語氣到了最後顯得有些認真起來。

「……聲音那麼大幹麼。」晝川翻著白眼掏了掏耳朵，「聽說聲音大是因為心虛。」

江與誠停頓了下，笑了，露出一個人畜無害的溫和表情道：「幫《月光》寫卷首企劃，一是你親自開口，二是提前宣傳一波新文也沒什麼壞處，三是我也確實幫了小猴猴的忙——」

「嗯，你這忙真值錢，不費吹灰之力就讓元月社用十幾萬印量雜誌替你做了波免費宣傳做為免費報答——這種迫不及待就要拿回好處的短暫『施捨』。最多只能算得上是交易，哪來的大臉說是在幫人家忙。」

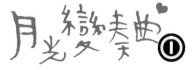

「……人情債是要自己親自討才討得回來的。」江與誠聳聳肩，只是臉上的和善笑容依然不變，「不是你說的嗎？世界上，最值錢的就是人情債。」

江與誠說著，往池邊走去。

雙手撐在岸邊，微微使力，手臂上結實的肌肉鼓起，嘩啦一聲水響，伴隨著一股濃郁的藥香撲鼻而來，他赤著腳站在溫泉池邊，扯過浴衣披上，隨便找了個角度照了張溫泉的圖和晝川趴在溫泉邊玩手機的後腦勺加大半肌肉緊繃的側影，發微博，定位，配字——

【江與誠：老年人寫手組合，和你們男神晝川泡溫泉療養中。】

微博一發出，群眾都瘋了，一半在扮演福爾摩斯根據晝川的頭髮絲分析他正臉到底有多帥；另外一半爭得雞飛狗跳這溫泉夠不夠講文明懂禮貌，也就是此時此刻的晝川穿沒穿條遮羞物？

大家很嗨，江與誠看著飛漲的微博評論也跟著樂了一會兒，發完微博，低下頭瞥了眼依然靠在水池邊上、漫不經心擺弄手機的傢伙。

好像還在跟那個小編輯說話的樣子。

他走過去，用自己的大腳踩了踩晝川的肩膀：「看不出你還挺心軟，剛才假裝L君引導她來找我簽下這本在《月光》連載我可是聽見了。」

晝川聞言，眉梢一吊：「那你簽不簽？」

江與誠沉默了下。

隨即他又是那種標準的人畜無害表情：「我考慮考慮。」

晝川推開踩在自己肩膀上的大腳，面露不屑：「一個過氣佬架子擺到天上去……簽了吧，我《洛河神書》都簽了，你不是哄著我說：『那可是元月社啊，有格調』——現在原話還給你。」

「不是，我簽不簽關你屁事，你這麼幫著她幹麼啊？」江與誠一臉警惕，「居心何在？」

「讓你也享受享受被那個煩人精折磨的愉悅。」靠在溫泉池邊的男人搖晃了下手中的手機，懶洋洋道，「縱橫此圈十餘年，沒見過這麼纏人的編輯。」

「……那你還慫恿她來折磨我。」

「你來了，她就可以去騷擾你，分散分散那過度旺盛的精力，少折騰我。」

「怎麼折騰？做飯還是餵狗？」

晝川摁下手機，面癱地看著江與誠，「你好好說話。」

「是你不當人在先，你說你這人怎麼這樣啊，人家小女生辛辛苦苦替你的書出謀劃策校對，你不知道感恩就算了，還嫌棄人家纏人……」江與誠蹲下，挪了挪腳湊到晝川身邊，伸出一根手指戳了他一下，「你怎麼這麼不知好歹呢？」

「江與誠，你少學我爸說話。」

「咦，對了。說到你爸，你爸那天打電話給我，跟我說你們省作家協會開會你又……哎呀，你看你又瞪我，行行行、好好好，我不說了啊我不說了，反正你就是白眼狼——你爸和你那小編輯要是有機會坐在一起，光說你壞話估計能從早上說到太陽落山不帶重複。」

「別一口一個白眼狼，你爸讓你別寫恐怖懸疑了改行寫《紅樓夢》你去嗎？」

「我寫？林黛玉的鬼魂和誰談戀愛？」

「你看，你也不願意，所以就閉嘴吧。」趴在溫泉池邊上的晝川眼珠子動了動，又突然想起來什麼似的稍稍抬起頭問，「所以你那本破書到底簽不簽給她？」

「你覺得呢？」

「正如我對她說的，如果你不心虛，你就不會動搖。那麼問題來了，江與誠，你可以沒有良心，但是你心虛嗎？」

江與誠望著滿池水霧繚繞，認真想了想，然後點頭：「……一點點吧。」

「如此，妙哉。」

晝川留給了站在岸邊的江與誠一個自求多福的意味深長表情。

此時，兩位大神寫手在溫泉邊上談笑風生，並不知道自己已經一語成讖——他們馬上就要親眼見識到初禮的「纏人」到底能有多「纏人」。

晚上十一點。

晝川從溫泉裡爬出來，整個人已經被水泡成皺巴巴的蛇皮怪。

這時候江與誠已經回房睡覺去了，理由是看不得晝川和他的小編輯膩膩歪歪地玩精神分裂遊戲……江與誠大大的原話是：瞧你嘴角那抹笑，像個特長為「哄騙小女生」的老變態似的。

晝川並不理會，也不心虛。

其實江與誠說錯了，晝川也沒怎麼跟初禮聊天，畢竟用大號的時候他的架子得端著，說話哼哼唧唧，初禮問什麼他就用不情不願的口氣勉強回答一下；而且對卷首企劃的事情，初禮也不知道他在背地裡做過什麼。表面上來看，他和此事毫無關係，所以他只當事不關己高高掛起，隻字不提，兩人之間對話也乾巴巴的——

猴子請來的水軍：老師你泡溫泉吶？

晝川：妳怎麼知道？

猴子請來的水軍：江與誠老師微博發的，還有您一張半裸出浴圖。

猴子請來的水軍：江與誠老師微博下您的粉絲都快炸啦，憑藉一個側顏已經腦補您傾世容顏。

晝川：哦。

猴子請來的水軍：老師，溫泉泡幾天啊？《洛河神書》的封面設計風格這幾天要定下來了……

晝川：大週末的騷擾度假中的寫手，于姚給妳加班費嗎？

猴子請來的水軍：……

晝川：十天。

猴子請來的水軍：喔！

猴子請來的水軍：打擾了老師。

猴子請來的水軍：老師慢慢泡，泡完了說不定身上的人渣味就沒了，期待您洗心革面，好好做人。

系統提示：對方已撤回一條聊天訊息。
晝川：罵我是吧？告訴妳，寫手的本領就是一目十行了，騰訊發明撤回功能是給妳這麼用的嗎？
猴子請來的水軍：……對不起 orz。
以上，對話完畢。
晝川也不知道自己怎麼就攤上這麼個沒羞沒臊的小女生。
半夜泡完溫泉，蛇皮怪晝川又去做了個推拿，被大叔嘲笑年紀輕輕怎麼肩頸背勞損得像是五十歲的搬磚工人，然後帶著一身的刮痧痕跡和「嘖嘖嘖我就輕輕碰碰您就出痧了怎麼和豆腐似的溼氣那麼重」這樣稱讚他皮膚「吹彈可破」的誇獎，回到他和江與誠的豪華套房。
江與誠已經在他的房間睡成屍體。
真的沒有在管千里之外有個小女生正為他的事急得上竄下跳。
這人果然沒有良心。
走進江與誠房間，來到他床前，晝川抬起腳，面無表情地一腳踩在他胸口上——床上的人驚起，一臉驚恐加懵逼。
晝川收回腳，抱臂：「她來找你了嗎？」
「誰啊？」江與誠一臉「Excuse me」表情倒回床上，掀起被子，蓋住臉。
晝川掀開他的被子：「那隻香蕉人猴子。」
「我怎麼知道，又沒看QQ！什麼事度假完再說！」江與誠搶被子，「大哥，我一個月沒凌晨三點前睡覺了，你他媽能不能尊重下我嚴肅而艱難的倒時差任務？」
晝川一愣，拎著被子不讓他搶，選擇性耳聾似的問：「等你度假完人家屍體都硬了吧！她沒來找你哭爹喊娘求連載？怎麼可能？」
吃錯藥啦？還是家裡又停電，手機沒電只好消停？當初天天早上來我家門口打卡蹲點求《洛河神書》的毅力呢？
「你的人，我知道個屁啊！」江與誠狠狠一把搶過被子，重新掀起被子蓋住臉，死死捂住，氣吞山河地咆哮，「滾！」
晝川只好帶著一臉問號地滾回自己房間睡去了。

第二天，晝川被尿意憋醒時天剛濛濛亮。
他掙扎著爬起來抓過手機，切換到「消失的L君」這個號，找到這時候還亮著頭像、不知道是睡醒了還是壓根沒睡的人——
消失的L君：……我知道這個時候妳大概飽受妳那些綠茶婊同事的嘲諷。
消失的L君：但是妳要堅強點兒。
消失的L君：活著。
消失的L君：拿出妳當初犧牲少女心幫晝川大大買包子的勇氣，去騷擾江與誠，說不定他就真答應妳了呢……據我所知，江與誠這個人就很隨便了，不像晝川那麼挑剔細緻，也不像晝川那樣有文人傲骨的高傲——
晝川發完訊息，上廁所，回到床上，倒下去。抓著手機把臉埋在枕頭裡又等了一會兒，直到他快要再次睡著，手裡的手機才稍微震動了下。他被嚇得哆嗦了下，將睡眼矇矓的臉從枕頭裡拿起來。

猴子請來的水軍：？？？？

猴子請來的水軍：晝川細緻？你可拉倒吧，校對過他的文以後你會發現細緻和這人不搭邊，錯別字大王！

猴子請來的水軍：還特固執！

猴子請來的水軍：算了我不和你說，人在高鐵上沒信號啊！你大清早的不睡覺鬧什麼鬧呢？

晝川心想「我還想問妳大清早的在高鐵上鬧什麼鬧呢」，只是這會兒睡意洶湧，一下子還真沒反應過來這香蕉人猴子為什麼要在高鐵上，看她說沒信號，果斷懶得再跟她繼續廢話，興高采烈地覺得自己已經慰問到位、仁至義盡。

晝川：「去哪找我這麼善良的人？」

一邊自言自語，男人把手機一扔，縮回被子裡睡回籠覺去了。

然後這一覺就是到中午十二點。

晝川再醒來時就是被餓醒的。

他走到隔壁看了眼江與誠，對方昨晚作賊去了似的居然還在睡。晝川打了個呵欠，刷牙洗臉換衣服後走出房間準備到餐廳吃點兒什麼。

打著呵欠路過會館大廳，晝川遠遠地就聽見大廳服務臺有人在爭論著什麼——在這種高級的溫泉療養會館，這種事還真不多見。

他將雙手塞進褲兜裡，伸長了脖子。

「小姐，麻煩您方便一下告訴我房間號碼，我可以自己去敲門找他。您甚至可以跟著我一塊兒去，看看他聽見我的聲音會不會替我開門……我真的是來找我丈夫的，昨天他和我吵架，摔了門不告而別。我打他電話又是個陌生人接的，我很害怕，我擔心他，想來看看是怎麼回事！」

弱弱的柔軟女聲傳進耳朵裡，晝川嗤笑了聲：「什麼鬼，妳丈夫和妳吵架摔門不告而別，然後跑來溫泉療養會館讓另外一個人替他接電話？女人喲，還看什麼看、擔什麼心，用腳趾頭猜都知道現在妳頭頂上那肯定已經是芳草碧連天，妳不如擔心一下妳自——」

看熱鬧的心尚未來得及收斂，從走廊通往大廳入口時，晝川的腳步一頓。臉上的懶散嗤笑也凝固在臉上。

茶色的瞳眸微微縮聚，他幾乎不敢相信自己的狗眼。此時此刻站在服務臺前和會館工作人員爭論的人一頭短髮，身上一件白色T恤加外套，小百褶裙和小跑鞋。此時此刻她背著一個雙肩背包，踮著腳趴在服務臺上，頭髮有一絲絲凌亂……

她星星眼賣乖狀地看著滿臉為難的服務人員。

正如她一、兩個月前坐在他家的沙發上，星星眼賣乖狀地看著他叫「晝川老師」。

晝川：「香蕉人？」

男人低沉的聲音不高不低，卻驚得趴上服務臺的人跳了起來——他甚至來不及轉身跑路，就看見那背著雙肩背包的小姑娘一路衝刺衝到自己的面前，雙手捉住他的衣服下襬。

初禮捉住晝川的衣服下襬，轉過頭對著櫃檯後面的接待員說：「我就找他！」

接待員無言。

晝川：「……妳怎麼來了？」

晝川低下頭，看見她眼睛底下像是十萬年沒睡覺的黑眼圈以及眼中的激動……電光石火之間，他突然反應過來這臺詞聽著好像哪裡不太對。

萬籟俱寂之中。

他來得及抬起頭對昨晚負責幫他和江與誠辦理入住、這會兒正一臉草泥馬狂奔表情看著自己的接待員解釋——

晝川：「……我不是她丈夫，和我開房那個和我是純潔的分床睡關係……我不認識她……這人哪個神經病院倒牆跑出來的……快叫保安！」

三分鐘後。

接待員唇角抽搐：「向嬌人小姐，既然您已經找到您的丈夫……」

晝川低頭拚命試圖將自己的衣襬從一雙白皙的小爪子裡搶回來：「向嬌人是誰，老子只認識韓佳人，還有我不是她丈夫，妳怎麼還不叫保安……喂，妳撒手！報警了！」

晝川在掙扎，初禮則拚命抓住他的衣襬，情急之間脫口而出：「老公！你不要我了嗎？」

話一剛落，晝川往外抽自己衣襬的動作猛地一頓。初禮自己像是灌了一口老鼠藥似的閉上嘴，絕望地抬起頭對視上那雙茶色的眼。

沉默。

接待員頂著一張「這都叫什麼事，我才想報警」的表情迅速退散。當她走遠，現場只剩下尷尬沉默的兩人。

初禮撒手，與此同時，晝川「咻」地把自己的衣襬撤回來，微微瞇起眼，嗤之以鼻：「老公？」

初禮尷尬地舉著雙手，然後塞進外套口袋裡，低下頭心虛地小聲道：「老師。」

晝川瞥了眼面前站得筆直、低著頭像是犯錯的小學生似的傢伙，心裡又是震驚又是無語，恨不得拿腦袋撞下牆，強迫自己從惡夢裡醒過來。

有些人，你不認識的時候也就罷了；等你哪天發現自己與她產生交集，就會不幸地發現，生活中就變得哪裡都是她。

哪、裡、都、是！

晝川嘆了口氣：「妳怎麼跑來了？這就是妳昨晚問我在這待多久的原因——因為妳準備來找江與誠？親自過來？這才幾點，妳覺都不睡就橫跨大半個中國來找人了？妳一個小姑娘……」

初禮：「啊啊啊。」

晝川話語一頓：「不愛聽是吧？」

語氣裡的威脅意味很重，初禮閉上嘴。

又是一陣沉默，晝川皺眉：「早餐吃了嗎？」

他語氣持續保持惡劣。初禮盯著自己的腳尖，搖頭。

晝川摸了摸口袋，摸出兩張餐券，伸手不怎麼溫柔地拽了把初禮外套的帽子，像是催促什麼寵物似的將她往餐廳方向拎了拎：「江與誠還在睡，妳現在把他弄醒不要說簽書，能不能活著回去都是個問題，妳以為誰都像我一樣和藹可親……算了，我餓了，邊吃邊說。」

……和藹可親？誰？

初禮一臉懵逼地被晝川拖進餐廳。

兩人找了個靠角落的位置坐下，晝川抓著菜單刷刷點完菜，然後交給服務員。抬起頭看著坐在身邊一臉放空盯著自己的人，他挑眉：「看什麼看？」

初禮眨眨眼回過神，晝川換了個姿勢：「說吧，妳到底在發什麼瘋，妳一個小姑娘——閉上嘴，這次再打斷我的話試試看——妳一個小姑娘，大週末不好好在家裡睡美容覺，大清早的跑來另外一個城市找寫手到底是什麼毛病？」

其實初禮也覺得自己很荒唐，但是昨晚她留幾十條訊息給江與誠，他都沒回覆——當時她本就焦躁不安，配合老苗和小鳥在那一唱一和「現在全世界都要被妳拖累了，上到于姚下至妳本人甚至在編輯部裡呼吸著的蟑螂，我們都要被扣工資被通報批評被人看笑話」，當時她心急如焚，一個衝動就訂下了來B市的車票。

她一晚上沒睡好，早上就坐著高鐵來B市。

晝川耐著性子聽她說完，心裡罵了一萬句「草泥馬」，昨晚自己怎麼就瞎裝好人假扮L君在那多嘴提醒她可以簽下江與誠……他表面上還是一臉淡定：「那妳怎麼找過來的？」

初禮小心地瞥了他一眼：「……江與誠老師的微博打了地標。」

晝川服了，「這個弱智。」

初禮抬起頭，看了晝川一眼後不安地挪了挪屁股：「老師，你覺得江與誠老師會不會答應把這本書簽給我啊——時隔一年多的再創作，昨天那個微博序章發出來以後，應該已經很多別家的編輯來問了吧……」

晝川冷笑一聲。

初禮閉上嘴，抬起頭莫名地看著晝川，那副認真又天真的無怨無悔模樣看得晝川頗為不高興，他換了個姿勢，靠在椅子上：「妳這個人，是不是聖母轉世？」

初禮：「嗯？」

「卷首企劃這事，知情人恐怕用腳趾頭想都覺得是江與誠在算計妳……妳因此而飽受非議，妳不怨他就算了。」晝川淡淡道，「現在擔心的居然是自己能不能順利拿下這本書？妳會不會抓重點——正常女人難道不是應該先嚶嚶嚶一波大大好過分、大大居然騙人……」

晝川說到這，突然停下來，抬起頭看什麼稀奇動物似的看著初禮：「妳怎麼完全沒有這種反應？」

「……開始是有被騙的感覺，覺得應該找個人去問問為什麼，但是總覺得該找的人不是江與誠老師。」初禮道，「怪我事先沒跟他說清楚。」

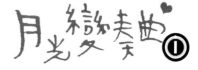

「江與誠那個老油條可不是妳沒跟他說他就不知道的，所以說妳這個聖母——」
「晝川老師。」
「……嗯？」
「就像是當年的老苗把索恆、年年、河馬三個寫手借給小鳥來壓我，逼我不得不想辦法找別的寫手來做卷首企劃一樣——寫手是編輯的武器，寫手對於編輯來說，就像是武將手裡的刀。」
初禮掀起眼皮子，對視上男人的眼，一掃之前那副唯唯諾諾的模樣，語氣變得異常的堅定與平靜。
「一名武將，如果不能好好使用自己的武器，非要用倚天劍去切西瓜，西瓜切碎了還把桌子一切成兩半，怎麼能去怪自己的武器呢？」
初禮將雙手放在桌面上，微微握拳：「所以我不怪他，我必須說服他。」
晝川露出一個覺得挺有意思的表情：「我也是妳的屠龍寶刀？」
初禮點點頭。
晝川：「那妳憑什麼說妳的屠龍寶刀渾身上下一股人渣味？」
初禮眼裡的堅定與平靜消失了，覺得這大概就是傳說中的帥不過三秒……好在這時候餐廳服務員端了一籠小籠包上來。靠在座椅靠背上的晝川指了指小籠包，用皇上般的語氣說：「吃。」
初禮看了他一眼。晝川拿起自己面前的筷子，夾了一個小籠包，放進初禮的碗裡：「喏，本屠龍寶刀的筷子夾過的，快來嘗嘗人渣的味。」

初禮：「……」

這個人怎麼這麼記仇啊？

多說多錯，生怕不小心又說錯哪句會招惹這戲子被他惦記一輩子，初禮索性不說話了，埋頭吃人渣味的小籠包……

看了眼低頭安靜吃小籠包的初禮，晝川拿起手機擺弄了一會兒，點進微信，發訊息給某個應該還在睡夢中的人——

晝川：你自己作的死，泡個溫泉還騷兮兮地打地標。

晝川：現在好了，那個香蕉人猴子找來了，就為了簽你這本破書！現在她就坐在我面前吃小籠包——你看你作的孽！

晝川：我怎麼就認識你這麼個蠢貨？

江與誠：？？？？？

江與誠：她來了？現在？

晝川：你醒了？

江與誠：不醒也嚇醒了。她來幹麼？總不會覺得她來了我就會把書簽給她吧……這麼突然。

晝川：人家發了幾十條QQ留言給你，你沒看啊過氣佬——就你這度假時絕不看QQ的工作態度現在才過氣才是奇蹟吧？

晝川：以及關於那個她親自跑來這件事……可能是我的鍋，畢竟當初她在我家門口蹲了兩天我就答應簽那個打發乞丐似的合同。

江與誠：我跟你能一樣？你那是因為心虛！
晝川：我能告訴她我跟你不一樣我那是因為心虛？
晝川：我也很絕望啊。
晝川：所以我在請她吃小籠包。
晝川：用你的餐券。
江與誠：……我才想說我怎麼認識你這種人？當初我爸一定是腦子不好使了才一拍桌子決定搬到你家隔壁住的，毀我一生。
江與誠：你先穩住她，等我半個小時，一會兒來。

晝川放下手機告訴初禮，他已經通知江與誠，那個被坑的編輯吃飽了撐著不遠萬里根據他微博打的地標找上門來。

聞言，叼著半個小籠包的初禮瞬間沒了胃口，一顆心提到喉嚨，挺直腰桿放下筷子，偏過頭眼巴巴地瞧著晝川：「方便嗎？」

晝川看她這忽閃忽閃的黑眸，像是溺死邊緣的鄉巴佬看著浮木一般，心想這會兒知道把老子當親人了？然而他面上卻不動聲色：「地標都是自己打的，孽都是自己作的，他能抱怨不方便？有資格嗎？」

初禮放下筷子，因為緊張而沒有了胃口。等待江與誠的過程中，初禮和晝川玩起了名叫「猜猜看從門口走進來的哪個是江與誠」的遊戲——

第一回合。

門外走進了一個大叔，身高一米八，體重二百八那種。

晝川：「妳的江與誠大大來了。」

初禮：「不可能。」

晝川：「妳不要以貌取人。」

初禮：「不可能，你別說話。」

胖子大叔環繞四周一圈，走向他們隔壁桌，初禮鬆了口氣，趁著晝川低頭玩手機，悄悄抬起手擦了把額間冷汗。

第二回合。

門口走進了一個肥宅，啤酒瓶底眼鏡、鍋蓋馬桶髮型，身上穿著泳衣裝初音未來印花襯衫、沙灘褲衩、人字拖。

晝川伸長脖子：「這次是真的了。」

初禮面無表情：「江與誠不可能是去ＡＫＢ48演唱會上張大嘴嚷嚷著揮舞著螢光棒的那種人。」

晝川：「妳怎知他不可能是？」

初禮：「肥宅的內心充滿了愛與欲，看見人偶的第一反應是能不能抱著它睡覺在夢中相會，讓它叫他主人；而江與誠老師與人偶在夢中相會大概是為了殺人。」

晝川：「是男人都有欲望的。」

初禮「嘩」地轉頭盯著晝川，良久，笑了下。

晝川：「……妳這笑讓我感到了冒犯。」

初禮：「對不起。」

第三回合。

門口走來一個身高一米八、又高又瘦、渾身黑色裝扮、腳踩馬丁靴、戴著黑色口罩疑似明星的大帥哥。

初禮「唰」地一下站起來。

晝川：「妳給我坐下。」

第四回合。

門口走進了一個二十來歲的青蔥小鮮肉，看著像大學生。初禮看向晝川，晝川掃了一眼門口淡淡道：「江與誠六歲搬來我家隔壁的時候我剛學會走路，那個是江與誠，現在坐在你面前的就是高中生天才作家晝川。」

初禮：「你和江與誠老師還是竹馬竹馬。」

晝川：「是啊，也不知道造了哪門子的孽。」

初禮：「……」

這遊戲玩了十幾次，等眼珠子都快從眼眶掉出來時，她終於玩膩了。當她再一次胡亂猜測一個漂亮小姑娘是江與誠老師在玩女裝遊戲後，終於宣布放棄這個遊戲——

就在這時，從門口走進一個身穿短褲短袖、身材高大、皮膚麥色的英俊成熟男人。他腳上穿著會館房間的一次性拖鞋，站在門口看了看四周，最後將視線停留在初禮他們這邊——

初禮反射性地在桌子底下踹了晝川一腳。

晝川「嘶」的一聲抬起頭，定眼一看，發現站在門口伸長脖子狐獴似東張西望的人，「喂」了聲，招招手。等江與誠走過來時，他感覺到身邊一陣風，轉過頭，身邊那人已經像麻桿似的筆直筆直地站在那。

晝川：「……」

江與誠走近了，飛快打量了下滿臉緊張杵在那兒的小姑娘，和藹可親地笑了笑：「初禮吧？妳的事剛才晝川跟我說了，坐下說。」

初禮一步一指令地坐下了，只是腦子是空白的，滿腦子都是五顏六色的彈幕飛快掠過——

這是江與誠啊江與誠啊江與誠啊啊啊我的白蓮花我心中的皎月我夢中的故土！

見到他本人，突然之前剩下的怨氣都消失了。

江與誠和她想像中的一樣溫柔一樣帥！

他過去為什麼不簽書，那一定是因為害怕讀者愛他的人勝過愛他的書啊！

初禮深呼吸一口氣，盡量讓自己聽上去聲音淡定：「老師，我這次來，是想要跟您談一談關於《消失的遊樂園》的連載權，您之前在我們《月光》的卷首企劃——」

「……關於這件事，我沒想太多這樣做會給你們帶來麻煩，只是覺得這個題材很符合我的風格也符合你們當時要的題目，所以就整理了下給妳了。」江與誠保持微笑，嗓音真誠，「後來才知道原來你們為此而產生很多困擾，對此我感到抱歉。」

看！

一個正經八百的道歉！

戲子老師，好好看！好好學！

以及——

沒關係啊啊啊啊有什麼關係都怪我沒和您說清楚也沒問清楚就拿去用了只要老師您現在願意把這本簽給我我們一切都好說啊說什麼抱歉搞不好我還要同您說謝謝！

初禮腦中彷彿有風暴掃過，表面上卻優雅從容淡定，也微笑著點頭：「這有什麼關係，我也是老師的粉絲，看過老師的微博，評論下面有很多人和我一樣期待見到老師的新作品，只要老師接下來願意給我們《月光》雜誌一個機會……」

一本書，如果簽給某個雜誌連載權，其實也就是變相默認將這本書的出版權簽給該公司——而初禮猜得沒錯，昨天的序章發出來後，已經有大大小小不下七家出版社以及圖書策劃公司找上門來求合作。

大家都知道這是江與誠時隔一年多的重歸江湖之作，也知道隔了這麼多年他突然寫代表作之一《消失的動物園》的系列文，意味著他不滿意沉寂的現狀，想要再放手一搏……

初禮很緊張地盯著江與誠，心裡想的是無論他提什麼要求先答應下來，回去再和元月社爭取。

然而讓她萬萬沒想到的是，江與誠開口說的是：「如果我答應你們，那麼我要求最終出版時，我要《洛河神書》實際首印兩倍以上的首印。」

原本喝茶看熱鬧的晝川「咚」地把杯子往桌子上一放，臉色頓時變得不怎麼好看：「你說什麼？」

他再轉過頭看著初禮：「妳敢說一個『好』字試試？」

戲子老師目光灼灼之下，初禮秒慫，默默低下頭碎碎唸：「不說話就不會注意到我。」

江與誠：「不然，我實在是找不到什麼誘惑我在《月光》連載的理由，你們也知道，連載那些小錢……」

理由？

初禮下意識低頭看了眼手機，但是她憋住了沒說話——只是這小小的動作卻逃不過晝川的眼睛，初禮一這樣做他就知道她想幹麼。

冷笑一聲，晝川主動開口：「江與誠大大，麻煩你打開你的微博看一眼，你在元月社的卷首企劃走過一波免費廣告後，你的新文序章轉發率是多少；再對比下之前你那些唧唧歪歪的東西，轉發率又是多少……」

江與誠拿起手機看了眼。

嗯，是沒多少，也就是五位數和三位數的天壤之別。

他微博有不少人是看了《月光》雜誌的卷首企劃後才跑來關注他的。

其實嚴格來說，《月光》確實是個不錯的發表平臺，連載的話，等於是對他的新作有了每個月接近六位數的硬廣告宣傳——這是直接簽其他的出版社或者公司沒有的待遇。畢竟《月光》怎麼說都算是暢銷雜誌之一了，光宣傳平臺來說，確實優於其他選擇。

江與誠有些猶豫。

反而是初禮這時候因為晝川說的刻薄話而鬆了口氣，她想說的又擔心會冒犯江與誠的，都被晝川說了——目前看來江與誠還挺心動的……好像有戲。

初禮用星星眼看著江與誠，直到對方沉吟著抬起頭與她對視，然後展顏一笑：「如果交給妳的話，妳保證會好好對待這篇文嗎？」

我會。

我會一個字一個詞一個句子親自幫您校對八遍。

我會翻山越嶺去找最好最適合的插圖繪者。

我會把刀架在阿象的脖子上要求她把「江與誠」這三個字擺在《月光》封面的正中間。

我會和老苗和于姚大戰八百回合為您爭取最優的連載期千字稿費……

初禮只差向江與誠跪下了——

就在江與誠笑著從褲子口袋裡摸出一個隨身碟，放在桌子上並推給她時。

第八章

週一。

這一天，于姚是最早來上班的。

因為她必須要在開會之前整理好檔案，以應付一會兒週一大會時來自上級的質問和指責。關於江與誠和卷首企劃那件事，于姚等了一個週末，但初禮並沒有像是她承諾的那樣給一個答覆。

說實在的，其實于姚心裡有些失望，但是也僅僅只是失望而已。

畢竟初禮這小女生只是一個剛剛從大學畢業走進社會的新人，她什麼都不懂，不能事事要求她做到最好，對不對？

再說了，江與誠的稿子送來的時候，沒有仔細考慮、過問其中淵源多加小心，本來也是她這個做主編的責任……

她這麼想著，心中倒是變得相當平靜。

于姚來到辦公桌前，在她彎腰打開電腦開始拷貝自己週末犧牲休息時間做的檢討書之前，她在自己的辦公桌上看見了四樣東西——

寫著「老大妳手機欠費停機我聯繫不上妳」的字條。

從G市到B市的往返高鐵車票。
B市火車站附近的青年旅社一夜住宿發票。
以及壓在這兩樣東西上面的一個隨身碟。
于姚看了眼手機，還真是不知道什麼時候被停機斷網了；拿起隨身碟連接電腦，打開，發現隨身碟裡只有三個文檔，標題分別是「《消失的遊樂園》1」、「《消失的遊樂園》2」、「《消失的遊樂園》3」……
盯著這些文檔，于姚愣了愣。
此時老苗做為第二個到辦公室的人，打著呵欠走進來，掃了眼愣在電腦前面的于姚，又掃了眼自己的座位旁放著猴子抱枕、空空如也的座位，用一種幸災樂禍的語氣說：「老大，做好一會兒被批的心理準備了沒……哎喲這個說會給我們一個滿意答覆的人也還沒來，難道是畏罪潛逃沒臉來啦？」
于姚沒有理會老苗，因為此時回過神來後，她終於意識到桌子上那一堆大寫的「我很窮求報銷」的發票來歷，她笑了。
她居然小瞧了初禮的毅力和行動力。
這時候，彷彿想起什麼似的，于姚又抬起頭看了眼老苗。
這樣的孩子……
假以時日，老苗怎麼會是她的對手？
這一天早上，初禮是踩著遲到的點姍姍來遲。

這其實並不符合她平常起早貪黑的畫風，只是今天純屬意外。

週六下午她拿到了江與誠的《消失的遊樂園》前三章稿子，與大大們道別之後走出溫泉會館的第一時間就打電話給于姚，然而于姚手機卻停機了。簡訊發了、微信發了，QQ也發了，都像是石沉大海似的毫無反應，有那麼一刻她幾乎懷疑她的主編大大是不是已經被她氣死了。

無奈之中，昨天晚上十點她回到G市，只能以最快的速度將一系列的東西拿回編輯部放在于姚桌子上順便留了字條，確保第二天于姚上班的時候能第一時間看到。

晚上再到家已經接近十二點，她刷牙洗臉爬上床睡覺是凌晨一點……

於是第二天，她理所當然比平常多賴床了四十多分鐘。初禮匆匆走進辦公室的時候，辦公室裡的人正在收拾東西準備去開會。

老苗抬起頭看了她一眼，陰陽怪氣地笑了聲：「怎麼了，昨晚睡得還挺好啊？就羨慕你們這些沒心沒肺的人，闖了禍還不知道輕重呢，高枕無憂的。」

小鳥面無表情地掀起眼皮掃了初禮一眼，然後撩了下自己的頭髮。

阿象擔憂地看了一眼初禮。

另外一個美編老李作世外高人狀，真正像個沒事的人一般，拿起自己的資料夾，用帶著地方口音的聲音說：「去開會啊，挨罵也是一下下，忍忍就過去了，怎麼現在才來？」

初禮一看這編輯部氣氛如墳場，當場就猜到怎麼回事，抬頭看了眼于姚，于姚正從桌子上拿起一個熟悉的隨身碟放進上衣口袋裡。感受到初禮的目光，她抬起頭衝著初禮笑了笑，似安撫一般點點頭。

初禮：「早上好，老大。」

于姚：「早上好，辛苦了。」

老苗一臉「我耳聾了還是妳瞎了」的荒謬表情：「哈囉？她辛苦啥？」

眾人無言。

這一天是整個元月社的週一晨會大會，也就是說不僅《月光》雜誌編輯部，還有《星軌》雜誌編輯部、元月社財務部、銷售部等各部門都會圍坐一圈。

江與誠的事週五晚上鬧得沸沸揚揚，這會兒大概全世界都等著看《月光》編輯部的笑話，所以在對眼下事情走向毫不知情的情況下，老苗等人當然抱著一種「今天老子就當一回馬戲團動物」的心態慷慨赴死。

在于姚的帶領下，十分鐘後，《月光》編輯部全體浩浩蕩蕩殺進會議室，匡啷往那一坐，每個人的臉上都是「兵來將擋，水來土掩，要罵先去罵主編」的死豬模樣。

會議開始，先是各個部門例行彙報上週工作進度，等做為倒數第二個發言的《星軌》編輯部說完了，眾人沉默幾秒，然後齊刷刷用「好戲開鑼」的表情轉過頭，看著《月光》編輯部眾人——

初禮：「……」

很刺激。

她這是從一個墳場（編輯部）趕赴了另外一個墳場（會議室）。

在眾人的炯炯目光之中，初禮曾經拿出來壓晝川那妖孽的五十五歲高齡直男、元月社總編夏老師清了清嗓子，終於開口：「《洛河神書》和《華禮》做得怎麼樣了？」

于姚：「上周晝川老師來過一趟編輯部，責編帶著他去書庫挑選了下封面風格，等封面確定下來就可以開始物色繪者推進封面設計……」

老苗：「《華禮》已經準備進入宣傳期了。」

夏老師點點頭：「兩本書你們稍微抓緊時間，特別是《洛河神書》，繪者要找好的，要配得起晝川——最好本身已經成名、以古風為賣點的繪者，你們別捨不得成本……然後進度努力趕一趕，兩本書都在十二月的年末書展前上市嘛——我們元月社過去一直做傳統文學，從未參與過這種面向年輕人的書展活動，這第一仗要打得漂亮，才能叫人家刮目相看……除了這兩本，還有別的項目可以推進一下不？」

于姚：「和雜誌合作的其他寫手暫時沒有適合的書可以……」

夏老師：「那個在六月刊出現過的阿鬼呢？我看官方微博留言上提起她的也不少？」

于姚：「啊？」

夏老師：「就那個很多人問的啊，那個阿鬼啊！」

于姚：「……鬼娃？」

初禮：「……」

鬼娃是個寫基佬文的啊老師！

提她幹啥！

還嫌空氣不夠凝重嗎？

「啊對了。」徹底無視了初禮瞬間投來的死亡視線，夏老師緩緩道，「說起六月刊，還有關於上週《月光》雜誌的六月刊卷首企劃請到了江與誠，並讓江與誠給咱們寫了個卷首企劃這件事……」

來了。

初禮動了動脣，這時候于姚在桌子底下踢她一腳，給了她一個眼神，示意她先閉上嘴。

老苗想了想，開口：「夏老師，是這樣的，負責這件事的編輯還是個剛正式入職的新人，對咱們雜誌這塊的利弊和功能並不太瞭解……所以出了這檔子事，屬於後續審稿沒把關好，我和于姚也有責任。」

夏老師：「沒有、沒有，我也不是要問誰的責任！這個免費替寫手打廣告的事情嘛，其實說來也不少見，像是《星軌》不也接到配合《洛河神書》上市的廣告任務嗎？做我們這行，和寫手打好關係也是必要的嘛，你們不用那麼緊張……」

標準的省略號結尾句式，轉折要來了，接下來的句子開頭要嘛是「但是」，要嘛是「只是」。

初禮面無表情地想。

夏老師：「只是，江與誠這個寫手，雖然是個很有名的寫手，但畢竟之前和我們元月社沒有合作……雖然是要打好關係爭取合作，但是浪費整整一頁去幫別人免費廣告——如果這本《消失的遊樂園》最後簽給隔壁新盾出版社，那，還是有點尷尬的。」

「新盾」一直是青春向小說類文學的行業巨頭，原本和做傳統文學的元月社頗有些井水不犯河水的味道，但自從元月社開始準備上市進行擴招，擴充自己的業務範圍，試圖從非傳統文學小說分一杯羹後……

兩社的立場就變得有些尷尬。

無論如何，做為元月社的一員，大家都不想被新盾的人看笑話。

這會兒夏老師的話一出，現場氣氛有些嚴肅。于姚又在桌子底下踢了滿臉放空的初禮一腳，初禮整個人抖了下，看向她家老大。

于姚保持端莊笑容：「初禮，妳跟夏老師彙報下工作進度。」

初禮反射性地點點頭，站起來，眼角餘光瞥見于姚將手伸向上衣口袋，裡面放著《消失的遊樂園》的前三章稿子。

初禮心定了定，然後在現場所有元月社高層的目光注視下，她深呼吸一口氣看著不遠處的夏老師，聽見自己平穩的聲音響起：「夏老師，關於《消失的遊樂園》這本書，我已經從江與誠老師手上爭取到連載權，昨天剛剛拿到稿子——」

于姚將手中的隨身碟放下，稍稍站起身將它推至桌子中間大家都能看見的地方。

在老苗等人震驚的目光下，初禮點點頭：「正準備根據老師提出的要求將進度推進到請法務部擬定初版合同階段。根據我們《月光》初步計畫是，盡快做好合同，找配圖繪者，然後爭取在九月刊開始正式連載《消失的遊樂園》。」

初禮的聲音擲地有聲，說完，目光從容地掃視了一圈周圍的人——

現場空氣安靜了那麼三、四秒。

于姚和阿象在笑；老李驚訝地挑起了眉；小鳥依然是冷冰冰的死人臉；老苗面黑如鍋底。

而元月社總編夏老師大概沒想到她居然把這本書談下來了，愣了一會兒後，和眾位高層一般喜笑顏開，紛紛道「簽下來了啊」、「怎麼不早說」……

會議室內的氣氛一下子從墳場般肅穆變成了夜店般歡快。

配合老苗那黑如鍋底的臉食用——

現場氣氛大概正好可以用「墳頭跳舞」四字概括。

……嗯，跳的當然是老苗的墳頭。

大約半個小時後，會議結束時，聽說初禮是週末利用休息時間親自去了趟別的城市拿下江與誠，總編夏老師親自對初禮說了聲「辛苦了」。

和于姚說的一模一樣。

只是這一次，沒有人再敢用懷疑的語氣問夏老師「她辛苦啥」，高層們用慈愛的目光看著這個剛剛進入元月社就連續拿下兩位大神、創造奇蹟的新人編輯。

那眼神看得初禮心花怒放，產生了下個月工資可能還能再漲點兒的錯覺。

會議結束後，眾人回到編輯部，初禮登錄《月光》官方微博，轉發江與誠週五發的《消失的動物園》序章，並配上字——

【《月光》雜誌：期待與江與誠老師的合作 o(*////▽////*)q】

微博下的群眾也立刻給了回應。

「哇，原來是真的要和江與誠大大合作啦！」

「《月光》厲害了，先是晝川再是江與誠……不愧是老牌行業龍頭，拿下幾個大神和喝水似的那麼容易……」

「我們過氣寫手江與誠大大終於不用餓肚子啦嚶嚶嚶！太好了太好了，大大新書加油啊！」

「什麼時候開始連載啊啊啊買買買！」

「QAQ有生之年還能看見我江與誠大大的連載，開心到想哭……謝謝《月光》雜誌，謝謝編輯大大！」

微博轉發十幾分鐘，迅速積累了上千條評論，私訊被擠爆，官方微博粉絲暴漲，一時間好不熱鬧！初禮美滋滋地看著那些讀者的評論，被那些興高采烈的期待情緒所感染。

撇開一名編輯的身分，她也是江與誠的讀者。

一個讀者想要看到喜歡的寫手什麼樣的狀態，她大概再清楚不過了——

最開始的時候，在人群中發現一個默默無名的寫手，就像是在茫茫人海之中獲得至寶。

捧著他的作品徹夜通讀，每一個詞、每一個句子，也許跟著書中人咧嘴傻笑，也許跟著書中人偷偷眼紅。

合上書去，到處去跟別人安麗他，一遍遍不厭其煩地強調著：他的書太好看了！劇情好、文筆佳！早晚會變得超——紅的！

終於有一日，他真的變得紅遍大江南北，當初那份小心翼翼珍藏起來的心情頓時變得歡喜又苦澀——歡喜的是，好多人都喜歡上了我喜歡的人；苦澀的是，在人海茫茫之中，離喜歡的大大大概又變得遠了些。

看著他大紫大紅，買他每一本書，心中歡喜。

然後看著他進入一定會經歷的瓶頸，走下坡路，被人嘲諷、被人嘲弄，彷彿陷入泥潭之中，心中著急。

偶然發現他的QQ和微博改成無奈的文字：會沉寂嗎？

於是開始擔憂，他會不會就這樣放棄了？

開始害怕，大大，你什麼時候還寫新書？

開始不安，生怕某一天打開微博，會看見喜歡的寫手說：對不起大家，我封筆了……

直到某一天。

再看見喜歡的寫手精神抖擻地站回大家的面前，笑著告訴大家：抱歉久等，我開新文啦！這一次是和很有實力的實體書龍頭合作喔，我很好，大家放心！

那時候，做為始終喜愛著、恐懼著、也期望著的讀者，那種心中高懸的石頭終於落地的心情，普通文字根本無法言喻與描寫。

那種盼望著他再回顛峰的心情。

想要大聲地告訴他：大大你很棒，不會沉寂的！

叮咚。

微博轉發提示音響起，被標註的數量迅速增加，初禮點擊內容，發現果然是江與誠的轉發——

【江與誠：@《月光》雜誌　那麼接下來請多關照啦！(^_^)】

底下的評論自然是讀者、粉絲們的狂喜，大家紛紛祝賀江與誠大大寫新書，找到靠譜的合作方……坐在電腦前的初禮嗤嗤傻笑起來，此時此刻，初禮覺得她和這些粉絲的心意是相通的。

他們所要表達的喜悅，她完美地接收到了。

她感到很開心，也很幸福。

從未如同這一秒般，如此慶幸一腳踏入這個圈子。

老苗這邊跟人說完事，一回頭就看見初禮一隻手抓著一個小藥瓶，另一隻手翻著眼皮子，大鼻孔對準自己……

老苗嚇得一哆嗦，「幹什麼妳？」

初禮吸了吸鼻子：「滴眼藥水啊。」

一邊說著果真滴了下眼藥水，然後就放下小藥瓶，抓起一張衛生紙擦擦眼角，「噹」地擤鼻涕：「滴眼藥水有什麼好新奇的？」

老苗翻了個白眼轉過身去，初禮將手中揉成一團的衛生紙往垃圾桶裡一扔，打開QQ開始找人聊天。

猴子請來的水軍：我要哭了要哭了要哭了啊啊啊！

猴子請來的水軍：怎麼會這麼感動的！看著那些讀者的留言，我現在在滴眼藥水，強行假裝自己沒有哭！

消失的L君：什麼玩意？妳又怎麼了？

猴子請來的水軍：你快去看我們《月光》官方微博啊！我真的簽下江與誠的書了，現在禮炮齊鳴、歌舞升平——啊啊啊啊啊啊說來還要謝謝你，還是你提醒我可以直接把這本書簽下來的！

消失的L君：我看到微博了，問題是妳哭什麼？

猴子請來的水軍：感動啊！

消失的L君：感動什麼？

猴子請來的水軍：時隔一年，被眾人遺忘的大大重出江湖，與新生雜誌《月光》攜手共闖江湖，勢譜寫出版界又一佳話——以上，我感動死了怎麼辦？當編輯真好真好真好啊！

消失的L君：……

消失的L君：差不多了妳，簽下晝川的書時妳怎麼沒那麼高興，也沒見妳哭？

猴子請來的水軍：那不一樣，晝川又沒有天天被人戳著脊梁骨說：哎呀這個大大快過氣了，紅不了了，超撲街！

消失的L君：……紅還是晝川的錯了？

猴子請來的水軍：我沒說是他的錯，問題是人家晝川也不稀罕我廉價的眼淚，對吧？

消失的L君：……也對。

消失的L君：晝川不稀罕妳的鱷魚眼淚，不過江與誠也不稀罕啊！人家再撲街，新盾也給他開了十幾萬首印吧。我在新盾有認識的編輯八卦給我的，雖然比他以前是差了點兒，但是也沒你們說的那麼慘，自導自演個什麼苦情戲啊？

猴子請來的水軍：你不懂。

消失的L君：那是，正常人哪裡懂你們這些病人腦子裡在想什麼……但是做為正常人，我還是願意給妳一點兒愛與包容的。哇！好棒棒耶！恭喜妳簽下江與誠！超開心！

猴子請來的水軍……

猴子請來的水軍：不和你廢話了，老子要工作了……今天晨會上總編突然開始問晝川那戲子那篇文的進度，問我們繪者找好了沒有——整個週末大家都沉浸在即將被他釘的恐懼之中瑟瑟發抖，哪裡有空去物色什麼古風繪者啊！還要已經出名的！哪怕是很貴也行！條條框框真的多，我上哪去找這麼一個……

猴子請來的水軍……

消失的L君……

在初禮看不到的地方，泡在溫泉裡的男人手一滑差點把手機扔溫泉裡去——他突然有點後悔自己怎麼就這麼賤一刻都閒不住，泡溫泉就泡溫泉，非要去打聽江與誠事件的後續八卦，把自己打聽得整個人都酸酸的、渾身不怎麼得勁也就算了……

這一打聽還打聽出一個驚天動地的八卦？

消失的L君：關於妳說的這些條件，我這有一個大概對得上號的人口。

消失的Ｌ君：但是我不忍心說出口。
猴子請來的水軍：我知道你想說誰，這，不好吧？
消失的Ｌ君：……非常不好。
消失的Ｌ君：妳拿著這個人的名字去找晝川，就是等著被拉黑。
消失的Ｌ君：言盡於此，勸君三思。
放開滑鼠，初禮茫然地環顧四周——視線猝不及防地與阿象對視上。
初禮那不祥的預感越發清晰，瞬間冷汗都下來了：「阿象，我突然想起一件事，今天早上晨會上夏老師提到《洛河神書》的封面問題，說到要找的繪者時那些條件怎麼這麼詳細啊，他是不是……」
「啊，這方面我還滿熟悉的。」阿象掰著手指數道，「國內他提出條件的繪者不超過三個，其中一個是遊戲原畫師，只接受提前半年的約稿，現在約肯定趕不上十二月書展啦；另外一個超級無敵貴到爆炸，並不是所謂的『別捨不得成本，哪怕貴一點兒也行』這樣的程度；最後剩下那個倒是最有可能約到——」
初禮擺擺手，已經不敢繼續往下聽。
本身已經成名。
以古風為賣點的。
還很貴到要元月社割肉的繪者……
確實，夏老師就差說出那個人的名字了——
那個在晝川面前連名字都不能提，據說替他洗腳都不配的……

初禮一隻手撐著額頭，這才反應過來什麼叫「一波剛平、一波又起」，自己這邊剛從卷首企劃事件中死裡逃生，這更大的麻煩就無接縫地找上門來了。

初禮惴惴不安地點開QQ，找到某個沒事絕對不想主動點開的瘟神頭像，小心翼翼地先打了個「。」過去，試探一下他人在不在……

不幸地是，他在。

晝川：？

初禮吞了口唾液。

猴子請來的水軍：晝川老師，首先表達一下關於您昨天幫忙說服江與誠老師這件事的真誠感謝……您什麼時候回G市，我一定親自上門拜謝順便替您掃地洗碗擦窗做飯。

晝川：說重點。

猴子請來的水軍：……

猴子請來的水軍：是這樣的，我們今兒早上晨會除了討論江與誠老師的書，當然也重點討論了下本社的今年年度重點企劃《洛河神書》。在過程中，我們的總編夏老師——也就是出過您父親的書的那位老前輩，提出，對《洛河神書》的封面我們一定要十分看重，尋找一位本身神格就配得上這本書格調的繪者。

猴子請來的水軍：……

初禮半瞇起眼，就像是害怕下一秒電腦螢幕會爆炸一樣，整個人後仰鼓足了這輩子所有的勇氣伸長手，一指禪地在鍵盤上飛快打出十一個字——

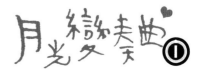

猴子請來的水軍：……您覺得您的洗腳婢怎麼樣？

初禮問完之後，對面久久沒有回應。

這讓初禮有些慌……腳下一滑將椅子滑回電腦前面，開始埋頭劈哩啪啦地打字——

猴子請來的水軍：繭這個繪者雖然槽點很多，但是她畫得好啊……而且網上黑她黑得那麼厲害並不是抄襲這種原則問題，是她人品有問題。

猴子請來的水軍：所以，樂觀點兒。

猴子請來的水軍：而且，講真的，國內像她一樣坐擁一百多萬微博粉絲的古風繪者並無幾個，我剛才去看了，她隨便一張聯繫圖轉發都是幾千的人買單說畫得好，說明她還是有粉絲的……

猴子請來的水軍：……比如我雖然不認同她的做人風格，但是這不妨礙我覺得她還是畫得不錯的。

猴子請來的水軍：所以拿她來配《洛河神書》應該是有加成作用的——

晝川：。。。

放大版的刪節號，代表主人公內心大寫加粗的無語。

初禮想想，猶豫了下，要不要上網打包幾張繭娘娘畫過的畫集、實體書封面圖之類的給晝川看一眼……一邊想著，她一邊打開微博輸入關鍵字開始搜索，這邊還在繼續對晝川洗腦——

猴子請來的水軍：老師，您好好考慮一下，我覺得繭娘娘真的可以。

猴子請來的水軍：而且這次有我把關，您放心，我一定不會讓她的做人風格困擾到您……

初禮想一句發一句。

一邊找圖一邊瞎賣安麗。

等她找好一堆繭娘娘的個人古風美圖，打包好準備發到晝川信箱，這才反應過來好像在給了她一連串的「。。。」後，晝川再也沒有理過她。

她心中有了不好的預感。

初禮點開QQ一看，頓時傻眼——大約在她發送的第十條訊息之後，每一條訊息後面都跟著一句「系統提示：對方還不是你的好友，你可以嘗試添加好友後進行對話」。

他把她拉黑了。

他真的把她拉黑了。

他如同L君那個烏鴉嘴所說的那樣，真的真的把她拉黑了！

初禮：「晝川！」

憑空一聲暴喝，嚇得整個編輯部全體人員抖三抖。

理論上與初禮坐得第二近的于姚猛地抬起頭：「怎麼啦？」

初禮：「世界上哪有一言不合就把自己的責編拉黑的寫手？哪裡有！」

眾人：「……」

千里之外，B市溫泉會所的溫泉池中。

晝川扔開手機懶洋洋地伸了個懶腰，鼻子以下全部滑進溫泉池裡。

咕嚕咕嚕吹倆泡泡。

想了下這會兒大概在QQ那邊抓狂罵人的香蕉人，溫泉中的男人無聲地撇了撇嘴：別說他沒提醒過她再亂說話會被拉黑啊，做到這分上，已經仁至義盡了——

哼。

是她不知好歹。

晝川再從溫泉裡爬出來已經是半個小時以後，繫緊浴袍，懶洋洋地彎腰拿起放得很遠的手機看了眼：二十八個未接來電，孜孜不倦地把他的手機從百分之八十的電量打到令人想報警的百分之三十。

他微微瞇起眼，正在想這人怎麼這麼閒、她為什麼不去騷擾江與誠、應該怎麼收拾她等一串問題時，第二十九個電話打進來了。

晝川：「……」

還真是孜孜不倦啊。

年輕真好。

他順手滑動鍵盤摁下接聽鍵，貼到耳朵邊「喂」了聲還沒來得及說話，電話那邊暴怒之後升級到異常平靜新境界的聲音響起。

「晝川老師，您終於肯接我電話了。」

「……我怕再不接，手機要被妳打到沒電。」

「那能怪我嗎？您要是這麼不喜歡接電話，不如去嘗試一下『充電五分鐘通話兩小時的 OPPO R9S 拍照手機，這一刻更清晰』那款……」

「住口，說重點。」晝川離開溫泉，回到房間沙發上，蹺起二郎腿抖了抖，「在妳開口之前我先說明，如果還是想勸我用那個繪者，那我覺得妳現在就可以掛電話了，不要浪費彼此的時間。」

「沒有、沒有，老師你等下……」

電話那邊一陣亂響，晝川還聽見了老苗那個短命鬼的聲音，好像是在叫初禮的名字。他無聲地蹙眉——

「我等不了。我們現在把話說清楚，再強調一遍，如果妳打了二十九遍電話的目的就是來說服我使用繭娘娘做封面，我覺得是不必了——妳以為我整天面對私訊裡問我怎麼還不封筆、罵我寫得那麼爛還有臉活在世界上、不敢露臉那麼神祕是不是要酷等一系列的腦殘還不夠煩嗎？

「到時候微博評論裡一萬個評論裡有八千在問大大你為什麼和繭娘娘合作啊！好討厭！含淚只能不買這本書了！粉轉路人……誰負責？妳嗎？」

沒等初禮回答，晝川已經替她回答了：「妳負不起這個責。」

晝川又道：「如果出現各種意外導致《洛河神書》賣不好，那也只是妳一個失敗的工作案例，妳還能收拾收拾心情鼓勵自己再接再厲然後狗屁損失都沒有地繼續去賣江與誠的《消失的遊樂園》又或者隨便哪個阿貓阿狗的書……我呢？我花了一年的時間寫的這篇文，因為些莫名其妙的事夭折了，我找誰哭去？」

晝川的聲音低沉平靜，難得的是振振有辭且十分嚴肅，他滿意地感覺到電話那邊烏鴉似聒噪的人安靜下來，還以為她被自己強大的魄力所折服。

這啞口無言、安靜如雞的。

無疑能在她的各種形象狀態裡實力排進前三，獲得個「最可愛時刻潛力獎」什麼的。

很好。

趁著電話那邊鴉雀無聲，晝川繼續乘勝追擊：「妳原本曾經說要幫我好好賣這本書，妳忘記了？妳這是要好好幫我賣這本書的態度嗎——我怎麼覺得妳就憋著一肚子壞水等著給我找事呢，嗯？

「我把書以產稀土的低量、賣白菜的價格簽給你們，不代表我就把這本書扔進垃圾桶裡放飛自我了。我也是有夢想的。和江與誠那條鹹魚不一樣。妳看我度假中泡在溫泉裡還接妳電話，江與誠手機都關機的。妳說妳怎麼這麼不知道好歹——喂？喂喂？」

晝川發表完百八字痛批後，發現電話那邊似乎「啞口無言」得有點安靜過分，好歹「嗯嗯」兩句給他聽啊？

安靜得像是一具屍體似的什麼意思？

正當他將手機從耳朵邊拿下來研究是不是這兩天老在水邊玩被泡壞時，初禮的聲音突然再次響起。

「喂？老師，我回來了，我們繼續——關於勸你用繭娘娘那個繪者，我們元月社是完全出於商業考慮……」

晝川：「妳剛去哪了？」

初禮：「今天小鳥請假，剛才老苗突然急著讓我核對下八月刊的《華禮》宣傳語還有周邊訂單有沒有問題還簽了個字……我說我在跟你講電話，他非要讓我先看，我這不就不得已讓你等等了嗎？說到這個，我還想說，人家一起開始的《華禮》都進入宣傳期了，我們還在選封面！」

晝川才不理《華禮》的進度是有多快，自顧自地問：「……妳走之前我們的話題進行到哪？」

初禮：「難道不是進行到我讓老師等下那——喂？喂？老師？晝川老師？晝川？戲子？」

晝川把電話掛了。

留下初禮瞪著響起盲音的手機滿臉迷茫：老子又哪招他惹他了？這個莫名其妙的王八戲子！

再打電話，打不通。

一直到當天下午。

在初禮再打某人手機卻顯示占線大概是被拖進黑名單、QQ被拉黑、微信迄今為止也沒能加上的情況下，晝川這個人算是正式且暫時地從初禮的世界裡消失。初禮沒辦法，只能先把晝川放一邊晾晒一下，跑去推進另外一項在晨會上被吩咐的任務：找阿鬼問她手上寫過的文有哪些出版權還在。

阿鬼的回答令人安心且心酸——

在你身後的鬼：都在啊，這種劍走偏鋒性取向的文，一般出版社哪裡會要啊！仔細想想，這時候市面正規圖書市場確實沒有拿得到書號出的耽美書，租書店裡有也是從臺灣那邊進貨過來的……

猴子請來的水軍：要替妳出的話妳能接受刪減曖昧戲碼嗎？

在你身後的鬼：元月社要出的話，把文刪得只剩一句「他們幸福快樂地生活在一起」我也接受……這是元月社啊朋友，我終於可以拿著出版書跟我爹媽說：爸爸你看，這是我寫的書，前幾天你在看的那本茅盾文學獎獲獎寫手和我是一個出版社的同事呢！

猴子請來的水軍……

猴子請來的水軍：如果首印量開得比較低呢？比如只有個八千一萬的……

在你身後的鬼：給錢嗎？給錢就行。

在你身後的鬼：個人誌賣五百本我激動得一晚睡不著，還是非法印刷呢……八千是什麼概念，四捨五入就一個億啊！

猴子請來的水軍：……妳真的生活在水深火熱裡，且樂觀精神絲毫沒有受到影響。

在你身後的鬼：那當然，妳以為人人都是晝川大神啊，挑剔來挑剔去。

猴子請來的水軍：三百六十度旋轉猛虎落地式咆哮點讚！

被阿鬼的樂觀精神感染，初禮也跟著樂觀起來，火速從阿鬼在網站連載的專欄裡選了幾篇稍微沒那麼過分、刪刪減減也許能出的題材，填好表格做好大概簡介，把選題報給了于姚審核。

于姚拿著選題表匆匆看了幾眼，看著挺滿意地「嗯」了一聲，又順口問：「繪者的事，晝川還不答應嗎？」

哪壺不開提哪壺。初禮想了想，憋了半天憋出四個字：「非常倔強。」

于姚已經親眼目睹初禮一早上對著電話咆哮了兩回，當然深刻認識到初禮的不容易，想了想嘆了口氣：「雖然我覺得繭這個繪者真的挺適合《洛河神書》的，但是如果晝川自己不願意，那我們還是要尊重一下寫手意見……一會兒妳和阿象一起再去找找有沒有適合的別的古風繪者？」

初禮沒吱聲，大概是在懷疑當初自己拚死拚活搶這《洛河神書》的責編位置到底是不是吃飽了撐的？于姚看她臉上的表情就知道她在想什麼，微笑看著初禮：「晝川畢竟還是有實力的寫手，這種寫手難搞一點兒也很正常，妳耐心點兒。」

初禮點點頭，表示好像也只能這樣了。

不然還能怎麼辦？

殺了晝川？

反正合同都簽了，大不了就用版稅捐一塊騷包點兒的、符合他戲子人生的墓地給他。
和于姚對話完，初禮找藉口尿遁，伸著懶腰走出編輯部，來到門外發現外面不知道什麼時候居然淅淅瀝瀝地又下起了雨。
心中一邊感慨著對比晝川，嚷嚷著「給錢就賣」的阿鬼簡直是小天使啊。初禮一邊低頭看了眼手裡的手機，隨後打開手機前鏡頭，伸到欄杆外喀嚓照了一張俯視高樓圖，然後就編輯多媒體訊息發送給手機用戶「戲子老師」。
一分鐘後，遠在千里蹺著二郎腿琢磨中午吃啥的男人手機震動，拿起來一看，是某人發過來的一張高空俯拍圖，並配字：「通過我的QQ好友驗證，否則十分鐘後，這張圖的正中央將多出一具懷揣著『晝川逼我』四字紙條的血肉模糊女編輯屍體。」
晝川：「……」
三分鐘後，初禮拿起手機打開QQ。
第一條跳出來的系統消息便是：「晝川通過了您的好友申請，現在你們可以開始對話啦！」
猴子請來的水軍：我再去找幾個繪者。
晝川：好。
猴子請來的水軍：。
晝川：。
兩個句號，相互表達了彼此對對方的相看眼煩、又因為各種機緣巧合不得不和彼此捆綁在一起的無奈與對命運的掙扎。

兩天後，週三。

封面設計工作已經到了箭在弦上、不得不發的緊張程度——初禮根本不敢想像下個星期晨會上，夏老師再問她《洛河神書》的進度，她回答在原地踏步時，那張和藹可親的臉上會是什麼樣的表情……

於是在這兩天的時間裡，初禮和阿象拚出了吃奶的勁一般那樣努力，一共替晝川找來了大概五位古風繪者。

其中在看圖的過程中就淘汰掉了四位，只有最後一位名叫「名啾」的繪者通過了晝川大神的法眼進入試稿階段。

說句實話，事實上在初禮看來，「名啾」這位繪者的作品完成度和色彩掌控程度並不如其他被淘汰的四位中的某一位。

再加上她發來的圖都是各種古風遊戲，什麼仙劍啦、古劍啦、劍三啦之類的角色同人，同人創作是有原作基礎的，所以畫得好同人的繪者還真不一定畫得好原創人設。

初禮對於這位繪者的原創能力持保留態度。

簡單來說，就是初禮並不知道晝川看上她什麼了。

大概是名字比較可愛？

猴子請來的水軍：老師，部分同人繪者有個小小的毛病，就是有時候對原創作品人設的控制力並不如想像中那樣好……你確定要用同人繪者？

畫川：繭娘娘不也是同人繪者出身，你們還不是摁著我的腦袋讓我用她？

猴子請來的水軍：我要真的能摁著您的腦袋，我早就……

畫川：。

「對方撤回了一條消息。」

猴子請來的水軍：好吧，我也就是提前打個預防針嘛！她的整體水準還是可以的，否則也不會被阿象找來了對吧？咱們就是做個心理準備……

猴子請來的水軍：。

猴子請來的水軍：那我將你、我、阿象還有這小繪者四個人一塊兒拉個群可以吧？

這是當天初禮對畫川說的最後一句話，畫川並沒有回答她「行」還是「不行」，問題如同石沉大海般，而畫川本人也並不知道跑哪放飛自我去了。

週四上午，工作時間。

終於在上班打開QQ的時候收到了來自畫川於凌晨五點的一個「。」做為回應，初禮鬆了口氣，立刻將自己、阿象、畫川還有名啾拉了個群。

阿象日常沉默寡言，名啾倒是活潑，進群第一件事就是跟畫川表白「大大我愛你」、「大大你的文我超喜歡」、「大大我看著你的書長大的」諸如此類一串話。對此，初禮習以為常，畢竟在她第一次見到晝川並在他開口說話前她也是這麼興奮激動的，等到晝川真的開口說話，這小繪者自然就會感受到來自這個世界的惡——

晝川：謝謝:)，試稿加油哦，期待合作！一會兒我整理好人設發給妳。

名啾：好的好的！謝謝大大，天啊啊啊我要哭了大大人超好的！

初禮：「……」

這個戲子。

真的虛偽。

初禮冷笑以「我就看看不說話」、「不說話就不會注意到我」的態度圍觀這寫手和繪者之間的「有愛互動」。圍觀了一會兒後發現，溫潤如玉公子川這個跨世紀笑話並非空穴來風——晝川這人對不熟悉的人是真的好，工作態度也端正，極其討人喜歡，說「一會兒整理好人設發給你」真的就是「一會兒」，等他把兩位主要人物的人設發出來時，初禮特意看了看電腦右下角，前後只用了十分鐘不到。

相比之下，昨晚初禮留言問晝川可不可以拉個和繪者、美編的四人群組，晝川今天早上凌晨才回她一個「。」……

真的鬧了鬼。

是老子的猴子頭像不如這小繪者的鳥崽頭像討喜還是怎麼的？

這邊初禮的白眼都快翻上了天，說心裡不酸是假的，然而再酸，她也還是個不能不工作的責編，只能強打起精神將晝川發出來的人設整理了一份文檔。

男主尋釧，十九歲白衣少年，身材修長，黑髮黑眸，性格開朗，腰間掛著一卷古卷軸，正是《洛河神書》本尊，可召喚世間怪力神物、飛禽走獸。

男配蒼無，年齡不詳，前期為男主坐騎，後期幻化人形，白長髮，紅眸，身材孔武有力的武將一名；手持大刀，一夫當關，萬夫莫開。

整理好設定，發了一份給小繪者，小繪者就啾啾叫著撲騰著小翅膀去畫了。

初禮關了群，在QQ上跟于姚討論了下阿鬼送去審核的那幾本書哪本比較好出；又收到了來自房東的通知，三個月預交房租到期了。根據合同，下週要繳新一季的房租。

初禮微笑著回覆「知道了」，開始盤算扣掉房租之後她的工資所剩數字夠她一個月吃幾餐肉……算出來的數字是可悲的。初禮懷揣著悲傷的心情又處理了些瑣碎事情，大概是兩個小時後，《洛河神書》的四人QQ群有了反應。

初禮點開視窗。

名啾：畫了個蒼無的草圖，大大們先看看對不對！

名啾：「截圖」

初禮在心裡感慨了句「喲可以，速度真快啊」，漫不經心地點開草圖，然後在那張圖於電腦桌面放大的瞬間她傻眼了——

有那麼一瞬間，她懷疑自己在看DNF（註7）的人設圖！

「蒼無」原本應該是一名白髮紅眸、高大強壯，和白衣主角纖細英俊形成鮮明對

註7 網路遊戲《地下城與勇士》。

比的另外一個大帥哥，金城武那樣的；但是到了名啾那兒，就成了五大三粗、肌肉爆炸，一言不合就成了洪金寶那樣的！

老子要的是金城武不是金寶啊！

初禮只能假裝暫時不在群裡，用顫抖的手點開了QQ列表的瘟神頭像，開啟私聊。

猴子請來的水軍：臥槽老師這不對啊！

猴子請來的水軍：這樣的封面畫出去別說是少年少女們不會買，連鬼都不會買啊！

晝川：……我看見了。

猴子請來的水軍：臥槽你在啊！那你為啥不說話裝屍體讓我獨自面對這尷尬的一刻！

晝川：……妳不也沒說話？

猴子請來的水軍：就跟你說了同人繪者畫原創不一定行你為啥不信我？

猴子請來的水軍：現在怎麼辦啊啊啊啊！

晝川：在這張圖的右下角打個「洛河神書Online」假裝本文遊戲已經同步上市？

猴子請來的水軍：。。你還有心情開玩笑！

正抓狂中，初禮突然發現右下角收到了來自小鳥的訊息。

這姑娘向來無事不登三寶殿。

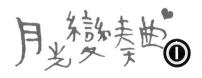

看見她與名啾同款鳥崽頭像在閃，初禮就覺得頭疼，現在她就要患上禽類過敏症了。

小鳥：八月刊的樣刊拿到了，妳看了嗎？《華禮》上市宣傳頁上寫，隨機隨書附贈的金屬書籤是四千份？是不是印錯了啊？

猴子請來的水軍：沒印錯啊，就是四千份。

小鳥：不是一萬二嗎？我記得老苗告訴我是一萬二，昨天送去周邊廠的訂貨貨單上也是一萬二啊？

初禮看著這行字，心裡咯登一下倒吸一口涼氣。

猴子請來的水軍：什麼鬼一萬二？《華禮》的隨機周邊不就是四千嗎？這本書的首印才是一萬二！老苗自己定的周邊數，昨天那個貨單我也核對過了，書本首印一萬二，妳會不會眼花看差一行？

小鳥：妳等下，我問問財務那邊。

小鳥：問過了財務，她們給了個總報價，我根據金屬書籤打樣報價算了一下，這個總報價確實是一萬二金屬書籤的製作費用……

小鳥：可是我記得老苗說了書籤是做一萬二啊！

初禮：老苗說四千！

這會兒終於顧不上再去理會晝川和他的名啾了，眼下更可怕的一個事故似乎正要爆發。初禮直接從椅子上站起來，用顫抖的手拍拍坐在位置上玩泡泡龍的老苗：

「老苗，昨天你給我看的報價單你自己看過了沒？」

老苗頭也不抬，歡快地用空格發射炮彈：「看過了啊，小鳥發給我以後再給妳確認一遍而已，妳之前不知道在和誰打電話那時候給妳看的啊。」

初禮看著老苗，心想這人為什麼還活在這世界上浪費空氣？直接踮起腳探出半邊身子，伸手飛快地狂摁老苗的空白鍵讓他遊戲結束，並勇敢對視對方的怒目而視：「我當時在和晝……算了！小鳥那邊說金屬書籤周邊做了一萬二什麼情況，不是說那個周邊製作起來有點兒貴，只做四千隨機贈送嗎？」

老苗一愣：「啊？做了一萬二？訂貨單寫錯了？妳怎麼沒發現訂貨單寫錯了？」

那張懵逼臉喲，看得初禮想拉他去填海！

接二連三的打擊來得如此之快，令人猝不及防，初禮的手無助地在空中抓了抓，就像是一把抓住令命運窒息的脖子，用快窒息的聲音說：「當時還有個晝川在電話那邊等著我，我著急了些——你怎麼沒發現啊，你電話那邊難道也有個江與誠在等你？」

老苗不說話了，面色鐵青地站起來匆忙往財務部飛奔而去；小鳥也跟著站起來，像一隻真正受驚的鳥類似的跟著落荒而逃，只留給了初禮以及滿編輯部同僚一個絕望的背影。

嗯。

這下子好了。

初禮面無表情地想——

大家瞬間成了一條繩子上的螞蚱，這次誰也別想甩鍋。

第九章

經過了驚心動魄的二十分鐘後，初禮、老苗、小鳥還有于姚四個人在兩位美編同情的目光下離開編輯部，又坐回了會議室這個墳場裡——初禮並不知道這和刑場一樣、她看見大門就發憷的地方她一週到底要來幾回……

現在她很想在老苗和小鳥的墳頭上蹦一曲《一人我飲酒醉》倒是真的。

在等待長官來發落的過程中，小鳥已經紅了眼圈、低著頭隱隱約約露出要哭的模樣。

初禮彎著腰玩手指頭，沒話找話：「小鳥，妳是不是故意的啊，因為知道周邊單子會出事故，那天居然請假了，然而那有什麼用啊，這單子就是妳在負責的……」

「我不是故意的啊！」小鳥一聽頓時驚了，豆大的眼淚說往下掉就往下掉了，「我真的記得誰跟我說過周邊應該是一萬二不是四千……」

初禮笑了笑，看著小鳥因為緊張和害怕而漲紅的臉，頗有些苦中作樂的意思。

相比起其他三個人，于姚純粹就是因為是他們的上司跟著躺槍。事實上，周邊的事一般都是責編負責跟各個部門協調具體事項，她一個主編只負責簽字就好……

于姚甚至並不用知道這書籤到底要印多少。

所以完全是飛來橫禍啊。

好在于姚心理素質好，這會兒瞥了小鳥一眼，沒指責她也沒安慰她，只是跟著初禮打趣道：「初禮妳發現沒有，自打妳入職三個月來，真的算是過得風風雨雨、跌宕起伏啊？」

初禮擺擺手：「老大妳就別笑話我了，這三個月髮際線都上升三毫米，我懷疑這麼幹下去，等退休的那天就成禿瓢老太太了，想去公園裡找個黃昏戀的機會都沒有。昨天我站上體重計，居然胖了三斤。我去，驚呆我了，天天累得和晝川老師養的阿拉斯加雪橇犬似的，居然還胖了！結果上網一查妳知道怎麼回事嗎——過勞肥。我這輩子第一次聽說還有『過勞肥』這東西！」

于姚看初禮嘻皮笑臉、一副肥了膽子的模樣，和當初剛來唯唯諾諾的樣子完全不像，甚至可以說是順眼了不少，於是也跟著笑：「看妳心態不錯，還有心思講笑話。」

初禮「哦」了聲：「木已成舟，要樂觀。」

再說，這事老苗要負主要責任，我死了還能拉個墊背的。

死娘炮，看你還玩泡泡龍，玩你大爺。

這會兒于姚當然不知道初禮正在心裡瘋狂腹誹她上司，只是自顧自繼續道：「是能樂觀，其實這也不是什麼大事，周邊多印了八千，每本成本上升二塊五毛，一共也就兩萬塊……好在八月刊還在打樣，改個宣傳語把多做的書籤全送出去也不難——咱們這些經手的人也就罰一部分的錢就拉倒了，總好過全部砸手裡，那估計得讓我們全部把成本擔下來。」
于姚的話讓初禮驚呆了，頓時覺得自己完全樂觀不起來了：「……罰錢？」
她一聽「罰錢」，也顧不上腹誹老苗了，這踏馬的是要在她身上割肉啊！初禮整個坐直了身體。
之後，自打于姚說「罰錢」到元月社長官姍姍來遲一腳踏進會議室，初禮一句話沒說過，安靜如雞。
然而這樣並不能阻止長官把她和老苗臭罵一頓。
初禮眼睜睜地看著長官黑著臉揮舞著帳單，問他們「是不是覺得兩萬塊不是錢」，把他們叭得鴉雀無聲後，毫不猶豫地判了他們「連坐」。
從壓根沒過手只管簽字的于姚，到那天來都沒來的小鳥，每個人都被扣工資——兩萬塊社裡承擔一半，剩下的一萬塊，老苗扣四千五，于姚扣三千五，小鳥和初禮各一千。
值得一提的一件事是，此時初禮一個月的工資扣完各種也就剩三千一百多塊，扣完一千，還剩兩千一。
更值得一提的另外一件事是，初禮是上午剛剛收到房東繳費通知的人，房租一季三個月是四千五百塊，也就是說，哪怕算上這三個月省吃儉用省下來的兩千五百塊，加起來也只是剛剛夠付房租。
剩下一百塊過一個月？
她會餓死。

只能辟穀，靠喝西北風過活。

以前從來沒覺得老苗那些私底下的小動作把她怎麼著了。

現在老苗一個無心之過，反而成了真正的殺招。

開完會，走出會議室的時候，看著老苗同樣看似老了十歲的背影，初禮一時間都不知道應該討厭非要在她講電話時讓她看訂單的老苗，還是應該討厭非要在她工作時間跟她講電話的晝川……

初禮：「老大。」

于姚：「怎麼了？」

初禮：「罰款能不能分期付款？」

于姚：「……不行。」

初禮都不知道自己是怎麼回到編輯部的，滿腦子都是G市哪個橋洞底下比較好睡。她回到座位上一坐，這時候看見QQ群裡的名啾在跟晝川對話一番後交出了二次修改稿，初禮點開看了一眼——

從金寶變成了高大的金寶，從《洛河神書Online》變成了《夢幻西遊Online》，蒼無那張輪廓分明並和英俊完全不相關的臉，讓初禮有種想一頭撞死在電腦螢幕上的衝動。

在群裡冒泡留下一句「人物線條要更柔和唯美些，身材要修長些，強壯不一定是肌肉突出，繪者大大可以參考下繪者繭那種畫風喔」，初禮面無表情地點開晝川的私聊，十指飛舞，飛快打字。

猴子請來的水軍：繼續溝通，三稿不過飛了，我去聯繫繭娘娘。
猴子請來的水軍：別說我沒給過你機會，自己選來的繪者，哭著也要負責到底。
猴子請來的水軍：謝絕反抗。
猴子請來的水軍：有本事就把合同燒了和我一起塞爐子裡煉丹吧，老子不怕了。
晝川：？
晝川：翅膀硬了，敢這麼和我說話。
猴子請來的水軍：人之將死，心之所向，無所畏懼。
晝川：……
這一天初禮都不知道自己是怎麼過去的，只知道好像下午她開完會又和晝川互懟一波後，晝川就再也沒找過她，不知道是不是又生氣了。
……氣死他好了，這個氣包。
初禮甚至不知道自己下班是怎麼回到家的，因為滿肚子都是心煩的事，一件都解決不了。到了家，她飯也不想吃了，喝了兩口水填飽肚子做為對接下來一個月辟穀的基礎訓練，她躺在床上翻過來滾過去，最後終於認命似的把手機拿起來。
打開微信，點擊最近聯絡人名單，選擇一名叫「初家娘娘」的人，也是她的最後一根救命稻草。
猴子請來的水軍：……媽。
那邊很快就有了反應。
初家娘娘：下班了？

初家娘娘：現在才下班，是不是沒擠上地鐵？

初家娘娘：也是，妳這小身板的能擠過誰啊。

初家娘娘：上班辛苦不？是不是還是讀書好？

初禮：「……」

辛苦啊。

短短三個月，妳女兒已經看盡人生百態，眼下似乎正要面對飛升歷劫……手指在鍵盤上虛空地來回滑動無數回，初禮猶豫了半天也沒能把自己上班犯錯被扣工資扣到生活不能自理這件事說出口，支支吾吾半天只能暫時回一個「不辛苦啊」，然後扣下手機。

「啊啊啊啊啊啊啊啊啊！」

她又開始在床上翻滾。

等翻滾夠了重新鼓起勇氣，她深呼吸一口氣抓起手機，還沒來得及打字，就看見手機螢幕上她媽已經劈哩啪啦說了一大堆有的沒的。

初家娘娘：妳爸問妳什麼時候辭職回家？

初家娘娘：……是的沒錯他又來了，還是那套，說現在出版社自己都快養不活自己了還能養活你們這一群小編輯？說妳幹這行實在沒意思！

初家娘娘：雖然G市人多雜亂的，妳爸確實也是擔心妳。

初家娘娘：他老早就幫妳找好關係，就等著妳幹不下去辭職回來考教師資格證然後去咱們家附近妳小時候讀書的小學教語文……說什麼一年還有寒暑假，多好。

初家娘娘：我聽著他嘮叨我都煩，妳爸是不是更年期了妳說？

初家娘娘：一家三口都是教書的，從小學到高中到大學，一條龍服務，妳爸可真有意思！

初家娘娘：閨女妳可爭口氣，千萬養活自己別為五斗米折腰跟家裡要錢……妳爸最近和個老王八似的，為了不讓我私底下救濟妳把我工資卡都沒收了！

初家娘娘：我逛淘寶看中一雙鞋想買還得寫八百字申請書給他，然後申請代付！

初家娘娘：人至中年離婚率那麼高多半是因為家裡突然有個人成了神經病。

初禮：「……」

可以。

她什麼狗屁都還沒說呢，她媽先倒上苦水了，抱怨還不少的樣子，而且中心思想也很讓人絕望：妳娘我也很窮，窮到日子過不下去想離婚，閨女妳好自為之千萬別跟家裡要錢正中妳那死鬼老爸的奸計！

這就叫什麼？天有絕人之路，天要亡我。

初禮幾乎是含著血淚地打出「媽妳放心我有錢」幾個字發送出去，放下手機，靜靜地體會了一會兒什麼叫大寫的生無可戀……

而就在她的絕望情緒達到最顛峰、最想推開窗子往樓下跳的時候，手機螢幕又亮了，這一次發訊息來的人是阿象。

阿象：……那繪者出三稿了，妳打開看之前準備一下看看怎麼樣拒絕她才能降低傷害，儘管此時此刻我已經在心裡把髒話罵了個遍：這人畫同人和畫原創壓根就是兩個人。

阿象：我找她的時候，信誓旦旦告訴我什麼圖都能畫，上至厚塗寫實，下至賽璐璐（註8）……交出來的就是這麼個鬼東西。

阿象：以及收拾收拾準備去聯繫藺娘娘，希望現在約還來得及，最多貴一點兒。

初禮回了阿象一個「好」字，打開QQ看了一眼名啾交出來的最後一稿，比上次好了一點兒，但是也僅僅是好一點兒而已……可以看出她已經在努力修改了，甚至明顯感覺到有聽初禮的話去看過藺娘娘的插圖，但是因為本身的畫技有限，光從肢體架構以及透視來看，畫出來的還是很有差距。

如果是拙劣模仿，他們為什麼不直接去找被模仿的本尊？

現在名啾畫出來的東西是做不了《洛河神書》的封面的——別說書最重要的是內在，人長了眼睛就是註定為了當外貌協會。如果非要用難看的插圖，還不如直接用白底黑字上書「洛河神書」效果怕是都比這好。

初禮嘆了口氣，暫時沒有回覆名啾，此時此刻她只覺得自己的腦子都快要炸掉了。艱難地在群裡發出「還是不太妥」五個字，她盯著螢幕醞釀了半天，最後決定在最終拒絕這個繪者前，還是先打電話給晝川，通知他一聲以表示尊重。

初禮沒想到的是，就這一通電話，居然打出了問題。

註8　原指動畫製作材料的底片。在CG繪畫中指平塗上色不疊筆觸，且有線稿的繪畫風格。

電話那邊響兩聲就被接通了，男人接起來「喂」了聲，沒來得及說話，這邊初禮先劈哩啪啦地說上了：「老師，這邊名啾交第三稿了，不知道你看到了沒——不要說完成度了，光線稿就完全和繭娘娘不是一個檔次的，社裡交代要給你最好的資源，也願意花錢，咱們真的不需要這麼委屈求全拉低自己的要求……」

「妳等下，這件事明天再說，我現在沒空。」晝川顯得有些冷淡地打斷了初禮的話。

初禮愣了下。

然後，頭痛欲裂，腦子裡彷彿有什麼繃緊的玩意「啪擦」一聲斷了，今天積壓的火氣彷彿找到了一個釋放口，一下子洶湧而來——

她猛地抓緊手裡的手機。

「等什麼，真的等不了了！《洛河神書》要趕進度上十二月書展的，這事不管對銷量還是對元月社都有好處，社裡明確地說了要求，做不到大家等著一起抱團跳河吧——本來週一能敲定繭娘娘這事就可以推進了，現在因為決定尊重老師你的個人喜好問題我們咬著牙又往後拖了快一個星期，這星期絕對不能絲毫沒有進度就這麼結束了！」

初禮提高了嗓門，「老師，偶爾也請考慮一下我們編輯的難為吧！社裡原本定好了用繭娘娘你不高興，我們是不是也尊重你的意見去另外找了，那新招來的人不適合能怪我們嗎？」

「……」

「這要是再找不到適合的繪者是不是還要放著一個適合的繭娘娘不用，繼續大海撈針！那你教教我下週晨會我怎麼跟夏老師說這件事？全部推你頭上那也不適合吧？如果我自己攬下來，又要被罵，我被罵得還不夠多嗎？天天替你們背這些莫名其妙的鍋——」初禮越說越氣，這會兒人都哆嗦了，「你們這些人麻煩能不能分清楚工作和娛樂，在娛樂之前好歹先做好自己的本職工作啊？一個、兩個都這樣，非要犯錯，鬧到牽連得別人吃不上飯、無家可歸就開心了？滿意了？」

電話那邊沒聲音。

初禮火氣很大地「喂」了一聲。

什麼「尊重寫手」、「愛護老師」一下子全部被她拋到九霄雲外！

都怪這些人，就知道鬧事鬧事鬧事！

一天不拖別人後腿就活得難受是不是？

此時的初禮完全被憤怒以及對接下來無家可歸、無飯可吃的恐懼支配，正當她的憤怒值達到顛峰、小宇宙都快要爆發，電話那邊終於有了反應——

「說夠了沒？」

晝川聲音聽上去難得非常低沉，似乎有些疲倦。

「我現在人就在金花街附近的動物醫院，妳有什麼事可以過來跟我說，用不著在那大呼小叫的。只是妳過來恐怕要控制音量，否則醫院的人會把妳轟出去。」

金花街？

距離她家坐車也就二十分鐘不到的地方。

G市？

這傢伙回來了？

不是度假半個月？

初禮一臉懵逼，都顧不上罵人了：「你回來了？你怎麼回來了？你在動物醫院幹麼？」

「下午二狗出來散步時和別的社區的德國牧羊犬幹了一架。那麼大的狗，寵物店負責遛狗的小姑娘沒拉住，二狗下巴和尾巴都被咬傷了，要縫針，寄養的寵物店店主打電話問我怎麼處理，我就坐最近的一趟飛機直接回來了。」晝川淡淡道，「傷得挺深，又剛縫了針不好進籠子，這會兒麻醉還沒過，我得看著牠。」

二狗？

受傷了？

原來晝川今天消失了一個下午，不是生悶氣去了，而是趕著坐飛機回G市處理這事？

初禮抓著手機有些傻眼，一瞬間火氣也消了，耳邊聽著晝川那難以掩飾疲憊的聲音，頓時對於自己剛才衝著晝川吼感到十分不好意思。抓著手機的手緊了緊，突然覺得其實人家晝川也沒怎麼樣，這大晚上的哪怕沒事誰不要休息，忍得住她這樣折騰。

她是工作狂魔，人家晝川又不是，再加上現在二狗受傷了，一想到平常二狗在家被無微不至地寵著，晝川自己喝白粥還得強調幫牠加肉……現在他肯定十分心疼。

這麼一想，心虛勁就上來了。

她垂下頭，沉默了下，然後在雙方彼此的萬籟俱寂之間老實地說：「對不起。」

電話那邊一下子也沒了聲音。

過了一會兒，晝川停頓了下，也沒說什麼，就是顯得有些漫不經心地問：「那妳過來啊？」

男人的嗓音微微沙啞，不像是問句，那聲音在耳廓轉了一圈傳入耳朵裡，連帶著初禮的心跳都跟著漏跳一拍。

過去不？可是她過去幹麼？

話說回來，二狗怎麼樣了？

不會傷得很重吧？

聽說麻醉沒過，有的狗會反胃嘔吐，戲子這小公舉一個人在那照顧著二狗能不能行啊？

他會不會被嚇壞了？

媽的，不會抱著麻醉沒過的二狗的腦袋哭哭啼啼吧？好歹是個大大，那多丟人！

這一連串的聯想像是彈幕似的鑽入腦袋中，初禮抓著手機「啊」了聲，然後「喔」了聲，甚至來不及再多去考慮什麼，掛了電話抓了鑰匙穿鞋就下樓了。

大概二十五分鐘後。

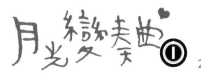

因一路狂奔而氣喘吁吁的初禮一把推開了晝川所在的那家動物醫院大門。正是華燈初上時，裡頭坐滿了下班帶著自家崽兒來洗澡、美容、修毛、看病的年輕家長，貓叫聲、狗嗷嗷聲相當熱鬧，身穿白大褂的獸醫來來往往，每個人看上去都很忙的樣子。

要找到晝川不難，因為在這些動態的情景裡，唯獨有一個角落是靜態的。身上穿著一套休閒服的男人靠坐在牆角，他低著頭盯著身邊床上那條體型巨大的棕色阿拉斯加雪橇犬，微微蹙眉，修長的指尖將狗耷拉在嘴巴外面的舌頭塞回去，然後溫柔地摸了摸牠的鼻尖。

男人不知道在想什麼，有些走神的樣子。

初禮見他神色淡定，一顆提著的心也放了下來。走近時，彷彿怕嚇著什麼易碎物品似的下意識地放輕腳步，當她靠近，背對著她躺在床上的二狗耳朵動了動，於是男人也抬起頭來。

兩人對視幾秒，沉默。

男人最開始並沒有什麼多餘的表情，然而當他茶色的瞳眸微動，從上到下打量了下站在自己面前的小姑娘，他突然露出一個淡淡的笑容：「鞋都穿反了，妳急什麼？」

初禮低下頭看向男人目光所及處，果不其然，還真是穿反了鞋。

此時此刻盯著自己穿反的鞋，初禮突然覺得事情好像哪裡不太對勁……

他問她，急什麼？

這個問題，其實她也回答不上來。

初禮：「我就左右不分怎麼了！」

晝川：「沒怎麼，沒見過弱智還能這麼理直氣壯的……妳理直氣壯妳臉紅什麼？」

……這個死直男，看得出什麼叫臉紅、什麼叫天生少女面頰紅潤？

初禮尷尬得快滴汗了，剛剛跳下計程車時明明還健步如飛，這會兒發現穿反鞋後就突然不會走路了，強作鎮定一瘸一拐地往前走兩步，隨即聽見一聲彷彿是她錯覺的嘆息。

晝川從椅子上站起來，把椅子塞她屁股下。

初禮惦記著正好不用回答晝川剛才提出來的疑難問題，於是便順勢坐下了，低頭吭哧吭哧地換鞋，一邊換一邊問：「老師你沒事吧？」

「我能有什麼事，又不是我和人打架被咬了下巴和尾巴在這縫針。」

晝川說著伸手摸了摸二狗的腦袋，二狗彷彿聽出主人語氣裡的嘲諷，抬起狗腦袋甩掉他的手。晝川「嘶」了聲，把牠的大腦袋摁回床上。

初禮伸腦袋看二狗，下巴上縫了針；為了縫針上藥，尾巴上的毛也剃了，就剩個光桿兒加尾巴尖一撮毛，小獅子似的，怪醜的。這會兒大概是麻醉沒過，二狗嘴合不攏，哈喇子流了一床都是。

初禮想了想又問：「那二狗沒事吧？」

晝川：「聽說因為咬著下巴了，當時流了挺多血。把寵物店打工的小姑娘嚇得直哭……現在看來也就還好吧，還活著。」

初禮試探性地伸手，發現二狗沒嫌棄她，於是手輕輕落在牠腦門上：「那架打贏了嗎？」

晝川：「……」

晝川那無語的目光過於直白，初禮縮回手，有點尷尬：「畢竟打都打了，我就順便問問結果。」

「妳這人思想很有問題，以後有了小孩非教成幼稚園一霸不可。」晝川盯著她片刻後緩緩道，「……那德牧被撕了半邊耳朵下來。德牧只是一般的大型犬，阿拉斯加雪橇犬是巨型犬，體重大概比德牧重一半吧，聽說德牧主人最後拚了老命才把自家狗從二狗爪子底下拖出來，這肥狗泰山壓頂壓得人家起都起不來……要不怎麼能被人家咬了下巴？」

初禮摸了摸二狗的耳朵，「可以，那一盆盆的狗糧沒白吃。」

她順便誇下溫潤如玉公子川大大，真不愧是寫書的，哪怕本人不在現場，聽過第三人傳達資訊後，敘事起來依然繪聲繪色充滿畫面感。初禮替二狗撓了撓耳朵，強忍下誇獎牠「真給力」的衝動，免得又被吐槽思想有問題，只好拐彎抹角含蓄道：「看不出來，愣頭愣腦的，還挺凶。」

此時，二狗面對一晚上自家主子擺的死人臉，這會兒好歹遇見一個能溫柔以待的了，趕緊抓緊時間嬌氣地哼哼唧唧，就是尾巴縫了針，疼，搖不動。

晝川被自家狗子的臭德行刺眼，索性轉身去搬了一個板凳過來，挨著初禮坐下。初禮這時候才像是想起什麼似的縮回手，坐直了身體問：「老師你是不是下飛機就過來了？晚上吃了嗎？我去給你買點兒吃的……」

她一邊說著一邊站起來。

「坐下。」晝川言簡意賅。

初禮「吧唧」又坐下了，一副「您吩咐，小的在」的模樣，任由晝川的視線在她臉上打了一圈，隨後她聽見晝川緩緩問。

「叫妳來是替我送飯的？」

難道不是？

「……少吃一頓餓不死，妳不是有事找我？說吧，妳那邊又怎麼回事。」晝川輕哼了聲，「不信一個繪者能把妳氣成這樣，嗷嗷的，我還什麼都沒說，妳就在那邊被踩了狗尾巴似的……」

被提起剛才那事，初禮「噌」地臉紅了：「我不是跟你道歉了嗎？」

「我知道。」晝川面無表情，「太難得，所以想聽妳自己再強調一次。」

初禮看著這張欠揍的俊臉，心想她半個小時前大概是鬼迷心竅了才會覺得他特別無助、特別可憐，「是我工作上出了一些問題，除了《洛河神書》進度不順利，《華禮》那邊也出了事——記得那天我跟你講電話離開了一會兒不？就是小鳥請假，老苗鬧著要我看《華禮》的周邊訂單，美其名曰熟悉工作內容。我當時又著急和你講電話，所以這一看就看出問題了……」

「什麼問題？」

「周邊製作數目上出現偏差，我們一條線所有接觸過訂單合同的人，全部都被抓去臭罵一頓還扣了工資！扣了好多啊！」初禮深呼吸一口氣，「最慘的是，這時候我還收到了房東要我交下一個季度的繳費通知……」

「妳演電視劇啊，一套一套的。」

「我也覺得，這日子過得怎麼能這麼 so drama，做人怎麼能這麼倒楣？現在我面臨著要嘛去睡大馬路要嘛去喝西北風的二選一困難選擇題。」

「跟家裡要錢，妳家裡難道還冷眼看著妳被餓死？」

「我試過了，但是我爸他就等著我快窮困潦倒要餓死必須跟家裡要錢，然後把我強行弄回家當小學語文老師……」

聽見「語文老師」四個字，晝川露出了一個嘲諷的表情，大概也是覺得這提議爛到爆炸。初禮頓時像是找到了知己：「是吧？編輯當得好好的，剛簽下《洛河神書》又簽下《消失的遊樂園》，正是一顆要在編輯界冉冉升起的新星，我去當什麼語文老師！」

晝川坐在那，看著碎碎唸個沒完、憤恨不已的初禮，突然覺得今天晚上這是怎麼了，先是在這裡照顧一條打架把自己打得要死不活的傻狗，照顧了半宿之後，又迎來了個大吐苦水的小姑娘。

……當他知心哥哥啊。

晝川正在心中腹誹，這時候手機響了。

他拿起來看了眼，直接掛了。

然而對方鍥而不捨地繼續打進來，晝川不得不再次拿起手機看了眼，微微蹙眉，正準備繼續掛掉，這時候，突然感覺到從旁邊射來幽幽的目光。他微微一愣抬起頭，正好看見初禮正沉默地看著自己，臉上寫著：你之前也是這麼掛掉我的電話的？

晝川：「看什麼看？」

初禮把腦袋轉開了，晝川低下頭看了眼手機，猶豫了下最終還是摁下接聽鍵，「喂」了聲，停頓了下，又道：「爸？」

初禮一聽，又頂著一臉八卦表情迅速將腦袋轉回來了，晝川像是猜到她會這樣，狠狠地瞪了她一眼，用另外一隻沒打電話的手捏著她的下巴，將她臉轉開。

初禮拍掉他的手，看著他的表情和二狗等著他餵罐頭時候一模一樣，就差來兩個耳朵貼著腦袋、再來個尾巴甩一甩！

「我在外面……您怎麼知道二狗跟人家打架了？江與誠嘴巴是不是沒拉鍊啊！我去B市度假，把牠放寵物店寄養——什麼虐待，您好好說話，好吃好喝供著二百五十塊錢一天，罐頭都是自己家裡帶的，每天一個小時散步，我虐待誰了我？縫了兩針，沒事……一會兒麻醉過了就能牽回去了——怎麼就回不了家了？被咬的是下巴和尾巴，腿又沒斷！我不牽牠回去難道背牠回去？

「怎麼就突然安排好我下週要回家開作家協會會議順便把牠帶回家？我說了我不去開會！狗也不給你們……多大年紀了還和兒子搶狗，您為老不尊啊！」

晝川的聲音從無語到無奈再到惱火再到無奈，川劇變臉似的相當好看。初禮蹲在旁邊聽得一臉高興，晝川突然轉過來，一把搶了她的手機，打開備忘錄用單手打字——

晝川：這沒妳什麼事了，狗妳也見了，事妳也說了，回去吧，要找藺晝封面快馬加鞭去，趁我還沒反悔。再見。

初禮拿回手機，也打字：沒事，再坐會兒。

晝川：明天不上班了？

初禮：沒事，我……

字還沒打完，手機又被搶走了，她抬起頭對視上一雙茶色的眼，後者嫌棄地瞥了她一眼，用口形說了句「沒收」，然後直接將她的手機放進自己的口袋裡，繼續講電話。

「作家協會那個會我說了不去了，為什麼那麼執著。光開會就不想去，這次讓我開會還要搶我的狗，更不會去了……您這談判手法也是奇葩……沒得商量，不商量。

「哪有什麼為什麼！二狗現在狗嘴都合不攏，尾巴剃得和禿瓢似的，我怎麼帶牠坐飛機——那航空箱是狗待的地方嗎？萬一染什麼病或者磕著碰著了呢，牠就不樂意待裡頭！」

晝川直接站起來，初禮整個人往後縮了縮還順手抱住二狗的大腦袋，防止牠主人發瘋傷及無辜。

好在此時動物醫院的工作人員走過，側目：「先生，肅靜。」

晝川看了工作人員一眼，又默默坐下，終於停止咆哮，讓對面說了幾句。幾秒後，他臉上出現了一個像被雷劈過的表情：「什麼叫我養的狗和我一樣矯情？」

這一回，在一旁竊聽的初禮終於沒忍住笑出了聲。

晝川掛完電話後明顯心情不太好，初禮也不知道他說的作家協會開會是怎麼回事，之前倒是有耳聞晝川加入了老家那邊的省作家協會，只是一直跟那些以他老爸晝顧宣先生為代表的老一輩寫手叔叔、阿姨……處得不怎麼好。

眼下這麼看，連開個會都不願意去，看來傳聞是真的。

此時二狗麻醉藥勁快過了，待在床上開始不老實，晝川看了眼周圍病貓、病狗來來往往，寵物手術室那邊時不時就有寵物主人的哭聲傳來，似乎也受不了老待在這裡，把二狗交給初禮，自己跑回去開車準備把二狗接回家。

初禮陪了二狗一個小時，手機震動，發現是晝川發簡訊給她：出來。

抬頭一看，一輛銀白色的保時捷停在動物醫院門口。人和人真的差很遠，有的人開著保時捷，有的人則正拿著手機地圖為自己挑選明天安身的天橋橋底。

初禮招呼來動物醫院工作人員幫忙把百來斤的大肥狗一起搬上車，動物醫院的工作人員還挺幽默地摸了摸二狗的頭：「再也別回來了，要回來也選我休假那天，知道不？」

初禮：「……」

晝川：「……」

晝川跟動物醫院結帳並主動要求支付一筆錢給那被撕了耳朵的德牧的醫藥費。

初禮全程在旁邊看著，直到晝川刷完卡抬起頭問她：「還不上車，伸著脖子在那看什麼呢？」
初禮：「我也想讓二狗給我一口，你不用給我太多錢，四千塊夠我繳房租就行。」
「人家的德牧賽級犬有血統證書，妳呢？」
初禮想了想，「H市第二人民醫院出生證明？」
晝川露出一個「懶得聽妳痴人說夢」的表情，抽了抽唇角，「妳給我上車。」
後座被二狗占據，初禮只能灰溜溜地走到副駕駛座開門上車，剛坐穩就被提醒安全帶，初禮「哦哦」兩聲繫上，旁邊的人又冷不防來一句：「如果嫌前排擠不好放腿，自己把椅子往後放……」
說著不等初禮回答，又低頭看了眼她的腿和她一臉「你在說什麼」的懵逼表情，晝川停頓了下，假裝若無其事地道：「算了，沒事。」
車子發動開出去五米，初禮反應過來了：「你是不是想打架？」
晝川一手握著方向盤：「請勿與司機攀談。」
初禮轉頭看了下窗外，街邊一間間店鋪飛快掠過，在看見一家叫「爸爸茶餐廳」的餐廳時，她突然想起什麼似的問：「剛才是晝顧宣先生打電話給你？說什麼了？邀請你去參加省作家協會會議？這玩意不是一年難得一次嗎？怎麼不去？」
初禮一邊說著一邊轉過身看著開車的男人，後者臉上沒有什麼多餘的情緒：「不去，二狗這麼鬧一齣，以後我都不想把牠放寵物店寄養了。」
「那以後你怎麼出門？天天滿世界跑的人……就為這個不去開作家協會大會啊？」

「不知道，如果找不到人在我不在的時候照顧牠，可能最後還是像老頭說的那樣把二狗上交國家，送回家去吧。總比寄放寵物店好……寵物店的狗太多了。」

「嗯？」

初禮黑人問號臉。

「牠又不喜歡社交，出門散步都不多看別的狗哪怕一眼，和別的狗待一起牠煩躁。」晝川淡淡道，「再說了，那個會有什麼意思，讓妳吃完飯和一群老太太跳廣場舞妳去不去？往那一站，全世界都在問妳有沒有對象然後想介紹自家社區高大威猛的保全給妳那種。」

初禮：「啊？」

晝川：「作家協會開會就說這些。」

初禮驚訝：「作家協會還幫單身作者相親？」

「……和妳說話怎麼那麼費勁。」晝川一腳踩了剎車，等紅燈，「妳一臉羨慕怎麼回事？嫁不出去減減肥，好好賺錢去整容啊——管住嘴、邁開腿，實在不行去廟裡燒高香也好。」

初禮茫然：「……所以不幫忙相親？」

晝川：「我這樣的需要相親？」

怎麼不要？

除了長得好看還有錢，關鍵是脾氣那麼臭，活得和神仙似的。

不接地氣。

初禮盯著晝川看了半天，突然恍然：「等等，我好像知道你的意思了——你是說和那些傳統文學的作者老師們談不來，沒有共同話題，他們強行要灌輸你傳統文學，不管那些東西到底適不適合你的創作套路，對不？」

晝川：「智商好好能上線的話還像個人——是這意思沒錯。」

初禮想了想，若有所思道：「傳統文學有許多值得學習的地方，如果能夠和當代年輕人看的小說結合在一起應該很有意思才對，好看的小說結合有深度的思想，那就是寓教於樂嘛……聽他們說說這些沒壞處啊。」

晝川：「老苗也天天教育妳，妳愛聽不？」

初禮：「……」

「那些人也是，就像老苗不一定真的想把妳帶成一名合格的編輯；元月社也並不是因為缺人才招聘，是因為要上市擴大規模增加估價才招聘一樣；那些老頭、老太太也不一定是真的想要和妳分享些好東西，更多的是，想要展現給別人看。看，該做的我都做了，別再說我沒有包容力，是他自己不學好！」

初禮想了想老苗，然後覺得自己被晝川的邪魔歪道理論說服了——老苗確實是什麼都會教她，什麼都會告訴她，但是一個眼神就能知道，打心眼裡，老苗他從沒把初禮看成是他自己一國的。

更多的，他就是做做表面工夫而已。

初禮陷入沉思，想了想後，終於從晝川的歪理裡稍微拔出來一點兒。她抓緊了手中的安全帶，盯著前方汽車的尾燈：「可是，我沒有逃避。」

妳說誰逃避？晝川轉過頭瞥了她一眼。

「我知道老苗不好，小鳥是個廢物，他們倆蛇鼠一窩抱團欺負人，希望在元月社開始裁人時，走的人是在他們眼中大概就很多餘的我——這就是《月光》編輯部內部現狀。」初禮蹙眉，「但是我從來沒有想過因為這個不去上班，拒絕編輯這份工作，元月社這個平臺……

「元月社真是太好了，資源多，作者號召力大，暢銷書無數。」初禮說，「難道要讓我因為這兩個人，放棄這一片資源豐富的大森林？」

「眼不見為淨，無法完美融入食物鏈，為了活命的話必須早早離開——這種類似的雞湯，沒聽過？」晝川問。

「不是的！二狗都知道和人打架搶地盤，當遇見一個優秀的環境卻發現自己無法完美融入食物鏈，怎麼能轉身逃走——把它變成以自己為新食物鏈頂端的新環境啊！」

晝川挑起眉，似乎有些驚訝地瞥了她一眼，而初禮對著空氣揮舞拳頭。

「逃避永遠沒有辦法解決辦法，你必須站出來，告訴那些跳廣場舞的大媽——老子貌美如花，妝前七分、妝後八分，非身高一米八、存款一百八十萬、住房少於六十坪的優秀單身男性勿擾！你不說，就只是躲開，她們怎麼知道你不要社區保全呢，他們還以為你害羞呢！」

良久的沉默。

晝川嗤笑一聲：「喋喋不休。」

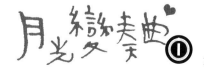

初禮漲紅了臉，賭氣似地別開臉：「也是，講過很多大道理，依然過不好一生——回家還要去選明天落腳的橋洞呢！」

此時車已經快開到初禮家，在初禮的指揮中，晝川將車停在一棟比較破舊的公寓前。打開車窗探頭看了眼，晝川問：「就這？」

初禮：「就這。」

晝川：「就為即將失去這地方愁得衝我大呼小叫？」

初禮：「……這地方不比橋洞底下丐幫兄弟聚集地好？」

初禮正伸手想要打開車門，沒想到坐在駕駛座上的男人率先解開安全帶下車去了。他下車抬頭盯著破公寓看了半天，然後繞到初禮這邊，彎腰開車門。

初禮嚇了一跳。

還以為他要揍人。

沒想到晝川打開車門後，突然撐著車門，俯視著坐在車上眼巴巴瞅著自己的小姑娘：「喂，香蕉人，我突然有一個想法。」

初禮保持著坐在車裡的姿勢，因為晝川堵著門她也下不去，只好乖乖地說：「如果你說你想在這和我打架，我的回答是：我不同意。」

晝川：「……」

晝川：「真的弱智。」

初禮：「……」

晝川一隻手撐著車頂，另外一隻手搭在車門上，月光之下，初禮看不清楚面對著她的男人臉上是什麼表情。她微微抿起脣，不知道為何，又開始有點緊張。心跳有點快，希望他聽不見。

身後一樓的大嬸端著洗腳水走出來，倒在牆邊，看了眼停在破樓前擺姿勢的兩人，感慨地扔下一句「現在的年輕人噢」，轉身，砰地關上門。

初禮：「老師？」

「妳要找個地方住，」晝川淡淡道，「而我要找個人在我不在的時候照顧二狗。」

初禮：「啊？」

晝川：「我家還有間閣樓，不大，也就二十坪，有獨立浴室和洗手間還帶一個小陽臺，現在堆放雜物——房租免，只需要每天拖地做飯洗碗餵狗，妳覺得呢？」

初禮的大腦放空了三秒。

第四秒，她坐起來，伸出手一把捉住彎腰撐在車門邊的男人的衣領：「真的？」

晝川猝不及防被她一抓，差點腦門磕在車門上。

「確實是真。」晝川拍開她的爪子，一臉淡定，「但我還以為妳會先罵一句：流氓，誰要和大男人住一起！」

初禮：「……」

「好歹做做樣子，妳這一臉占了便宜的模樣反而讓我覺得提出這想法的自己很荒謬。」

「沒什麼不好的。」初禮激動得語無倫次，「去橋洞底下不也和一堆丐幫兄弟住在一起，有什麼區別，至少你還知道要洗澡啊！」

晝川：「……」

「謝謝房東！會好好替你做飯的！什麼時候搬家方便呢？」

初禮跳下車，繞著男人像是小狗似的轉了一圈；車內那條真正的狗反而只是淡定地抬起自己的大腦袋看向車窗外，然後疑惑地歪了歪腦袋。

晝川低頭看著圍著自己上竄下跳、彷彿找到了活著的希望的小姑娘……在她繞圈圈的過程中，那雙因為沾染灰塵的跑鞋在泥土地面踩出一圈小腳印。

突然想到幾個小時前，她風塵僕僕地穿著穿反的鞋子來到自己面前，問他：老師你沒事吧？

晝川掀起眼皮，看著她身後黑漆漆的老舊公寓。幾個小時前，她是不是就像現在這樣，接到他電話後健步如飛地從黑暗中躍出走廊——

落在髒兮兮的泥土地面上，留下深深的腳印？

晝川從下午時始終被陰鬱籠罩的茶色瞳眸忽然掃去陰霾，他看著她，當她仰頭看著自己時，眼底倒映著他身後的月光，皎潔明亮。

「今晚月色真美啊。」

「什麼？」

「沒什麼。」晝川伸出手，輕輕拍了拍面前滿臉喜氣的小姑娘光潔的額頭，「啪」的一聲，「妳想什麼時候搬都可以。」

初禮直起身，捂住額頭，雖然被打了卻頭一次沒有罵人，反倒是因為驚喜而止不住咧嘴傻笑：「我該怎麼感謝你……」

晝川微微瞇起眼，勾起脣角。

夜風之中，他的嗓音低沉磁性，彷彿就響在她的耳邊——

「好好幫我餵狗遛狗啊，還有餵我……當然，我不用遛。」

初禮晚上回到家，還有一種猶如沉浸在美夢中的感覺，自己都沒反應過來發生了什麼事：她花幾十塊錢坐車去了趟寵物店，然後就得到了某高級住宅社區的免房租居住權。

均價起碼十幾、二十萬一坪的高級住宅社區！二十坪！

免費住！

天啊！

重新踏入房間的時候，心情和幾個小時前完全不同，初禮拿起手機，發現她娘還繼續再發微信給她——

初家娘娘：對了，還沒問妳呢，工作環境怎麼樣啊，能指望妳在那嫁出去不？

初家娘娘：換句話說，有男朋友了嗎？妳都過法定結婚年齡了啊，該嫁人了。

猴子請來的水軍：去年這時候妳還警告我學生就好好讀書別想七想八地搞「早戀」，畢業了就覺得我該嫁人了。大學不讓「早戀」，我去哪裡變個男朋友給妳畢業就嫁人！當我哆啦A夢啊，還能從口袋裡掏個男人出來！

初家娘娘：妳看妳這孩子，怎麼說話這麼惡俗。

猴子請來的水軍：妳亂講，我是小仙女。

初家娘娘：妳剛幹麼去了？

初家娘娘：剛才還覺得妳好像怪怪的，還有點擔心的啊，現在怎麼又覺得妳心情突然變好了？

猴子請來的水軍：我不告訴妳。

初家娘娘：翅膀硬了。

猴子請來的水軍：媽，不瞞妳說，剛才有個高富帥小哥哥對我說：今晚的月色真美。

初家娘娘：……妳又在作夢，多大了還在幻想那些小人書上不切實際的東西。無論說這話的人到底知不知道夏目漱石（註9），他應該是就單純想誇下月亮美。

初家娘娘：男人哪裡懂那麼多。

初家娘娘：妳看看妳爸，文化人，大學教授，還不是在老了以後學會沒收老婆錢包這一套。

猴子請來的水軍：……

猴子請來的水軍：萬一呢？

初家娘娘：萬一什麼？

猴子請來的水軍：高富帥小哥哥眼瞎。

初家娘娘：我怎麼生出妳這麼樂觀的閨女的？

註9　日本近代作家，曾經把「我愛你」翻譯成「月が綺麗ですね（今晚的月色真美）」。

猴子請來的水軍……

一番直白的打擊並沒有影響美好的心情，初禮抱著手機咧開嘴，嗤嗤地笑著在床上打了個滾，這次是歡快的打滾。

第二天是週五。

初禮上班的時候突然明白了什麼叫真實的置死地而後生——

周邊印量搞錯的事被扣工資之後就算是告一段落，之後再也沒有人提起這事，因為這事誰也不好嘲笑誰，所以大家都十分有默契。

而老苗和小鳥雖然腦子有病但是勝在清醒，知道這事主要責任是他們，初禮和于姚純屬躺槍，也因此夾著尾巴做人，相當低調了好一會兒沒來找事。

編輯部的火藥味一下子沒那麼濃了，老苗和初禮說話也是客客氣氣的。

世界突然變得美好起來。

老苗去倒咖啡的時候甚至順便主動替初禮拿了一盒牛奶，並問她：「新房子找到了嗎？」

搬去畫川家的閣樓應該也算找了房子吧？初禮捏著牛奶受寵若驚，想了想，點點頭：「週末搬。」

老苗點點頭像是鬆了一口氣：「那就好，《洛河神書》的封面繪者敲定了嗎？我昨天在阿象那……」

被叫到名字的阿象迅速驚恐地抬頭。

「看到妳找的那個繪者的圖，那個不行。」

阿象看沒自己什麼事，又鬆了一口氣低下頭。

「要不妳還是說服下晝川，讓他用繭算了。雖然人不怎麼樣，但是那繪者的作品夠商業——實際會在書店買書的，有百分之三十左右的路人是完全不在意繪者本人在網上風評怎麼樣，畢竟世界這麼大，忙自己的事都忙不過來，他們就在乎畫得好不好看而已。」

初禮點點頭，還是有些懵逼——

老苗已經快一個月沒用這種適合人類社交的方式和她說話了。

……這一千塊維穩費，交得好值啊。

初禮轉了下椅子，正想去QQ上跟阿象商量關於找繭娘娘的事，這時候QQ對話框跳了出來，有個人發了張工人在上上下下搬東西的閣樓照出來，並配字——

不是戲子是恩人：從早上八點開始折騰，我閣樓東西怎麼這麼多啊，都怪妳。

不是戲子是恩人：吵死了。

不是戲子是恩人：家裡還有傷患呢，都無法得到安息。

初禮黑人問號臉。

這時候站在她身後端著咖啡杯的老苗看到了晝川發的圖，因為初禮改了QQ的備註名字，他也不知道這人是晝川，只是順口問了句：「妳男朋友嗎……頭像和晝川的一模一樣。」

初禮捏著牛奶的手一緊，回了一句「安息不是這麼用的」以後，迅速關掉了對話視窗。她抬起手撓撓頭，又含糊又言簡意賅：「是在準備搬家，頭像……是一樣，誰讓晝川老師就喜歡用這種爛大街的頭像。」

老苗沒有懷疑地坐回位置上，初禮這才打開了自己的QQ裡某個瘟神頭像。

猴子請來的水軍：大清早的你不睡覺幹麼呢！

不是戲子是恩人：替妳收拾狗窩啊。

猴子請來的水軍：……謝謝老師。

不是戲子是恩人：昨晚打字到凌晨四點，早上八點搬家工人就來敲門……妳以為我遭受到的折磨是一句「謝謝」就能抵消的，看不起誰啊？

猴子請來的水軍：謝謝老師，給您跪下磕頭了，匡匡匡。

猴子請來的水軍：對了，昨晚老師答應去請繭娘娘試試，這事我這會兒去落實了哈！

不是戲子是恩人：……………妳怎麼這麼蹬鼻子上臉的？去吧，這些年雖然她的人依然是那麼爛，但是不妨礙她的圖還是越來越值錢——妳又要得那麼急，她還真不一定答應。

不是戲子是恩人：她要不答應那就不能怪我了。

不是戲子是恩人：一種很強烈的預感她不會答應。

初禮懶得聽他在這烏鴉嘴，扔下一句「等我好消息」轉頭去開微博，搜索繭娘娘的微博時正好看見大約五分鐘前她才發了一條附早餐的帖子，初禮突然覺得很不可思議。今天早上是怎麼啦，這些只有黑夜沒有白天的全職繪者、作者居然各個早起。

初禮直接用《月光》雜誌官博聯繫藺娘娘，並留言給她——

《月光》雜誌：老師您好，這裡是元月社《月光》雜誌編輯部的，我們有一本即將出版的書想要同您約一波商稿封面圖，大概是上下兩冊一共兩張，具體交稿時間很緊，是八月中旬，可以適當考慮急件費用……請問您有沒有檔期呢？

打完字，初禮反覆檢查後，沒問題，點擊發送。

點下發送鍵時，心情還算平靜，本來她以為多少年後重新面對自己愛過的繪者，心情會有些波動的，但是此時她卻發現她好像沒有——大概是與江與誠和晝川認識的衝擊相較於此時……要刺激得多。

初禮坐在電腦前面放空發了一會兒呆，想了下搬家以後還有什麼東西是要重新買的，不知不覺過了大約十分鐘。正當她恍惚地覺得藺娘娘會不會看不到她的私訊，考慮是不是該找人直接幫忙搭個線什麼的，這時候，微博突然響起了私訊提示音。

初禮哆嗦了下，回過神來。

三分鐘後。

G市市中心某高級社區內，正扠腰站在家裡、硬著頭皮面對被關籠子的二狗不滿目光、一邊指揮著搬家公司人員搬走一個破舊的書櫃並提醒他別撞著樓梯的男人突然感覺手機震動，他掏出手機看了眼，發現是某個香蕉人發來的截圖——

猴子請來的水軍：「截圖」

截圖內容為微博私訊聊天。

破繭那日：元月社？八月中旬兩張圖有點趕啊，這都七月多少號了。

破繭那日：方便透露下是貴社哪本出版作品嗎？如果沒多大興趣的話還是不接了。

破繭那日：晝川？

《月光》雜誌：是晝川老師的新作《洛河神書》。

破繭那日：那可以，加我QQ或者微信詳談。

整個對話過程，從繭娘娘回覆到答應下來一共只用了不到兩分鐘。

晝川：「……」

猴子請來的水軍：老師的名字真的好用！

猴子請來的水軍：果然萬人迷，我服。

猴子請來的水軍：繭娘娘是您的小粉絲呢哈哈哈哈哈哈哈哈哈哈哈！

晝川抽了抽唇角，抬頭看了眼正搬著一個破電視機往下走的搬家工人，停頓了下，強忍住讓他們把東西再塞回去的衝動，低下頭，飛快打出言簡意賅的四個字——

晝川：給我住口。

第十章

週六中午。

初禮退了租來的房間，扛著大包小包地來到晝川家門口。站在熟悉的門前，手指頭懸空在那個門鈴上，初禮有些猶豫，這才後知後覺地反應過來，她這是真的要和一個成年雄性生物居住在同一屋簷下了……

想到這個，她的臉開始飛快地升溫，滿腦子都是五顏六色的彈幕炸開來。

臥槽妳這人初戀都沒有母胎單身怎麼就一言不發跟男人同居了到底知不知道什麼叫矜持什麼叫害羞？

害羞有個毛用啊妨礙妳睡橋洞了嗎窮人沒資格害羞！

話是這麼說沒錯可是做飯餵狗遛狗打掃環境妳踏馬不是做保母是啥啊？

做保母怎麼了二十萬塊一坪的房子二十坪四百二十萬免費住妳去哪找這麼貴的保母還不磕頭謝主隆恩在這矯情個屁啊！

門鈴就在這，摁下去，四百二十萬就是妳的了！

摁下去，妳就要二十四小時無縫接軌面對戲子天天演戲停不下來，四百二十萬在物價飛漲的今天不夠替妳買個好看的墳地埋妳狗命！

初禮：「別吵了！」

猛地縮回在門鈴上懸空的手，她深呼吸一口氣，猛地轉身正想再出去溜達一圈冷靜冷靜、思考思考，結果一轉身就對上一雙淡定的茶色瞳眸。

身材高大、身著簡單黑色短褲短袖、人字拖、雞窩頭的男人手中拎著一大袋新鮮牛肉、胡蘿蔔，一臉冷漠地站在她身後，此時此刻正用「請開始妳的表演」的表情看著她。

初禮猛地後退一大步：「老、老師！」

晝川見她如臨大敵的模樣，跟他們第一次見面的時候一模一樣，臉上露出一個刻薄的嘲諷表情，他抬起手展示手中的牛肉和胡蘿蔔：「替二狗買狗糧，妳進來放了東西先來做飯，肉要剁碎，胡蘿蔔要煮爛……家具下午才送來，妳先進去坐著，我有東西給妳看。」

初禮一臉懵逼地點點頭，然後等她反應過來的時候，人已經和晝川一起站在玄關。

二狗從沙發上跳下來，雙爪搭在她肩膀上，例行東嗅嗅、西嗅嗅地用溼潤的鼻尖蹭蹭她的下巴問好，然後嗅著嗅著，狗鼻子就滑落到她手上拎著的東西上去了。

初禮低下頭看了眼手上拎著的牛肉和胡蘿蔔，再抬起頭看了下房間那頭正放下她各種鍋碗瓢盆、大包小包的晝川。

初禮眨眨眼——

咦？

什麼時候的事？

……手裡的東西居然互換了，這個人會魔法啊？

不是手無縛雞之力連我都抱不動嗎？這會兒又像個小超人似的大包小包不在話下是怎麼回事？泡了個溫泉泡得物種基因解鎖，力量升級了？

初禮正站在玄關一臉迷茫，這時候晝川放好東西回過頭，見她還在玄關傻站著：「妳要站那站一輩子？我這是招來了個房客還是玄關擺設？」

初禮：「……房客，我是房客。」

「也沒妳這麼不藝術的擺設，擺哪都破壞風水。」晝川招招手，指指沙發，「進來，拖鞋在妳右手邊的頭頂櫃子裡，新的，妳打開來看……」

初禮踮起腳打開頭頂的鞋櫃，沉默地從裡面拿出一雙毛茸茸的白色小號拖鞋，拖鞋上畫著一隻抱著香蕉的猴子。

初禮：「……」

晝川：「感謝萬能的淘寶，特地幫妳用順豐快遞。」

初禮：「說不出謝謝兩個字。」

晝川：「白眼狼。」

晝川：「過來坐下。」

白眼狼默默地穿上拖鞋，走到沙發邊跟二狗擠擠，擠進一個沙發裡——晝川看著雙手放在膝蓋上乖乖坐著的小姑娘，再看看她旁邊四腳朝天躺著的狗，突然有了自己養了兩隻寵物的錯覺……

他想了想，從褲子口袋裡掏出一張紙遞給初禮，這是他剛才去買二狗的食材時順便列印的。初禮接過來打開看了眼，在看到第一行標題的時候就倒吸一口涼氣——

房客守則三十條。

初禮看到第一條「禁止帶任何二足行走雄性生物回家」時，就感覺到三觀的山搖地動，默默地將這張A4紙壓在胸口，抬頭看著晝川：「二足行走雄性生物，公雞算不算？」

晝川面無表情地回視她：「看第三條。」

初禮看第三條。

禁止有事沒事和房東抬槓。

初禮：「……」

她調整了下心態，重新從第一條逐條看起。

房客守則三十條——

一，禁止帶任何二足行走雄性生物回家。

二，禁止打赤腳在家裡亂跑。

三，禁止有事沒事和房東抬槓。

四，尊敬房東。

五，愛戴房東。

六，房東家裡來人的時候要藏好，男未婚、女未嫁，注意影響。

七，禁止以次充好，用外賣充當自己做的食物糊弄房東。

八，禁止以同一屋簷下為便利對房東做出超越「房東與房客」關係的不良行為——

初禮的心開始狂跳，滿腦子都是「不良行為是啥我能對你幹啥你怎麼知道我想對你幹啥」。她揉了揉自己的眼，面頰微微泛紅，鼓起了勇氣才能把第八條看完，然後發現第八條其實長這樣——

八，禁止以同一屋簷下為便利對房東做出超越「房東與房客」關係的不良行為。如，催稿、索要任何具有簽名性質物品（包含但不限於簽名照）贈送親友，不分晝夜洗腦式軟磨硬泡要求房東使用不喜歡的繪者、封面設計，或逼迫房東再次簽下首印低到像打發要飯的出版合同。

初禮：「看來你對我意見挺大。」

晝川驚訝：「妳才知道？」

初禮：「然而我對你卻是一片赤誠，昨晚你一通電話我就在面臨只有一百塊過一個月的情況下花了快五十塊坐車來見你。」

晝川掀了掀唇角：「不然妳以為妳現在為什麼能坐在這裡？」

初禮放下紙，抬起手摸了把臉。晝川看見了，依然是那副冷漠的棺材臉：「妳莫名其妙臉紅什麼？妳最近怎麼老莫名其妙臉紅？」

初禮放下手，同樣用冷漠表情道：「才沒有，你眼花了。」

她一邊說著一邊拿起手中的A4紙繼續往下看，什麼「堅決維護房東的個人隱私，不亂動他的電腦」、「不將房東照片曝光於網路平臺之上」、「用房東裸照威脅房東做一切房東不願意做的事情」——

初禮：「我為什麼會有你的裸照？」

晝川：「我怎麼知道妳啊，所以才要寫進去。」

初禮：「我一個清清白白、純純潔潔、冰清如玉的小姑娘！」

晝川：「家裡的母蟑螂看見我都忘記飛。」

初禮一愣：「你家有蟑螂？」

她不怕老鼠和蛇，但是怕任何昆蟲類動物，尤其是帶殼的那種。

只見晝川換了個站姿，面不改色：「以前有，後來公蟑螂覺得再住下去自己頭頂就要一片芳草地了，所以舉家搬遷了。」

初禮：「……」

她不確定這個時候自己是不是需要笑出聲來。她抖抖手裡的那份東西，已經把這玩意當作「搬家輕鬆一刻」來看，特別是看到最後一條「如果二狗某天變成人類，第一時間通知房東」時，她一臉懵逼地抬起頭，看看身邊睡得四仰八叉的二狗，又轉過腦袋看看旁邊的牠家主人——

「最後一條是用來讓妳放鬆放鬆心情的，彰顯房東本人總體來說還是平易近人的存在。」晝川在單人沙發上坐下，「我還是很有幽默感的。」

初禮：「……」

晝川：「好笑不？」

初禮：「……哪個？」

你還是這個「房客守則三十條」？

……算了，都挺好笑的。

於是初禮默默地點點頭。

坐在單人沙發上的男人露出個滿意的表情：「那好，東西收起來，好好記在心裡，入住前十天的每天早餐時間我隨機抽查——歡迎入住，現在給我和二狗還有妳自己做飯去，我餓了。」

初禮：「……」

媽，妳說得對。

無論眼前的男人知不知道夏目漱石，昨晚他應該就是單純在誇月亮很大很圓還挺美。

二狗不會說話，鬧著餓了的是牠的戲子主子。

初禮在晝川家找了一圈，只找到了上次她幫晝川煮粥後剩下的米，可憐巴巴的一點點，連米桶底部都不能完全覆蓋。初禮舉起米桶抖了抖，然後歪了歪頭，從米桶邊緣探出腦袋，看著站在廚房門口斜靠著圍觀她翻箱倒櫃的男人：「老師，你既然知道餓也知道要買菜，為什麼去買菜時沒順便買點米回來？」

此時男人正津津有味地看著一個身材還算嬌小的小姑娘舉著半人高米桶的模樣——

這讓他想起了扒在摩天大樓上拍飛機的金剛。

「因為……」冷不防被提問，晝川停頓了下，一下子沒反應過來。想了想後沒想到怎麼回答這個問題，所以他面癱著臉說，「沒買就是沒買，哪來的為什麼，『房客守則三十條』第十五條說了，不許隨便質疑房東。」

「我沒質疑你本人，我就質疑一下你的智商。」

「『房客守則三十條』第三條說，不許和房東抬槓——香蕉人，妳這樣老年痴呆症似的看完就忘，很難讓我不把妳趕出去啊。」晝川一臉感慨加認真地說，「注意點兒，並不是高中畢業了就不用背書了。」

初禮：「………」

為了四百二十萬。

初禮放下手中的米桶，快步走到晝川身邊，一言不發地伸手捉住他的衣袖將他往外拉扯。晝川愣了下，低頭看著自己被拉扯到變形的衣服，高大的身體因此也順勢微微前傾，與抬頭瞅著他的人對視。

他冷靜地問：「幹什麼？」

「去附近超市買米，中國人必須要吃五穀雜糧才不會餓死，你光給我牛肉和胡蘿蔔我連狗飯都做不出。」初禮左顧右盼，「有菜籃嗎？」

晝川想也不想直接反問：「什麼東西？」

初禮：「菜——算了，你有才怪。」

晝川保持著彎腰的姿勢：「知道我沒有妳還問，想故意奚落誰呢？少什麼不知道買啊，給錢淘寶上大象都替妳從泰國空運來……」

晝川：「還有，放開我。」

初禮放開晝川的衣袖，他緩緩直起腰，茶色的眼珠子轉動了下。他沉默地看著小姑娘從自己身邊跑開，從那一堆她帶過來的破爛裡掏出手機、錢包塞進口袋，又登登登跑到玄關甩了拖鞋跳進自己的鞋子裡，穿進去，然後鞋尖立起來，蹬了蹬地——

一連串動作做得乾淨俐落。

推開門，週末的陽光從屋外傾灑而入，小姑娘半個身子沐浴在光芒之中，頭頂的碎髮凌亂得有些活潑，毛茸茸的樣子……

她一手握著門把，轉過身感到奇怪地看著站在自己身後一動不動的男人：「還看什麼，不是餓了嗎？快點啊，老師。」

晝川轉過腦袋看著沙發上翻身坐起來、這會兒立著耳朵也炯炯有神盯著玄關的二狗。彷彿感受到主人的目光，二狗「嗷」了聲，轉過頭，杏仁似的眼與主人對視——

雙方沉默。

二狗，你也覺得家裡突然變得有點吵又有點熱鬧，對不對？

男人將雙手塞進衣服口袋裡，將目光投向站在門口抓著門把、眼巴巴瞅著自己的小姑娘：「來了，催什麼催？現在的小姑娘，一點兒耐心都沒有……怪不得扶老奶奶過馬路的中華傳統美德都沒能保留下來，嫌老奶奶走得慢是吧？」

初禮：「……」
誰是老奶奶，你嗎？
這副一言不合碎碎唸的模樣是挺像的。
超市不遠，走路就可以到。
初禮和晝川一前一後地出了門，繼續保持一前一後的距離。初禮走在前面低頭玩手機，晝川走在後面。
「走路看路，玩什麼手機。」
那語氣和初禮她爹教育她時一模一樣，初禮習以為常，頭也不抬地繼續在手機上摁摁摁：「老師，我替你和繭娘娘拉個群，你稍微克制一下，注意自己的態度……不要太放飛自我。」
「又拉群……」晝川持續保持不耐煩臉，「這大週末的，妳怎麼就工作得停不下來，元月社又不給妳加班費，妳這孜孜不倦的招人討嫌——」
原本走在前面低頭用手機的人突然停下來，晝川的聲音也戛然而止——初禮面無表情地轉過頭看著晝川，那雙黑漆漆的瞳眸平靜如水。
晝川噎了下，突然反應過來自己是不是一不小心說了過分的話。他正隱隱擔憂，沒想到面前比他矮了一個腦袋的小姑娘也露出嫌棄的表情：「我這都是為了誰在忙啊？」
晝川：「……」

為了我？

……好吧，是為了我，妳有理行了吧。

翻了翻眼睛，晝川伸手將那張瞪著自己時尤其凝眼的臉轉向正前方，沉聲道：「看前面，掉下水溝裡沒人撈妳。」

初禮固執地把腦袋轉回來看著他：「老師，你為什麼那麼排斥拉群？你覺得繭娘娘也會像名啾一樣嗎？上來先一番表白，死勁套交情……」

「妳知道就好，寒暄很累的。」

「我覺得繭娘娘應該不會撲上來勞煩您跟她寒暄，好歹也是個微博粉絲百來萬的大大，本人號召力沒比你差很多的，應該會矜持很多吧？」

晝川：「那妳希望她是哪種？」

初禮想了想，回答：「我不知道。」

她是真的不知道。

她只知道其實拉群組看著繪者和晝川死勁地套交情，她身為責編反倒被晾在一旁還挺尷尬的——甚至有點牴觸情緒。其實她也有問過阿象可不可以不拉群組，但是阿象認為不拉群，兩頭傳話非常麻煩，而且轉達之間可能會發生訊息偏差，增大大家的工作量……

因為最後一句話，初禮被阿象說服了，這才勉為其難再拉一個群——就像是她曾經說過的那樣，她不能因為個人喜好影響了工作效率。

晝川拿出手機同意了群組邀請，進去之後看了眼，繭娘娘還沒有加進來，之前那個沉默寡言的美編倒是在。

見晝川加進群組來，阿象發了個「～」算是打過招呼，之後又恢復一潭死水狀，習慣性沉默。

晝川問，「從編輯到美編，《月光》編輯部裡還有沒有正常人了？」

初禮：「別這麼說，阿象人很好的。」

晝川：「感受不到，就像我連她的存在都感受不到一樣。」

初禮：「……」

對話之間兩人走進超市裡，初禮拉了個小推車，把油鹽醬醋什麼的該買的都拿了一份；大米、優酪乳、牛奶、麥片、水果，看得見的都往車裡塞，直到把整個小推車都塞得滿滿的。她也知道這種高級社區附近的超市物價不便宜，但是她更加清楚，一個省下的房租夠她照著現在這樣買三車。

初禮在前面推著小推車一路買得開心，晝川在後面雙手塞在口袋裡看著她買買買，看得也挺舒服——

他好像有點瞭解到電視劇裡那些男主角怎麼這麼樂意讓女主買這買那了，看著這香蕉人舉著兩大盒麥片左看看、右看看地對比，他也跟著湊過去低頭看——儘管他根本不吃麥片。

初禮手裡的麥片盒子一個是日文、一個是韓文，晝川見她看得認真，挺驚訝：「妳還懂日語和韓語？」

初禮：「不懂啊。」

晝川：「……那妳看那麼認真是在看什麼？」

初禮：「兩盒麥片價格一樣，我就認真掂量下哪個比較重、比較划算。」

晝川面無表情地將兩個盒子都搶過來塞進推車裡，不顧初禮「唉唉」叫，無情擠開她，單手推著車飛快地往冷凍生鮮區那邊走。

男人個子高走得快，初禮從疾步跟隨變一溜小跑，最後只能伸手捉住他衣服下襬。

大概是身高腿長、推著車快步走在前面的男人以及他身後跟著狂奔的小短腿二人組過於刺眼，初禮追趕晝川的過程中，眼角餘光不小心瞥見有幾個路人正往他們這邊看過來並善意地嗤笑。

她紅了臉鬆開晝川的衣服下襬：「你慢點兒，逛超市又不是打仗，不是餓了嗎？怎麼還一身力氣，走得飛快？」

晝川推著車往前走，頭也不回：「我這是正常的走路速度，照妳這走路速度，我是不是還得把膝蓋以下那一節鋸掉配合妳？」

初禮在他身後揮舞了下拳頭，無奈之下只得快步跟上。

到了冷凍生鮮區，她看了眼冷凍雞胸肉，正想說買了水煮烘乾給二狗當零嘴，這時候突然感覺到口袋裡的手機震動。初禮掏出手機看了眼，原來是繭娘娘終於上QQ，同意了她的拉群邀請。

破繭：(^_^)各位早上好！

破繭：晝川大大早上好，很高興能有這一次合作機會，讓我們共同努力讓大大的新書大賣吧！

破繭：聽說這次時間挺趕的，如果不是大大你的書我肯定不會接哈哈哈，誰讓我也是你的小粉絲呢——所以咱們得趕快動起來，大大方便的話麻煩把《洛河神書》相關的人設、部分人物動作、神態重點描寫段落發給我，我會抓緊時間做第一稿，爭取一週內定下線稿吧 o(*////▽////*)q

破繭：啊對了，在我微博有PO各種不同畫風的練習圖和同人稿，如果有特別喜歡的風格可以提前告訴我，然後我可以向那方面靠近……如果沒有的話，我就隨意發揮囉！

繭娘娘打字速度飛快，不一會兒就說了一大串。

熱情到讓人挑不出毛病。

和名啾那樣相比之下比較被動、看著有些不懂商稿需要做什麼的新手並不一樣，繭娘娘上來就將草稿交稿時間、喜好風格、具體人設和文章風格等一系列的東西都自行安排、主動索取了，確實擁有一名專業的商稿繪者應該具備的面面俱到，令人放心。

而晝川……

初禮看見男人在前面，單手推著堆得滿滿的購物車，單手在手機上打字，打了半天，群裡就蹦出五個字——

晝川：好的，辛苦了。

多一個標點符號都不給。

打完字，他還回頭略微嘲諷似的看了初禮一眼，就彷彿在說：說好的和名啾不一樣，好歹是個大大所以會矜持很多呢？

晝川很冷淡，但是人家繭娘娘顯然不在意啊，一看晝川有回應了，立刻跳起來似的特別高興。

破繭：老早前就喜歡大大的文了！大大你知道嗎？我還是小透明那會兒，剛剛開始畫同人圖時，就有一個和大大文風差不多的模仿者在替我的圖配小短文——模仿得挺明顯的，大大的文裡不都是白衣男主嗎？他也知道學著……

破繭：當然文筆和大大差遠啦哈哈哈，有時候劇情也挺雷的，我看一半就看不下去。

破繭：當時我粉絲論壇裡都管他叫小晝川，我也是看在這分上總是使喚版主替他加精，扶持新人嘛……那會兒就老有人說：繭啊繭啊，妳什麼時候能替真的晝川的書配封面就好啦！

破繭：沒想到這一天真的來了！

破繭：咦——我說這故事就是為了表達這個哈沒別的意思，大大聽了不會不高興吧，雖然他總模仿你，可能大大覺得這種人挺討厭的？不過我覺得大大不用為這種哪怕努力八輩子趕不上你的人煩惱！嗯！

嘩嘩的推車前進聲戛然而止。

低頭看手機的前後二人不約而同地停了下來。

晝川低頭看著手機螢幕上一行行跳出來的字，面無表情。

初禮瞪著手機螢幕，氣血瞬間上湧，一臉苦大仇深被草泥馬幹了的表情，簡直不敢相信自己的狗眼。

……啥玩意？

朋友妳夠膽再說一遍，妳把誰當晝川備胎？誰！

誰的文筆比晝川差一大截，偶爾劇情還雷雷的，哪怕努力八輩子也趕不上晝川？

還有還有，當初是妳讓版主替誰加精？哈？妳好好說話，版主表示老子替誰加精難道不是老子自己樂意，跟妳有什麼關係？

咱做妳粉絲的過程中妳跟我說的話不超過十句吧，還是包括了「嗯、啊、喔」這三個字在內的回覆那種！

知道妳藺娘娘喜歡遛狗似的遛粉玩，但是妳遛粉也要有個底限吧，人家L君認認真真替妳寫了不下十幾篇文，當初一口一個「寫得真好」、「我好喜歡好開心」，這會兒L君就成妳巴結晝川的腳踏墊了？

妳當妳演瓊瑤劇啊！

心疼L君！

初禮氣得腦袋疼，迅速將群組聊天紀錄截圖，正準備轉頭去找L君以及其他基友告狀，上演一波集體性路人粉轉黑，就在這時候，她突然聽見走在前面的男人疑惑地「嗯」了聲。

初禮猛地抬起頭，看向晝川——只見後者舉起自己的手機，顯得有些茫然。

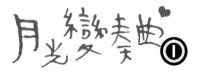

「她單獨私聊我了，問我是不是在G市，今晚或者明晚有空不，大家可以出來吃個飯討論下封面的事。」

吃飯？吃什麼飯？砒霜下飯還是骨灰拌飯？

初禮：「我這個責編不在、美編也不在的情況下，你們一個繪者、一個作者虛空討論？」

初禮：「吃什麼吃，去什麼去！」

初禮：「有這空閒不如在家寫稿！九月刊要上的短篇交了嗎？」

初禮：「你請我回家不就是替你做飯的，你天天跑外面吃飯，價值四百二十萬坪讓我免費住？你做慈善的啊！」

晝川一臉莫名其妙，上下打量了下眼角都氣紅的小姑娘：「怎麼了，妳激動什麼？」

初禮「哼」了一聲，三步上前，猛地擠開站在推車旁的男人，將車子一推，登登登地往收銀臺那邊去了。她一邊推車還一邊飛快地用手機打字，似乎在和什麼人說些什麼……

晝川望著她怒氣沖沖的背影，完全不知道怎麼回事。

若有所思地又低頭看了看手機裡繭娘娘說的話，良久，像是明白了什麼，心中一動，切換QQ介面登錄小號，果不其然看見某個熟悉的猴子頭像發來十幾條未讀訊息——

猴子請來的水軍：「截圖」

猴子請來的水軍：「截圖」

猴子請來的水軍：晝川的新書讓繭娘娘畫封面，我做責編的順手拉了個群，結果繭娘娘一下子就搞出這種發言了……看得我眼睛脹！

猴子請來的水軍：當初要替你加精可是我要加的！跟她沒關係啊！你看在晝川面前這戲演的，裝什麼好人，和晝川對著飆戲呢⁉

猴子請來的水軍：我都想把群組名字改成：奧斯卡頒獎現場！

猴子請來的水軍：有請影帝和影后閃亮登場！

猴子請來的水軍：不對也不能這麼比較，這麼比較我都覺得委屈了晝川那個戲子，那戲子也就對編輯和出版社刻薄，我也沒見人家刻薄自家粉絲了……人家起碼還有職業操守道德底線！

猴子請來的水軍：還有，我從來沒把你當晝川的備胎過，在我看來你寫的東西和他不相上下，起碼五五開！

猴子請來的水軍：…………不對說五五開好像有點不客觀，畢竟人家晝川是本尊你是山寨——六四開！六四開總是有的！

猴子請來的水軍：哎喲氣死我了！

修長指尖在手機螢幕上挪動，晝川不動聲色，茶色的瞳眸中從一開始的懵逼到了然再到充滿笑意，在看到「本尊與山寨起碼六四開」的言論時，他終於忍不住笑出了聲。

抬起頭看向不遠那個皺著眉站在收銀臺前、低頭掏錢包的小姑娘，此時晝川心裡唯一的想法是：這麼小的一個小姑娘，跳起來還沒他高，短胳膊短腿的，她的心裡卻好像有一個隨時能夠爆發的小宇宙……

瞎正義。

瞎義憤填膺。

瞎路見不平一聲吼。

邁開長腿，晝川走到收銀臺旁，在初禮把自己的卡遞給收銀員的一瞬間長臂一伸從她身後把她的卡抽走。

初禮和收銀員雙雙懵逼，用「你搞啥啊大哥」的眼神看向俊朗的男人，後者從屁股口袋裡掏出另外一張卡。

「用這個。」

初禮：「不用，我……」

晝川：「住口。」

初禮眼巴巴看著晝川遞卡、結帳、輸密碼，把亂七八糟一大堆東西裝袋……她將兩個大袋子從收銀臺上拿下來：「就算是這樣，我個人也非常不贊同你單獨和繭娘見面！以一個責編的身分，我認為繪者花時間和作者有過多多餘交流會妨礙到商稿的商業性質，從而影響工作進度，你知道《洛河神書》現在進度多趕，影響了進度那絕對是死——」

初禮話語未落，手中那個沉甸甸裝了大米的袋子便被人從身後拿走，冷淡到毫無起伏的聲音在她身後響起。

「祥林嫂（註10）啊妳，唸叨夠了沒。」
初禮咬住下唇，鼓起臉頰，露出一個堅持又倔強的表情。
「我不去，不去，不去——在家趕稿，吃妳做的價值多少……喔，四百二十萬的飯。」晝川無奈道，「行了吧？」
初禮：「……」
「不去。」晝川瞥了她一眼，「收起妳的河豚臉，八戒似的，醜死了。」
將大包小包提回家，該放冰箱的放冰箱、該進米缸的進米缸，油鹽醬醋調味料各自歸位，晝川站在頭一回被塞得滿當當的冰箱前面，再一次感覺到了「生活」是個動詞。
扶著冰箱門的他嘆息：「妙哉。」
另外一邊，準備做羅宋湯的初禮找到了砧板——二狗是條狗，狗不能吃洋蔥，那就不放洋蔥——她把砧板洗洗，先開始剁牛肉。
這會兒操著菜刀站在砧板前的小姑娘一邊「咚咚咚」剁肉，一邊頭也不抬地對冰箱前的男人說：「老師，多大人了，咱們能不和三歲小孩似的玩冰箱嗎？老這麼開著冰箱門，冰箱會壞。」
晝川「啪」地關上冰箱門。

註10　出自魯迅小說《祝福》的人物，農村勞動婦女的典型代表。

他拿出手機靠在廚房門框上開始悶頭玩，玩著玩著突然說：「繭娘娘第四次問我在不在，有沒有空，能不能和她吃個飯了……」

砧板那邊的「咚咚咚」停頓了下，初禮轉過頭看了眼晝川，隨後抄著菜刀就走來了，一邊走一邊碎碎唸：「咱們事先說好了，我不是不讓你去，你要和誰見面是你的事我真管不著；但是你因為見面的事給了繭娘娘錯覺，讓她覺得她可以越過我直接和你溝通，耽擱我工作了，那我要在你的飯裡下老鼠藥的……」

她剛走到晝川跟前，便被長胳膊長腿的人伸手一把撐住額頭，初禮頂著男人的大手，吊起眼角：「怎麼回答的。」

晝川：「『好啊』。」

初禮提高嗓門：「『好啊』？」

「菜刀、菜刀，拿遠點兒，刀劍無眼……」晝川低下頭繼續單手打字，「『有空是有空，但是因為我的審美詭異，希望帶著責編和美編一起商討，有事妳跟她們商量，妳意下如何——』」

他一字字唸，一字字打，唸完之後點擊「發送」。

三秒後，繭娘娘毫不掩飾態度地回覆：我最討厭和文編打交道啦，嘿嘿，那還是算了吧，有機會再出來玩？

晝川將她的回覆一個個字唸出來，唸完抬頭看初禮，果不其然又是那種「臥槽又被草泥馬幹了」的表情。

他笑了：「妳不是繭娘娘的粉嗎？嗯？鬧著讓我用她，說她畫得好看、畫得商業，人氣高，和我組合是強強聯手——」

「這是元月社說的，而且不能否認確實是大實話。」初禮面無表情道，「但實不相瞞，我剛剛路人粉轉黑——你看看群裡的聊天紀錄，我告訴你個祕密！其實我就是那個她所謂的粉絲論壇的版主。首先，那只是一個CP向論壇，並不姓繭；其次，說是替新人加精也是我在操作和她沒關係；最後，她吐槽模仿你的那個人，是我一個很好很好的朋友……」

晝川挑起眉。

初禮嘆了口氣：「他寫文是有點像你，當初在論壇裡有人叫他小晝川也是真，但是我得說……他寫的文很好，一點兒都不雷，和你本尊至少七三開——」

「七三開？」

說好的六四開呢？

而此時，初禮看著晝川高高挑起幾乎要飛進髮際線裡的眉毛，還以為他特別在意這種事——眼前的人心高氣傲、小肚雞腸，會覺得不高興那也是自然。初禮到了嘴邊的話吞回肚子裡滾了一圈又吐出來：「……沒有七三開，八二開還是有的。」

晝川：「……」

這個狗腿子啊。

牆頭草，見人說人話、見鬼說鬼話，半個小時前在L君面前還鬧「你和晝川五五開」……這會兒就成八二開了——

雖然根本就沒什麼區別，這會兒他卻詭異地越想越氣：L君對妳的好都記狗肚子裡去了！吃裡扒外的！

晝川一邊在心裡嘀咕一邊不怎麼溫柔地推了把初禮的腦袋，大手還順勢在她腦門上一拍，臉上卻一本正經道：「做飯去，想餓死我好讓妳那個號稱『小晝川』的朋友代替我上位？」

初禮「喔」了聲退回砧板前，想了想放下菜刀，從褲子口袋裡掏出手機，果不其然看見了繭娘娘在遭到晝川拒絕後跑來的私敲。

破繭：人設等晝川大大發我就可以開始，現在麻煩告訴我一下尺寸，橫版還是豎版？人物幾個？背景是否複雜？稿費？

破繭：先說好的，八月中旬前二張，時間太趕，根據圖片複雜程度，必須付急件費，如果不願意就算了。

破繭：你們可以考慮下，明天之前給我答覆。

初禮重新拿起菜刀，卻不知道要砍誰比較好。

這「晝川面前萌萌噠、晝川背後超機掰」的反差也太大太不萌了吧，隔著螢幕都能感覺到另外一邊人的冰冷語氣和一種莫名其妙的遷怒……

大姐唉，是晝川不喜歡妳，又不是晝川因為我不喜歡妳，遷怒個屁啊！

此時，捏著手機，看著滿眼的「加錢」、「必須加錢」、「不加錢就別談了」的堅決，初禮有一種預感：無論成品效果如何，這一次約圖過程恐怕不會特別順利……

她必須做好再次「過勞肥」胖三斤的準備。

當天晚上。

搬家裝家具的空檔，初禮特意在中場休息去翻了蘭的微博，在裡面找了一些她覺得合適的古風例圖發給了蘭。

猴子請來的水軍：解析度三百DPI以上，尺寸A4，橫版跨頁，背景不複雜，符合場景意境就可以，兩張圖，每張圖各二人全身，急件費一件六千，老師您看合適不？

猴子請來的水軍：小說封面商稿不比其他類型商稿，基本這個已經是可以開出的最高價了，放別的出版社可能最多給個三、四千，相信您也可以理解的。

初禮說完，蘭沉默了大概半個小時，然後回給初禮一個「好」字，然後就再也沒有了回應。

接下來的週末，初禮忙著搬家，也沒空去追著蘭屁股後面問稿子進度——她自己整個週末都累得像是狗一樣。晝川做為房東，替她安置了一些新的家具，剩下的床墊、腳踏墊以及衣架之類的零碎物品，都是初禮親自跑了趟家居用品店買齊了扛回來的。

到了週日晚上，那屬於她的七十坪閣樓終於有了人住的樣子。推開窗就可以看見夕陽透過白紗窗簾傾灑入閣樓，木頭地板踩在腳下會發出「嘎吱」的輕微踏實聲響，相比起她之前住的上個廁所前面碰腦袋、後面碰屁股的小公寓，生活品質可以說是有了質的飛躍。
這一切都要感謝恩人大大。
晚上，因為知恩圖報，初禮替晝川和二狗盡心盡力地做了一頓豐盛晚餐。令她沒想到的是，在餐桌上晝川宣布了一件事——第二天，也就是週一晚上，他將飛往隔壁省參加作協大會。
這突如其來的決定讓坐在桌邊埋頭扒飯的初禮一愣，「不是打死都不去呢？」
晝川掀了掀脣角，露出森白的牙：「那天晚上在車上灌給我的餿雞湯妳都是說著玩的？」
初禮一臉茫然：「……不是啊。」
晝川點點頭，捧起碗斯文地喝了口湯：「恭喜妳，我也不只是聽聽而已。」
初禮：「……」

第二天，工作日。
初禮戀戀不捨地從床上爬起來——上一次睡這麼好的床好像還是高三住校前，她都快忘記這世界上還有一種床軟得能讓人覺得自己是豌豆公主。
心中再次表達對戲子老師的感恩，她打著呵欠洗澡化妝。
從閣樓打開門走下來，初禮一眼就看見叼著空飯盆穩穩地蹲在樓梯口搖尾巴的二狗。見到初禮的一瞬間，二狗那原本高高豎起的耳朵瞬間倒下貼著腦門，一雙杏仁狗眼正眼巴巴地看著站在樓梯最上方的她。

初禮下樓，從二狗嘴裡接過了空飯盆，從電鍋裡將保溫的剩飯挖出來，再開個罐頭拌好，往二狗吃飯的墊子上一放。不用招呼，緊緊跟在她屁股後面、眼睛片刻不離飯盆、彷彿那是自己命根子的二狗一腦袋就埋進盆子裡。

二狗吃飯時，初禮洗手抓緊時間做了早餐，端上餐桌想要叫晝川，卻看見一張被留在桌上的字條，上面一共三句話——

昨晚四點半才睡，早餐別叫我，不吃。

也別留給我，家裡的規矩：放餐桌上的食物默認都是二狗的，不信妳試試。

雖然妳敢試我就敢把妳扔出去。

字體龍飛鳳舞、桀驁不馴，語氣又踐又霸道——綜上所述，用腳趾頭都能猜到紙條是誰寫的。

初禮放下紙條，只好自己把早餐吃了，還在出門前對著晝川死死關著的房門做了個鬼臉，結果一轉頭在玄關看見了收拾好的行李箱，猛地一頓，有些愣神——

晝川真的準備去參加隔壁省的作協大會了？不是很牴觸的嗎？

難道真的是她說服他了？

她？

……真的假的？

哪句話說服了他？食物鏈頂層那個？

天啊他不會去找作者協會的老頭、老太太們幹架吧？

她去編輯部的路上一直在惦記這件事，心中隱約擔憂晝川要是和作者協會的老頭、老太太打起來，回頭不會怪她頭上吧？瞎擔心之間，初禮總有些走神……

等到了編輯部，于姚將阿鬼可以出版的文挑選出來給初禮，是一篇名叫《聽聞》、講述現代娛樂圈狗仔隊的文。

初禮得令，終於從「晝川和老頭、老太太打架而且可能還打不過」的幻想中清醒過來，立刻去印《聽聞》的校對紙本稿，並進入一校。

上午的時間很快就在校對阿鬼的文中度過，中午吃飯時，于姚旁敲側擊地問初禮《洛河神書》封面進度如何，初禮這才想起來世界上還有此等麻煩事，當即打開QQ想問繭娘娘進度。

這時候，阿象在旁邊轉過頭看了她一眼：「繪者稿很難催，妳最好別那麼放心。」這當然是善意的提醒，於是初禮對阿象笑了笑，此時她還有些不以為然——催稿而已，能有多難？

直到她發現自己的詢問又一次石沉大海，繭娘娘的回覆定格在上週六晚上的一個「好」字做為結束，然後就人間蒸發了一般。

明明QQ是在線上的，難道她人不在電腦前，還沒起床？

初禮只好耐心等等，然而十分鐘後，就在她一邊吃飯一邊刷微博時，卻不小心刷到一條來自繭娘娘十分鐘前的最新微博。繭娘娘晒了自己和另一個編輯在QQ聊天時的俏皮話對話截圖，說的是昨天打遊戲發生的趣事。那個編輯問她「那妳的稿子呢」，她就在那打哈哈。

底下的粉絲一大堆「哈哈哈哈哈哈」、「大大好萌喔」、「大大這條鹹魚哈哈哈哈」——

初禮：「嗯？」

所以妳是有空打遊戲的。

只是「畫畫」這方面檔期很緊？

所以妳是在的。

只是選擇「線上對我無視」模式？

……鹹魚？少侮辱鹹魚了，人家鹹魚死了以後也在很認真地做為一種美食存在著，創造了三筷子能幹掉一碗飯的偉大價值，妳呢？

只是發臭而已啊朋友！

初禮的三觀再次動搖，心想以前喜歡她，果然只是因為只需要在她願意畫畫的時候看她的圖；而不是像現在，在她不願意畫畫的時候，也要摁著她的頭讓她去畫畫並要求看她的圖……

初禮一邊碎碎唸一邊打開QQ，專門選了四個人的聊天群，開始瘋狂@繭，一連發了三、四次訊息——

猴子請來的水軍：@破繭老師在嗎，可以問問稿子進度嗎？

猴子請來的水軍：@破繭老師在嗎，稿子的草稿差不多了吧，構圖總該有了啊。

猴子請來的水軍：@破繭老師在嗎，我看見妳的微博了。

猴子請來的水軍：@破繭老師在嗎，QQ和親友聊天聊得那麼開心真令人心生羨慕，這麼開心稿子一定已經畫好草稿至少有構圖了吧？

初禮劈哩啪啦打字，期間阿象湊過來扒在她的椅子靠背上圍觀，圍觀了一會兒後「哇哦」了一聲，嘆為觀止：「妳這說話語氣也是很惹人討厭。」

初禮頭也不回，想了想道：「我還真怕我討她喜歡。」

話語間，在初禮劈哩啪啦打出第五行字時，繭娘娘終於出現了。不得不說這些年風裡來雨裡去，繭娘娘對於任何嘲諷的話都帶著自動濾鏡功能，面對初禮的嘲諷，她語氣非常自然還能賣萌——

破繭：來啦來啦！其中的一個跨頁草圖已經畫好啦！等等給妳看！

破繭：等我開文件。

三分鐘後。

破繭：妳等等，啊啊啊，我的軟體好像出問題了天啊！

破繭：檔損壞了QAQ天啊我昨天折騰了一整天才弄好的草稿……又要重新畫了。

破繭：@猴子請來的水軍妳等等我現在立刻重新弄吧，下午妳下班前給妳，但是時間緊迫，可能草稿就真的只有構圖而已哦？

這時候，初禮能說的只有兩個回答可供選擇——

一：好的。

二：去你媽的。

猴子請來的水軍：。。。。好的。

阿象扒在初禮椅子靠背上幽幽道：「做美編這些年，我的各種繪圖軟體崩壞到無法修復的大崩壞次數加起來不超過五次，但是這個機率在繪者那裡，大概總是能翻二十倍左右，除了軟體壞了，還有我生病了、我家貓生病了、我遠房親戚去世了、痛經、停電、斷網、颱風地震洪澇冰凍等各種突發天然災害……」

阿象：「妳信了妳就是傻子。」

初禮：「我能怎麼辦，總不能說，當我三歲小孩啊滾——這種臺詞屬於晝川老師。」

阿象：「可惜老師不在。」

初禮撇撇嘴：「他還在呼呼大睡啊，在個屁！」

話語一落，就感覺到身後的阿象陷入沉寂，初禮抬起手打了下自己的嘴巴轉過頭，果不其然看見阿象的腦袋都從座椅靠背上撐起來了，這會兒正沉默且炯炯有神地看著她。

「這些作者不都這樣嗎？」初禮一臉故作鎮定，「不到下午根本見不到人。」

「喔。」阿象深深地看了初禮一眼，「是啊？」

初禮：「……」

中午十二點半。

G市市中心某高級住宅內。

深陷大床中央的男人因為莫名原因迷迷糊糊醒來，劍眉緊皺，英俊的面容因睡眠不足顯得有些寒氣襲人。他掙扎著從被子裡伸出手抓過床頭手機看了眼時間，發現時間還早，長嘆了一口氣：「搞什麼……」

手指無意識地亂摁進QQ，男人又發現這種絕對找不到作者活人的時間QQ上居然有兩條分別來自不同人的留言——

猴子請來的水軍：臥槽這藺娘娘簡直了，要不是社裡堅持要用真想拍飛了她啊啊啊週末一邊打遊戲一邊跟我說檔期超緊要加錢Excuse me！今天又騙我說什麼已經畫好草稿了但是軟體崩了檔壞了要重新畫！壞的真是時候——鬼才信啊！馬德！超氣！

破繭：QAQ元月社編輯好奇怪的，週六約好稿子，週一一大早就跑來要草稿……哪怕是急件也不能這麼催吧，大大你也是被他們這樣催稿的嗎？

消息發送時間基本算前後腳。

晝川：「……」

搞什麼，當老子調解委員會的啊？

天天天天天天替妳們調停？

特別是香蕉人妳這白痴，早就告訴妳不要用這洗腳婢了還不聽！氣死妳活該！

男人趴在枕頭上沉默十秒，十秒後，直接打開備忘錄APP，手打「真的嗎？超過分，別理她」這麼一行字，全選、複製，打開QQ，飛快地分別貼上兩次到兩個對話視窗裡。

發送完畢以及發送完畢。

操作完一切，男人長舒一口氣，喀嚓鎖了手機螢幕，然後手機一扔、被子一掀，繼續睡覺。

良心？

他沒有良心。

耐心？

出娘胎的時候就忘記帶了。

責任心？

合同都簽了，稿子也交了，剩下的關他屁事啊，鬧什麼鬧！

月光戀奏曲

Moonlight

月光變奏曲 1

作　　者／青浼
書名設計／朱胤嘉
榮譽發行人／黃鎮隆
總 經 理／陳君平
協　　理／洪琇菁
總 編 輯／呂尚燁
執行編輯／許晶翎
美術監製／沙雲佩
美術編輯／李政儀
國際版權／黃令歡、梁名儀
企劃宣傳／楊玉如、洪國瑋
文字校對／施亞蒨
內文排版／謝青秀

國家圖書館出版品預行編目資料

月光變奏曲 1／青浼作. -- 1 版. -- [臺北市]：尖端出版，2022. 1-

冊；　公分

ISBN 978-957-10-8448-0（第 1 冊：平裝）

857.7　　107020403

出版／城邦文化事業股份有限公司　尖端出版
台北市 104 中山區民生東路二段 141 號 10 樓
電話：（02）2500-7600　傳真：（02）2500-2683
讀者服務信箱：7novels@mail2.spp.com.tw
發行／英屬蓋曼群島商家庭傳媒股份有限公司城邦分公司　尖端出版
台北市 104 中山區民生東路二段 141 號 10 樓
電話：（02）2500-7600　傳真：（02）2500-1979
劃撥專線：（03）312-4212
戶名：英屬蓋曼群島商家庭傳媒（股）公司城邦分公司
劃撥帳號：50003021
※ 劃撥金額未滿 500 元，請加付掛號郵資 50 元
法律顧問／王子文律師　元禾法律事務所　台北市羅斯福路三段三十七號十五樓

台灣地區總經銷／中彰投以北（含宜花東）　楨彥有限公司
電話：（02）8919-3369　傳真：（02）8914-5524
雲嘉以南　威信圖書有限公司
（嘉義公司）電話：0800-028-028　傳真：（05）233-3863
（高雄公司）電話：0800-028-028　傳真：（07）373-0087
馬新地區總經銷／城邦（馬新）出版集團 Cite（M）Sdn Bhd
電話：603-9057-8822　傳真：603-9057-6622
E-mail：cite@cite.com.my
香港地區總經銷／城邦（香港）出版集團 Cite（H.K.）Publishing Group Limited
電話：852-2508-6231　傳真：852-2578-9337
E-mail：hkcite@biznetvigator.com

版　次／2022 年 1 月 1 版 1 刷　Printed in Taiwan